La razón de estar contigo.
Un nuevo viaje

La razón de estar contigo.
Un nuevo viaje

W. Bruce Cameron

Traducción de Carol Isern

Rocaeditorial

Título original: *A Dog's Journey: Another Novel for Humans*

© 2012, W. Bruce Cameron

Primera edición: junio de 2017

© de la traducción: 2017, Carol Isern
© de esta edición: 2017, Roca Editorial de Libros, S. L.
Av. Marquès de l'Argentera 17, pral.
08003 Barcelona
actualidad@rocaeditorial.com
www.rocalibros.com

Impreso por LIBERDÚPLEX, s.l.u.
Crta. BV-2249, km 7,4, Pol. Ind. Torrentfondo
Sant Llorenç d'Hortons (Barcelona)

ISBN: 978-84-16867-91-2
Depósito legal: B-11278-2017
Código IBIC: FA

RE67912

1

$\mathcal{A}$llí sentado en el muelle de madera que se adentraba en el lago, supe con certeza que me llamaba Chico y era un buen perro.

El pelo de mis patas era tan negro como en el resto de mi cuerpo, pero, con el tiempo, se me había vuelto un poco blanco en los extremos. Había tenido una vida larga y plena al lado de un chico llamado Ethan; había pasado muchas tardes perezosas en ese mismo muelle, aquí en la granja, disfrutando de un baño o ladrando a los patos.

Este era el segundo verano sin Ethan. Cuando murió, el dolor fue tan fuerte como nunca antes en mi vida. Ahora había disminuido, se había convertido en una especie de malestar en la barriga, pero continuaba sintiéndolo todo el tiempo. Solamente el sueño conseguía calmarlo: en mis sueños, Ethan siempre corría a mi lado.

Yo era un perro viejo y sabía que algún día, pronto, me embargaría un sueño mucho más profundo, tal como me había sucedido siempre antes. Ese sueño profundo me sobrevino cuando me llamaba Toby, en esa estúpida primera vida durante la cual mi único propósito había sido jugar con otros perros. También cuando me llamaba Bailey, la primera vez que conocí a mi chico y cuando el amor que sentía por él fue mi razón para vivir. Me embargó otra vez mientras era Ellie y mi trabajo consistía en buscar y salvar personas. Así que cuando el sueño profundo viniera a buscarme la próxima vez, al final de esta vida como Chico, estaba seguro de que ya no volvería a vivir otra vez, de que había cumplido mi propósito y de que no había motivo para que volviera a ser un perro nunca más. No me importaba si eso sucedía ese mismo verano o el siguiente. Ethan, amar a Ethan, era mi propósito definitivo, y lo había hecho tan bien como había podido. Yo era un buen perro.

Y, a pesar de todo…

A pesar de todo, mientras estaba allí sentado, miraba a una de las niñas de la familia de Ethan que se acercaba con paso inseguro al final del muelle. Era una cría pequeña y no hacía mucho tiempo que había empezado a andar, así que temblaba a cada paso. Llevaba un pantalón bombacho blanco, corto, y una camiseta ligera. Me imaginé que me lanzaba al agua y que la sacaba a la superficie tirando de ella. Dejé escapar un cansado lamento.

Su madre se llamaba Gloria. Ella también estaba en el muelle, tumbada en una silla reclinable; tenía unos trocitos de verdura colocados encima de los ojos. Hasta hacía poco, sujetaba con la mano una larga cuerda que llegaba hasta la cintura de la niña, pero ahora la mano se había aflojado y la cuerda se arrastraba por el suelo mientras la cría se acercaba al extremo del muelle.

Cuando era un cachorro, cada vez que mi correa se soltaba, sentía el impulso de lanzarme a explorar. Y a la niña le había pasado algo parecido.

Era la segunda ocasión que Gloria visitaba la granja. La otra vez fue en invierno. Ethan todavía vivía. Gloria le había dejado a la niñita en los brazos y lo había llamado «abuelo». Cuando Gloria se fue, Ethan y su compañera, Hannah, pronunciaron el nombre de Gloria muchas veces durante varias noches. Pero sus conversaciones estaban teñidas de emociones tristes.

También pronunciaron el nombre de Clarity. Era el nombre de la niña, a pesar de que Gloria solía llamarla Clarity June.

Estaba seguro de que Ethan hubiera querido que vigilara a Clarity, que siempre parecía estar metiéndose en líos. Justo el otro día, mientras yo estaba tumbado, gateó debajo del comedero de los pájaros y se metió un puñado de semillas en la boca. Asustar a las ardillas cuando hacían lo mismo era uno de mis trabajos. Pero no sabía muy bien qué hacer cuando vi que Clarity lo hacía, a pesar de que probablemente las normas no permitían que una niña comiera semillas para pájaros. Y supe que tenía razón al respecto, porque cuando, al fin, ladré, Gloria se incorporó sobre la toalla en que estaba tumbada y se enfadó mucho.

Miré a Gloria. ¿Debía ladrar? Los niños saltaban muchas veces al lago, pero ninguno de ellos era tan pequeño como ella. Por la manera en que caminaba, parecía inevitable que se mojara. A los críos solo se les permitía bañarse cuando los adultos los sujetaban. Miré hacia la casa. Hannah estaba fuera, arrodillada, jugando con las flores que había al lado del camino. Estaba demasiado lejos para poder hacer nada si Clarity caía al lago. Estaba seguro de que Hannah querría que yo vigilara a Clarity. Y supe qué era lo que debía hacer.

Clarity se estaba acercando al final del muelle. Solté otro lamento, esta vez en voz más alta.

—Cállate —dijo Gloria sin abrir los ojos.

No comprendí aquella palabra, pero el tono cortante resultaba inconfundible.

Clarity ni siquiera miró hacia atrás. Cuando llegó al final del muelle, se tambaleó un momento y cayó directamente al lago.

Hinqué las uñas en la madera del muelle y salté al agua.

Clarity movía los brazos y las piernas con frenesí, pero tenía la cabeza por debajo de la superficie del agua. Llegué hasta ella en cuestión de segundos y la sujeté con los dientes por la camiseta. Le saqué la cabeza fuera del agua y fui hacia la orilla.

Gloria empezó a chillar.

—¡Oh, Dios mío! ¡Clarity!

Corrió hasta la orilla y se metió en el agua justo en el momento en que yo hacía pie en el fangoso fondo del lago.

—¡Perro malo! —me gritó, mientras apartaba a Clarity de mí—. ¡Eres un perro muy muy malo!

Bajé la cabeza, avergonzado.

—¡Gloria! ¿Qué ha pasado? —gritó Hannah mientras corría hasta nosotros.

—Tú perro acaba de tirar a la niña al agua. ¡Clarity hubiera podido ahogarse! ¡Tuve que saltar para salvarla y ahora estoy empapada!

Estaba claro por su voz que las dos estaban enfadadas.

—¿Chico? —preguntó Hannah.

No me atrevía a mirarla. Meneé la cola un poco y unas gotas de agua salieron disparadas y salpicaron la superficie del lago. No sabía qué era lo que había hecho mal, pero estaba claro que había provocado que todo el mundo se enfadara.

Es decir, a todo el mundo menos a Clarity. Me arriesgué a mirarla un momento porque percibí que ella se debatía entre los brazos de su madre. La niña alargaba las manos hacia mí.

—Tico —dijo Clarity.

Tenía el pantalón empapado. Bajé los ojos otra vez.

Gloria soltó un bufido.

—Hannah, ¿te importaría quedarte con la niña? Tiene el pantalón completamente mojado y yo quiero tumbarme de espaldas para tener el mismo color en ambos lados.

—Claro —dijo Hannah—. Vamos, Chico.

Por suerte, eso había terminado. Salté fuera del agua meneando la cola.

—¡Oh, no! —chilló Gloria.

Me reprendió con seriedad y con una serie de palabras que no comprendí, pero dijo «mal perro» varias veces. Bajé la cabeza y parpadeé.

—Vamos, Chico —repitió Hannah. El tono de su voz era amable.

La seguí obedientemente hacia la casa.

—Tico —decía Clarity todo el rato—. Tico.

Cuando llegamos a la escalera de la parte delantera de la casa, me detuve un momento a causa de un extraño sabor que notaba en la boca. Ya lo había sentido otras veces. Me recordó una vez en que saqué de la basura una sartén metálica que despedía un olor muy dulce y que, después de lamerla, probé a mordisquear. El metal tenía un sabor tan malo que no me quedó otra que escupir. Pero ahora no podía escupir ese sabor: se había instalado en mi lengua y me invadía la nariz.

—¿Chico? —Hannah estaba de pie en el porche y me miraba—. ¿Qué sucede?

Meneé la cola y subí al porche. Cuando ella abrió la puerta, fui el primero en entrar en la casa.

Siempre era divertido cruzar esa puerta, tanto si era para entrar como si era para salir, porque eso significaba que íbamos a hacer algo nuevo.

Al cabo de un rato, mientras Hannah y Clarity practicaban un juego nuevo, monté guardia. Hannah llevaba a Clarity hasta arriba de las escaleras y luego ella bajaba los escalones arrastrándose por el suelo mientras Hannah la miraba. Entonces, le decía «buena chica» y yo meneaba la cola. Cuando Clarity llegaba abajo, le lamía la cara y la niña se reía, pero levantaba los brazos hacia Hannah de inmediato.

—Más —pedía—. Más, yaya. Más.

Y cuando decía eso, Hannah la cogía en brazos, le daba besos y la subía hasta arriba de las escaleras para que lo volviera a hacer otra vez.

Cuando estuve seguro de que estaban a salvo, fui a mi sitio favorito del salón, di unas vueltas y me tumbé con un suspiro. Al cabo de unos minutos, Clarity se acercó a mí arrastrando una manta. Llevaba esa cosa en la boca que siempre masticaba y nunca se tragaba.

—Tico —dijo.

Se puso a gatas en el suelo, llegó hasta mí y se enroscó a mi lado mientras se acercaba la manta con sus pequeñas manos. Le olí la cabeza: nadie en el mundo olía como Clarity. Su olor me llenaba de un sentimiento cálido que me invitaba a dormir.

Todavía dormíamos cuando oí que se cerraba la puerta exterior. Gloria entró en la habitación.

—¡Oh, Clarity! —exclamó.

Abrí un poco los ojos. Gloria se agachó y se llevó a la niña de mi lado. El lugar en que había estado durmiendo se quedó frío y vacío sin ella.

Hannah salió de la cocina.

—Estoy haciendo galletas —dijo.

Me puse en pie, pues conocía esa palabra. Meneando la cola, me acerqué para oler las manos de Hannah, que despedían un aroma dulce.

—La niña estaba durmiendo pegada al perro —dijo Gloria.

Oí la palabra «perro»; como siempre, la pronunció como si la hubiera hecho enfadar. Me pregunté si eso significaba que no tendría galletas.

—No pasa nada —dijo Hannah—. Clarity se puso a su lado.

—Preferiría que mi hija no durmiera al lado de un perro. Si Chico hubiera rodado a un lado, la hubiera podido aplastar.

Miré a Hannah, intentando comprender algo. Sabía que habían hablado de mí. Ella se llevó una mano a la boca y dijo:

—Yo… Vale, claro. No volverá a pasar.

Clarity todavía estaba dormida. Tenía la cabeza apoyada en el hombro de Gloria, que se la pasó a Hannah; se sentó a la mesa de la cocina con un suspiro.

—¿Queda algo de té frío? —preguntó.

—Te lo prepararé.

Hannah, con la niña en brazos, se fue hasta la encimera de la cocina. Sacó unas cuantas cosas, pero no vi ninguna galleta, a pesar de que su olor dulce y cálido llenaba la cocina. Me senté obedientemente y esperé.

—Creo que sería mejor que, mientras Clarity y yo estamos de visita, el perro se quedara en el patio —dijo Gloria.

Dio un sorbo de té mientras Hannah se sentaba con ella a la mesa. Clarity empezaba a despertarse. Hannah le dio unas palmaditas en la espalda.

—Oh, no puedo hacerlo.

Me tumbé y solté un suave gruñido. Me pregunté por qué las personas siempre hacían eso: hablaban de galletas, pero no le daban ninguna al perro por mucho que se lo mereciera.

—Chico forma parte de la familia —dijo Hannah. Levanté la cabeza con pereza para mirarla, pero no había ni rastro de galletas—. ¿No te he contado nunca cómo nos juntó a Ethan y a mí?

Al oír «Ethan» me quedé inmóvil. Últimamente se pronunciaba poco su nombre, pero cada vez que lo hacían no podía evitar recordar su olor y el contacto de su mano sobre mí.

—¿Un perro os juntó? —preguntó Gloria.

—Ethan y yo nos conocíamos desde niños. Habíamos sido novios en el instituto, pero después del incendio… ¿Sabes lo del incendio que le dejó la pierna mal?

—Tu hijo debe de haberlo mencionado en algún mo-

13

mento, pero no me acuerdo. En general, Henry habla de sí mismo. Ya sabes cómo son los hombres.

—Vale, pues después del incendio, Ethan... Había algo oscuro dentro de él. Y yo no era lo bastante mayor. Quiero decir que no era lo suficientemente madura para ayudarle a manejarlo.

Percibí algo parecido a la tristeza en Hannah. De inmediato, supe que me necesitaba. Sin salir de debajo de la mesa, me acerqué a ella y puse la cabeza sobre su regazo. Me acarició con suavidad. Los pies de Clarity colgaban por encima de mí.

—Ethan también tenía un perro entonces, un bonito golden retriever que se llamaba Bailey. Lo llamaba su «perro bobo».

Al oír Bailey y «perro bobo», meneé la cola. Cada vez que Ethan me llamaba «perro bobo», notaba que su corazón se llenaba de amor. Él me abrazaba y yo le lamía la cara. En ese momento eché de menos a Ethan más que nunca. Y me di cuenta de que Hannah también lo añoraba. Le lamí la mano. Ella bajó los ojos y sonrió.

—Tú también eres un buen perro, Chico —dijo Hannah.

Meneé la cola al oír que me llamaba «perro bueno». Después de todo, quizás esa conversación terminara con algunas galletas.

—Bueno, cada uno siguió su camino. Yo conocí a Matthew, nos casamos y tuve a Rachel, a Cindy y, por supuesto, a Henry.

Gloria murmuró algo, pero no la miré. Hannah todavía me acariciaba la cabeza y no quería que dejara de hacerlo.

—Después de que Matthew muriera, decidí que echaba de menos a mis chicos y me mudé otra vez a la ciudad. Y, un día, cuando Chico debía de tener un año, estaba en el parque de perros y siguió a Rachel hasta casa. Llevaba una etiqueta en el collar y al leerla... Bueno, me sorprendió ver el nombre de Ethan. ¡Pero mayor fue la sorpresa de Ethan cuando lo llamé por teléfono! Había estado pensando en pasar por su casa algún día para hacerle una visita, pero seguramente no hubiera llegado a hacerlo nunca. Por absurdo que parezca, las cosas no quedaron bien entre nosotros. Y, a pesar de que hacía mucho tiempo de eso, me sentía…, no sé, tímida quizá.

—No me hables de malas rupturas. Yo he tenido unas cuantas —dijo Gloria.

—Sí, seguro que sí —repuso Hannah. Bajó la mirada hacia su regazo y me sonrió—. Cuando vi a Ethan, después de tantos años, fue como si nunca nos hubiéramos separado. Nuestro destino era estar el uno con el otro. Por supuesto, eso no se lo conté a mis hijos. Pero Ethan fue mi único compañero del alma. Y, a pesar de ello, de no haber sido por Chico, quizá nunca nos hubiéramos vuelto a encontrar.

Me encantaba que pronunciaran mi nombre junto con el de Ethan. Hannah me sonrió. Percibí toda su tristeza y su amor.

—Oh, mira qué hora es —dijo Hannah de repente.

Se puso en pie y le pasó la niña a Gloria. Clarity se revolvió un poco, alargó un brazo y bostezó. Las galletas salieron del horno y su delicioso olor invadió la cocina, pero Hannah no me dio ninguna.

Por lo que a mí respectaba, tener tan cerca unas galletas tan tentadoras y que no me dieran ninguna estaba siendo la tragedia del día.

—Estaré fuera, quizás una hora y media —le dijo Hannah a Gloria.

Alargó la mano hasta un lugar donde guardaba algunos juguetes llamados «llaves» y oí el tintineo metálico típico que siempre asociaba con el coche. Miré, alerta, dividido entre el deseo de dar un paseo en automóvil y el de quedarme cerca de las galletas.

15

—Tú te quedas aquí, Chico —dijo Hannah—. Ah, Gloria, asegúrate de que la puerta del sótano esté cerrada. A Clarity le encanta trepar a todas las sillas que encuentra y he puesto un poco de veneno para ratas ahí dentro.

—¿Ratas? ¿Hay ratas? —preguntó Gloria, alarmada.

Clarity ya se había despertado del todo y se revolvía en brazos de su madre.

—Sí. Esto es una granja. A veces hay ratas. No pasa nada, Gloria. Asegúrate de que la puerta está cerrada.

Me pareció detectar cierto enojo en Hannah. La miré, ansioso, en busca de alguna señal que me indicara qué estaba pasando. Pero como solía suceder en ocasiones así, las emociones fuertes que yo percibía nunca se explicaban. Las personas son así, tienen emociones complejas que son demasiado difíciles de comprender para un perro.

Seguí a Hannah mientras ella salía de la casa e iba hasta el coche.

—No, tú te quedas aquí, Chico —me dijo.

Estaba claro lo que me quería decir, sobre todo porque subió al coche y cerró la puerta antes de que yo pudiera subir. Meneé la cola, deseando que cambiara de opinión, pero cuando vi que el coche se dirigía hacia el camino supe que ese día no habría paseo para mí.

Regresé a casa por la puerta de perros. Clarity estaba en su silla especial, una que tenía una bandeja en la parte de delante. Gloria estaba con ella e intentaba ponerle una cucharada de comida en la boca, pero Clarity escupía la mayor parte al suelo. Probé un poco de la comida de la niña: no la culpé en absoluto por escupirla. A veces dejaban que se llevara la comida a la boca con las manos, pero cuando se trataba de cosas realmente malas, su madre y Hannah debían forzarla con la cuchara.

—¡Tico! —exclamó Clarity, dando un porrazo en la bandeja de la silla con ambas manos, feliz. Parte de la comida salpicó a

Gloria en la cara, que se levantó con brusquedad. Se limpió la cara con una toalla y me fulminó con la mirada. Yo bajé la mía.

—No puedo creer que te permita andar por aquí dentro como si fueras el dueño de la casa —murmuró.

No albergaba esperanzas de que Gloria me diera galletas.

—Bueno, pues no será así mientras yo esté al mando. —Me miró un instante en silencio y, finalmente, sorbió por la nariz y dijo—: Vale. ¡Ven aquí! —ordenó.

La seguí obedientemente hasta la puerta del sótano. Gloria la abrió y dijo.

—Adentro. ¡Vamos!

Me imaginé lo que quería, así que crucé la puerta. Al otro lado, antes de bajar las escaleras, había una pequeña zona con una alfombra lo bastante grande para mí. Me di la vuelta y la miré.

—Te quedas aquí —me dijo, y cerró la puerta.

Al momento, todo se quedó a oscuras.

Bajé las escaleras, que eran de madera y que crujieron bajo el peso de mi cuerpo. No solía bajar al sótano, así que noté un montón de olores nuevos e interesantes por explorar. Explorar y, quizá, encontrar algo para comer.

2

*L*a luz en el sótano era muy tenue, pero los rincones estaban repletos de ricos y densos olores. En los estantes de madera había botellas polvorientas. Una caja de cartón, medio rota por los lados, estaba atiborrada de ropas que todavía despedían una maravillosa mezcla de los olores de los muchos niños que habían estado en la granja durante todos esos años. Inhalé profundamente, recordando mis carreras por la hierba en verano y los saltos en la nieve cuando llegaba el invierno.

Sin embargo, a pesar de esos fantásticos olores, no había nada interesante para comer.

Al cabo de un rato, oí el inconfundible sonido del coche de Hannah, que se acercaba por el camino. La puerta del sótano se abrió con un leve chasquido.

—¡Chico! ¡Ven aquí, ahora mismo! —ordenó Gloria, cortante.

Subí las escaleras a toda prisa, pero tropecé en la oscuridad y sentí un agudo dolor en la pata trasera. Un dolor agudo y profundo. Me detuve y miré a Gloria, que estaba en el quicio de la puerta. Esperaba que me dijera que, fuera lo que fuera con lo que me había golpeado, no pasaba nada.

—¡He dicho que vengas! —gritó.

Cojeé un poco al dar el primer paso, pero sabía que debía hacer lo que me ordenaba. Intenté no apoyarme mucho en la pata y eso pareció ayudarme.

No me gustaba especialmente que Gloria me pusiera la mano encima; además, sabía que, por algún motivo, estaba enfadada conmigo, así que intenté no acercarme mucho a ella.

—¿Hola? —llamó Hannah. Su voz llegaba como un eco desde arriba de las escaleras.

Intenté acelerar el paso; la pata parecía estar un poco mejor. Gloria se dio la vuelta y entramos en la cocina.

—¿Gloria? —dijo Hannah. Dejó unas bolsas de papel en la mesa y yo me acerqué a ella meneando la cola—. ¿Dónde está Clarity?

—Al final la puse a dormir un rato.

—¿Qué estabas haciendo en el sótano?

—Yo… estaba buscando un poco de vino.

—¿Vino? ¿En el sótano? —Hannah bajó una mano y se la olí, pues me llegaba el aroma de algo dulce. Estaba muy contento de que hubiera regresado a casa.

—Bueno, pensé que tendrías bodega ahí abajo.

—Ah. Bueno, no. Creo que tenemos un poco de vino en el armario, bajo la tostadora. —Hannah me miraba, así que meneé la cola—. ¿Chico? ¿Estás cojeando?

Me senté. Hannah dio unos pasos hacia atrás y me llamó. Me levanté y fui hasta ella.

—¿No te parece que cojea un poco? —preguntó Hannah.

—No sé —repuso Gloria—. Soy experta en niños, no en perros.

—¿Chico? ¿Te has hecho daño en una pata?

Meneé la cola por el puro placer de recibir su atención. Hannah se agachó y me dio un beso entre los ojos, y yo le di un lametón. Luego, fue hasta la encimera.

—Oh, ¿no querías galletas? —preguntó.

—No puedo comer galletas —respondió Gloria con desprecio.

Nunca había oído pronunciar la palabra «galletas» de una forma tan negativa. Hannah no dijo nada, pero soltó un leve suspiro mientras empezaba a ordenar las cosas que había traído a casa. A veces, cuando regresaba, traía un hueso; pero esta vez sabía por el olor que no había encontrado ninguno. La miré, alerta a pesar de ello, por si acaso estaba equivocado.

—Y tampoco quiero que Clarity coma ninguna galleta —dijo Gloria al cabo de un minuto—. Ya está bastante gordita.

Hannah se rio un momento, antes de cambiar el gesto.

—¿Lo dices en serio?

—Por supuesto que lo digo en serio.

Al cabo de un momento, Hannah volvió a ocuparse de las bolsas de la compra.

—Vale, Gloria —dijo, en voz baja.

Al cabo de unos días, Gloria estaba sentada al sol, en el jardín, con las rodillas dobladas cerca del pecho. Se había puesto unas pequeñas bolitas entre los dedos de los pies y se los estaba tocando con un pequeño palo mojado con un producto químico que hacía llorar los ojos. Cada dedo de sus pies quedaba más oscuro cuando había terminado con él.

El olor era tan fuerte que superó el desagradable sabor que todavía tenía en la boca, a pesar de que se había hecho más potente con el paso de los días.

Clarity había estado jugando con un juguete, pero ahora se había puesto en pie y se alejaba caminando. Miré a Gloria, que tenía los ojos clavados en los dedos de los pies y la lengua un poco fuera de los labios.

—Clarity, no te alejes —dijo Gloria sin prestar mucha atención.

Durante los días que la niña había estado en la granja, había pasado de caminar con paso inseguro y caerse todo el rato a casi empezar a correr. Ahora se dirigía hacia el establo. La seguí, preguntándome qué debía hacer.

Allí estaba Troy, el caballo. Cuando Ethan vivía, a veces montaba a Troy, cosa que a mí no me gustaba mucho porque los caballos no son tan de fiar como los perros. Un día, cuando era joven, Ethan se cayó de un caballo; pero nadie se caía nunca de un perro. Hannah nunca montaba a Troy.

Entramos en el establo, Clarity y yo. Troy bufó al vernos. El lugar olía a paja y a caballo. La niña caminó directamente hacia la caseta en que se quedaba Troy cuando estaba en la granja. El caballo movió la cabeza arriba y abajo con un gesto rápido y volvió a bufar. Ella llegó hasta los barrotes de la caseta y los agarró con sus pequeñas manos.

—Caballito —dijo, emocionada, y sin dejar de subir una y otra rodilla de emoción.

Troy estaba cada vez más tenso. Yo no le gustaba mucho y había notado en otras ocasiones que, cuando me encontraba en el establo, él se ponía nervioso. Clarity alargó la mano por entre los barrotes para acariciar a Troy, pero el caballo se apartó.

Me acerqué a Clarity y le di un suave golpe con el hocico para que se diera cuenta de que, si quería acariciar a alguien, a quién mejor que a un perro. Tenía los ojos y la boca abiertos. Parecía emocionada sin apartar la mirada de Troy.

La puerta de la caseta estaba cerrada con un trozo de cadena. Pero cuando Clarity se apoyó en los barrotes, la puerta se abrió un poco antes de quedar sujeta. De inmediato, supe lo que la niña iba a hacer. Chillando de felicidad, Clarity se coló de costado por la apertura de la puerta.

Se metió en la caseta de Troy.

El caballo empezó a caminar de un lado a otro, a mover la cabeza y a resoplar. Tenía los ojos muy abiertos y parecía

21

que golpeaba el suelo con los cascos con más y más fuerza. Podía oler su agitación: le transpiraba por la piel, igual que el sudor.

—Caballito —dijo Clarity.

Metí la cabeza en la rendija de la puerta y empujé con fuerza para intentar pasar. Mientras lo hacía, volví a sentir dolor en la pata trasera, pero lo ignoré y me concentré en pasar poco a poco mi cuerpo. Jadeando, conseguí meterme en la caseta justo cuando Clarity se acercaba al caballo con las manos levantadas hacia él. El caballo daba patadas en el suelo y resoplaba. Me di cuenta de que iba a pisar a la niña.

Troy me daba miedo. Era grande y poderoso. Y sabía que si me daba con uno de los cascos me haría mucho daño. Mi instinto me decía que me apartara, pero Clarity estaba en peligro y yo debía hacer algo al respecto, algo en ese mismo momento.

Contuve el miedo y ladré con toda mi furia. Le enseñé los dientes al caballo y me lancé hacia delante, colocándome entre Clarity y Troy. El caballo soltó un agudo relincho y levantó las patas del suelo un momento. Yo retrocedí, sin dejar de ladrar, empujando a Clarity hacia un rincón con la parte trasera de mi cuerpo. Troy empezó a moverse por la caseta con mayor frenesí; pisaba con fuerza el suelo, muy cerca de mi cara. Sin embargo, yo no dejaba de gruñir y de lanzar mordiscos al aire en su dirección.

—¿Chico? ¡Chico!

Hannah me estaba llamando con angustia desde fuera de la caseta. Detrás de mí, Clarity me clavó los deditos en el pelaje para no caerse con mis empujones. Quizás el caballo me acabara golpeando, pero no pensaba moverme de entre él y la niña. De repente, uno de sus cascos pasó rápidamente al lado de mi oreja y lo mordí.

Y entonces, Hannah entró a toda prisa.

—¡Troy!

Desenganchó la cadena y abrió la puerta. El caballo salió disparado, cruzó las dos puertas del establo y salió al enorme patio.

El enfado y el miedo de Hannah eran evidentes. Cogió a Clarity en los brazos y exclamó:

—Oh, cariño, estás bien, estás bien.

Clarity daba palmadas y sonreía.

—¡Caballito! —exclamó, feliz.

Hannah alargó una mano y me acarició. Me sentí aliviado al darme cuenta de que no había ningún problema.

—Sí, es un caballito grande. ¡Tienes razón, cariño! Pero no deberías estar aquí.

Cuando salimos del establo, Gloria se acercó a nosotros. Caminaba de forma extraña, como si le dolieran los pies.

—¿Qué ha pasado? —preguntó.

—Clarity se ha metido en la caseta de Troy. Hubiera podido… Ha sido terrible.

—¡Oh, no! ¡Oh, Clarity, esto ha estado muy mal! —Gloria cogió a Clarity y la apretó contra su pecho—. Oh, no debes volver a asustar a mamá así nunca, nunca más, ¿comprendido?

Hannah cruzó los brazos.

—No comprendo cómo consiguió meterse ahí sin que te dieras cuenta.

—Debe de haber seguido al perro.

—Ya.

Hannah seguía enfadada conmigo, así que bajé un poco la cabeza con cierto arrepentimiento.

—¿Podrías cogerla? —preguntó Gloria, alargando a Clarity hacia Hannah.

Después de eso, el dolor de la cadera no me desapareció. No era tan fuerte como para impedirme caminar, pero era un dolor constante que no se iba. Y, sin embargo, a mi pata no le pasaba nada, no había nada que lamer.

Durante la cena me quedé debajo de la mesa; limpiaba el suelo de las migas que caían en él. Cuando había niños, siempre conseguía unos cuantos buenos bocados de comida, pero ese día solamente estaba Clarity. Y, tal como ya he dicho, su comida tenía un sabor horroroso. Aunque, por supuesto, cuando un poco de su comida caía al suelo, me la comía de todos modos. Hacía unas cuantas noches que me quedaba ahí tumbado, desde el incidente con el caballo, cuando cierto día me di cuenta de que Hannah parecía un poco alterada y ansiosa. Me senté a su lado y le di un golpe con el hocico. Ella me acarició con gesto distraído.

—¿Me llamó el médico ese? ¿Bill? —preguntó Gloria.

—No, ya te dije que te lo diría.

—No comprendo por qué los hombres hacen eso. Te piden el teléfono y luego no llaman.

—Gloria. Yo estaba…, estaba pensando en otra cosa.

—¿En qué?

—Bueno. Primero, quiero que sepas que, a pesar de que tú y Henry no estáis, ya no estáis juntos, y de que nunca os casasteis, tú eres la madre de mi nieta y siempre te consideraré parte de la familia. Y que siempre serás bienvenida aquí.

—Gracias —dijo Gloria—. Lo mismo digo.

—Y siento mucho que el trabajo de Henry lo obligue a estar al otro lado del océano. Me dijo que todavía está esperando a conseguir una plaza aquí para poder pasar más tiempo con Clarity.

Al oír ese nombre, miré los pequeños pies de la niña, que era lo único que podía ver desde debajo de la mesa. Estaba dando patadas en el aire, que era lo que hacía siempre que cenaba su horrible comida. Cada vez que Gloria le daba de comer, la niña se removía inquieta en su silla.

—Mientras, sé que estás intentando retomar tu carrera de cantante —continuó Hannah.

—Sí, bueno, tener un hijo no ayuda, exactamente. Ni siquiera he podido quitarme de encima estos kilos de más.

—Por eso, estaba pensando: ¿y si Clarity se quedara aquí?

Se hizo un largo silencio. Cuando Gloria habló, lo hizo en voz muy baja.

—¿Qué quieres decir?

—Rachel estará de vuelta en la ciudad la semana que viene. Y, cuando empiece el año escolar, Cindy estará libre a partir de las cuatro cada día. Entre nosotras y todos los primos de Clarity, podríamos prestarle mucha atención. Y tú tendrías la oportunidad de continuar cantando. Además, tal como he dicho, cada vez que quisieras venir a quedarte aquí, tenemos mucho sitio. Tendrías mucha libertad.

—Así que se trata de eso —dijo Gloria.

—¿Disculpa?

—Me había hecho esa pregunta. El hecho de que me invitaras a venir, de que me dijeras que podía quedarme todo el tiempo que quisiera. Ahora ha quedado claro. ¿Era para que Clarity se quede a vivir contigo? ¿Y luego? ¿Qué pasará luego?

—Creo que no comprendo qué quieres decir, Gloria.

—Y luego Henry me denuncia para dejar de pasarme el dinero para la niña. Y entonces yo me quedo sin nada.

—¿Qué? No, eso es lo último…

—Sé que toda tu familia cree que yo intentaba hacer caer a Henry en la trampa de que me pidiera en matrimonio, pero yo he conocido a un montón de hombres que valían la pena. No necesito hacer caer a nadie en ninguna trampa.

—No, Gloria, nadie ha dicho eso.

Gloria se puso en pie con un gesto brusco.

—Lo sabía. Sabía que se trataba de algo así. Todo el mundo mostrándose tan amable.

Percibía su enfado. Y me aseguré de mantenerme lejos de sus pies. De repente, la silla de Clarity sufrió una sacudida y sus pequeños pies desaparecieron de mi vista.

—Voy a hacer las maletas. Me marcho.

—¡Gloria!

Oí que Clarity empezaba a lloriquear mientras su madre subía las escaleras. La niña no lloraba casi nunca: la última vez que recordaba haberla oído llorar fue cuando se metió en el jardín y arrancó una planta que picaba tanto que me hizo llorar más que lo que Gloria se ponía en los pies. Y, a pesar de que para mí era evidente que eso era algo que nadie debía comer, Clarity se metió la planta en la boca y la masticó. Inmediatamente puso expresión de sorpresa y empezó a llorar exactamente igual que ahora: en parte con sorpresa, en parte con dolor y en parte con rabia.

Hannah también lloró después de que Gloria y Clarity se fueran con el coche. Intenté consolarla tanto como pude quedándome a su lado con la cabeza apoyada en sus rodillas. Y estoy seguro de que en algo la ayudé, aunque continuaba muy triste cuando se quedó dormida en la cama.

No acababa de comprender qué había pasado, aparte de que Gloria y Clarity se habían ido, pero pensé que las volvería a ver. La gente siempre volvía a la granja.

Dormí en la cama de Hannah, cosa que había empezado a hacer poco tiempo después de que Ethan muriera. Durante un tiempo, ella me abrazaba por las noches y a veces también lloraba. Yo sabía por qué lloraba: añoraba a Ethan. Todos lo echábamos de menos.

A la mañana siguiente, cuando salté de la cama de Hannah, me pareció que se me rompía algo en la cadera izquierda. Sin poder evitarlo, solté un aullido de dolor.

—Chico, ¿qué sucede? ¿Qué te ha pasado? ¿Qué tienes en la pata?

Percibí el miedo de Hannah y le lamí la mano en señal de

disculpa por haberla preocupado, pero no fui capaz de apoyar la pata trasera en el suelo. Me dolía demasiado.

—Vamos al veterinario ahora mismo, Chico. Te pondrás bien —dijo Hannah.

Fuimos hasta el coche despacio; yo iba saltando sobre tres patas y haciendo todo lo posible para que no se notara que me dolía y no poner más triste a Hannah. Aunque siempre me sentaba en el asiento de delante, esta vez ella me puso detrás, cosa que agradecí, pues era más fácil subir ahí que intentar hacerlo en el asiento de delante con solo tres patas.

Cuando el coche se puso en marcha y empezó a avanzar, volví a notar ese horrible sabor en la boca. Pero ahora era más horrible que nunca.

3

*C*uando llegamos a esa fría habitación y me subieron a la camilla de metal, meneé la cola temblando de emoción. Me encantaba la veterinaria, que se llamaba doctora Deb. Siempre me tocaba con gran delicadeza. Los dedos solían olerle a jabón, pero también se notaba un olor de gatos y de perros en las mangas. Dejé que me tocara la pata, y no me dolió en absoluto. Cuando la doctora Deb me lo dijo, me puse en pie. Luego esperé pacientemente con Hannah en una pequeña habitación hasta que la veterinaria vino y se sentó en un taburete frente a Hannah.

—No son buenas noticias —dijo la doctora Deb.

—Oh —repuso Hannah.

Noté que la embargaba la tristeza; la miré con simpatía, a pesar de que ella nunca se había puesto triste con la doctora Deb antes. No entendía qué estaba pasando.

—Podría amputarle la pata, pero estos perros grandes no acostumbran a manejarse bien si les falta una pata trasera. Y no hay ninguna garantía de que el cáncer no se haya extendido ya. Es probable que solo le causáramos una mayor incomodidad durante el poco tiempo que le queda. Si dependiera de mí, yo le daría solamente analgésicos. Ya tiene once años, ¿verdad?

—Es adoptado, así que no lo sé con seguridad. Pero sí, más o menos —respondió Hannah—. ¿Es muy viejo?

—Bueno, dicen que los labradores viven unos doce años y medio, pero he conocido algunos que viven más. No estoy diciendo que ya se encuentre al final de su vida. Pero, a veces, en los perros más viejos, los tumores crecen con mayor lentitud. Ese sería otro factor que tener en cuenta si pensáramos en amputar.

—Chico siempre ha sido un perro muy activo. No me puedo imaginar que le amputemos una pata —dijo Hannah.

Meneé la cola al oír mi nombre.

—Eres un perro muy bueno, Chico —murmuró la doctora Deb. Cerré los ojos y me apoyé en ella para que me rascara tras las orejas—. Para empezar, le daremos algo para el dolor. Los labradores no siempre nos hacen saber cuándo les duele. Tienen un umbral de dolor increíblemente alto.

Cuando llegamos a casa, me dieron un plato especial de carne y queso. Luego me entró sueño y me fui a mi sitio habitual, en el salón. Me tumbé para dar una larga cabezada.

Durante el verano me sentía mejor si mantenía la pata trasera levantada y me apoyaba solamente en las otras tres, así que eso fue lo que hice. Los mejores días fueron aquellos en los que me di un baño en el lago. El agua fría era muy agradable, y allí dentro no tenía que aguantar el peso de mi cuerpo. Rachel regresó de donde fuera que se hubiera ido y también aparecieron por allí todos los niños con nosotros. Asimismo, vinieron los hijos de Cindy; todos ellos me dedicaron una gran atención, como si yo fuera su mascota. Me encantaba tumbarme en el suelo mientras dos de las hijas pequeñas de Cindy me ataban unas cintas rojas al pelo: sus pequeñas manos me tocaban con gran suavidad mientras trabajaban. Y luego… me comía las cintas.

Hannah me daba un montón de caprichos para comer. Y dormía mucho. Sabía que me estaba haciendo viejo porque, a menudo, notaba los músculos agarrotados y porque veía peor. Sin embargo, me sentía muy feliz. Me encantaba el olor de las hojas que caían al suelo y se enroscaban en sí mismas, así como el perfume de las flores de Hannah mientras se secaba en sus tallos.

—Chico vuelve a cazar conejos —oí que decía Hannah un día mientras yo dormía.

Me desperté al oír mi nombre, pero me sentí desorientado y tardé un momento en reconocer dónde me encontraba. Había tenido un sueño muy vívido en el cual Clarity se caía del muelle; pero en el sueño, en lugar de ser un perro malo, Ethan estaba allí, arrodillado al fondo del lago. «Buen perro», me decía, y yo notaba que él se alegraba de que hubiera estado vigilando a la niña. Cuando ella regresara a la granja, yo volvería a cuidarla. Eso era lo que Ethan quería que hiciera.

30

Su olor había ido desapareciendo de la granja lentamente, pero yo todavía notaba su presencia en algunos lugares. A veces iba a su dormitorio y me parecía que estaba justo allí, durmiendo o sentado en su silla, mirándome. Esa sensación me consolaba. Y, a veces, recordaba que Clarity me llamaba «Tico». A pesar de que sabía que su madre estaba cuidando de ella, siempre que pensaba en Clarity notaba algo de ansiedad. Esperaba que regresara pronto a la granja para poder comprobar en persona que la niña se encontraba bien.

Llegó el frío, y cada vez salía menos de casa. Para hacer mis necesidades elegía el árbol que estaba más cerca; debía agacharme, pues ya no podía levantar la pata. Hannah venía conmigo y me esperaba. Allí estaba siempre, aunque lloviera.

Ese invierno, la nieve fue una delicia. Soportaba mi peso igual que el agua y era más fría, así que resultaba incluso más agradable. Me quedaba de pie en ella y cerraba los ojos:

era tan cómodo que sentía que podía quedarme dormido allí mismo.

El mal sabor de boca no se iba nunca, pero a veces era más fuerte; otras, me olvidaba de él. Lo mismo sucedía con el dolor en la pata, pero había momentos en que un dolor repentino y agudo me despertaba de la siesta y me dejaba sin respiración.

Cierto día, me levanté y fui a mirar la nieve por la ventana. Se estaba derritiendo, así que no parecía que valiera la pena salir para jugar con ella, a pesar de que siempre me había encantado el momento en que la hierba nueva empezaba a crecer en la tierra húmeda y fangosa. Hannah me miró:

—Vale, Chico. Vale —dijo.

Ese día, todos los niños vinieron a verme, me acariciaron y me hablaron. Yo me quedé tumbado en el suelo. Gruñía de placer al recibir tantas atenciones y tantas caricias. Algunos niños estaban tristes; otros parecían aburridos. Pero todos ellos se sentaron en el suelo conmigo hasta que llegó la hora de irse.

—Eres un perro bueno, Chico.

—Te echaremos de menos, Chico.

—Te quiero, Chico.

Cada vez que oía mi nombre, meneaba la cola.

Esa noche no dormí en la cama de Hannah porque era fantástico quedarme tumbado en mi sitio, en el suelo, y recordar las caricias de todos los niños.

A la mañana siguiente me desperté justo cuando el sol empezaba a iluminar el cielo. Tuve que emplear todas mis fuerzas para ponerme en pie; fui hasta la cama de Hannah cojeando. Ella se despertó en cuanto coloqué la cabeza sobre la cama, jadeando.

Me dolía mucho el estómago y la garganta, y notaba un dolor sordo en la pata.

No sabía si ella podía comprenderme, pero la miré fija-

31

mente, intentando hacerle saber lo que necesitaba. Sabía que esa maravillosa mujer, la compañera de Ethan, que tanto nos había querido a los dos, no me fallaría.

—Oh, Chico. Me estás diciendo que ha llegado el momento —dijo con tristeza—. Vale, Chico, vale.

Salimos de la casa y me acerqué cojeando al árbol para hacer mis necesidades. Luego observé la granja, iluminada por la luz del amanecer: todo tenía un tono naranja y dorado. Del alero del tejado caían gotas de agua; un agua fría que despedía un olor puro. El suelo, a mis pies, estaba húmedo, listo para eclosionar con flores y hierba: olía ya esos nuevos brotes justo debajo de la superficie fragante de la tierra. Era un día perfecto.

Llegamos al coche sin problemas, pero cuando Hannah abrió la puerta, no le hice caso, sino que me desplacé un poco hasta que mi hocico apuntó hacia la puerta de delante. Ella se rio un momento. Abrió la puerta y me ayudó a subir.

Yo siempre iba en el asiento delantero.

Me senté y miré hacia fuera, al nuevo día que traía la promesa de brisas más cálidas. Todavía quedaba un poco de nieve en las zonas en que los árboles estaban más apretados, pero ya había desaparecido del jardín en que Ethan y yo habíamos jugado tanto. Todavía me parecía oírle diciéndome que yo era un buen perro. Cada vez que recordaba su voz, no podía evitar menear la cola.

Durante ese viaje a ver a la doctora Deb, Hannah no paraba de alargar la mano para acariciarme. Y cuando hablaba, su tono de voz era muy triste. Yo le lamía la mano cada vez que me tocaba.

—Oh, Chico —dijo.

Meneé la cola.

—Cada vez que te miro, recuerdo a mi Ethan. Chico. Buen perro. Tú eras su compañero, su amigo especial. Su perro. Y me llevaste hasta él otra vez, Chico. Sé que no me comprendes, pero que aparecieras en las escaleras de mi casa fue lo que hizo que Ethan y yo volviéramos a estar juntos. Tú hiciste eso. Fue… Ningún perro podría hacer nada mejor por su gente, Chico.

Me sentía feliz al oír que Hannah pronunciaba una y otra vez el nombre de Ethan.

—Tú eres el mejor perro del mundo, Chico. Eres un perro muy muy muy bueno.

Meneé la cola: me encantaba ser un buen perro.

Cuando llegamos y Hannah me abrió la puerta, me quedé sentado. Sabía que no había forma de poder saltar fuera del coche. La miré con tristeza.

—Oh, vale, Chico. Espera ahí.

Hannah cerró la puerta y se alejó. Al cabo de unos minutos, la doctora Deb y un hombre a quien no había visto nunca llegaron hasta el coche. Las manos del hombre olían a gato y también desprendían un olor de carne muy agradable. Él y la doctora Deb me llevaron hasta el interior del edificio. Hice todo lo posible por no hacer caso del dolor que me recorría todo el cuerpo, pero me quedé exhausto. Me colocaron sobre la camilla metálica, pero yo tenía tanto dolor que no pude ni menear la cola, así que agaché la cabeza y me tumbé. El frío del metal en el cuerpo era una sensación muy agradable.

—Eres un perro muy muy bueno —me susurró Hannah.

Sabía que ahora no duraría mucho. Me concentré en ella, que sonreía, pero también lloraba. La doctora Deb me acariciaba: noté que sus dedos buscaban un pliegue de la piel en mi cuello.

Pensé en Clarity. Deseé que pronto encontrara otro perro que la vigilara. Todo el mundo necesita un perro, pero en el caso de Clarity era algo más que una necesidad.

Mi nombre era Chico. Antes de eso, había sido Ellie; antes, Bailey; y antes, Toby. Yo era un perro bueno que había amado a su chico, Ethan, y que había cuidado de sus hijos. También había amado a su compañera, Hannah. Sabía que ahora ya no volvería a renacer: estaba bien que fuera así. Ya había hecho todo lo que un perro debía hacer en este mundo.

Sentí el pinchazo en el trozo de piel que la doctora Deb me sujetaba con los dedos. También, al mismo tiempo, sentí el amor de Hannah. Al instante, el dolor disminuyó. Me embargó una sensación de paz: una deliciosa y cálida sensación, como cuando el agua sostenía mi cuerpo en el lago. Poco a poco dejé de notar el contacto de las manos de Hannah. Entonces, mientras me alejaba flotando en el agua, me sentí verdaderamente feliz.

4

*L*as imágenes todavía se estaban acabando de formar ante mi borrosa visión cuando lo recordé todo. Yo era un cachorro recién nacido sin otro objetivo que obtener la leche de mi madre y, de repente, de nuevo era yo. Aunque volvía a ser un cachorro, recordaba haber sido Chico y también todas las otras veces en que había sido un cachorro en mis anteriores vidas.

Mi madre tenía el pelaje rizado, corto y oscuro. Mis patas también eran oscuras (por lo menos, lo eran hasta donde yo podía ver con mis ojos recién abiertos), pero mi pelo no era rizado. Todos mis hermanos tenían el mismo color oscuro, aunque me di cuenta (mientras chocábamos los unos con los otros) de que solo había uno que tenía el pelaje como el mío. Los demás lo tenían tan rizado como nuestra madre.

Pronto se me aclararía la visión, pero dudaba de que eso me ayudara a comprender por qué volvía a ser un cachorro. Siempre había creído que tenía un propósito importante y que eso era lo que me hacía renacer cada vez. Y todo lo que había aprendido a hacer me había permitido ayudar a mi chico, Ethan. Había permanecido a su lado y lo había guiado durante los últimos años de su vida. Y ese, creía yo, había sido mi razón de ser.

¿Y ahora qué? ¿Iba a renacer una y otra vez, siempre? ¿Era posible que un perro tuviera más de un motivo para vivir? ¿Cómo?

Los cachorros dormíamos juntos dentro de una gran caja. Cuando mis patas se fortalecieron, empecé a explorar los alrededores: resultó tan emocionante como explorar el interior de una caja. A veces oía unos pasos que bajaban por unas escaleras y veía una forma borrosa que se inclinaba sobre la caja; a veces oía la voz de una mujer; en ocasiones, la de un hombre. Por la manera en que mi madre movía la cola supe que esas eran las personas que la cuidaban y que la querían.

Muy pronto fui capaz de ver que eran —por supuesto— un hombre y una mujer. Así es como pensaba en ellos: el Hombre y la Mujer.

Un día, el Hombre trajo a un amigo que sonrió al vernos. Ese amigo no tenía pelo en la cabeza, pero sí alrededor de la boca.

—Son muy bonitos —dijo el hombre calvo de boca peluda—. Seis cachorros. Es una buena camada.

—¿Quieres coger uno? —dijo el Hombre.

Unas manos enormes me agarraron; me quedé inmóvil al sentir su contacto. Me sentía un poco intimidado mientras el hombre de boca peluda me levantaba y me miraba.

—Esta no es como los otros —dijo el hombre que me sujetaba.

Su aliento despedía un fuerte olor a mantequilla y azúcar, así que lamí un poco el aire.

—No, tiene un hermano que es igual que ella. No estamos seguros de qué ha pasado: Bella y el padre son caniches puros, pero esta no parece un caniche. Pensamos que..., bueno, una tarde nos olvidamos de cerrar la puerta trasera. Es posible que Bella saliera. O quizá otro macho saltara la valla —dijo el Hombre.

—Un momento: ¿eso es posible? ¿Dos padres diferentes?

No tenía ni idea sobre qué estaban hablando, pero, si lo único que ese hombre iba a hacer era sujetarme en el aire y lanzarme olores encima, era mejor que volviera a dejarme en el suelo.

—Supongo que sí. El veterinario dijo que era posible. Dos padres diferentes.

—Qué divertido.

—Sí, si no fuera porque no podremos vender estos dos perros de padre misterioso. ¿Quieres este? Como eres amigo, te lo dejo gratis.

—No, gracias.

El hombre que me sostenía se puso a reír y volvió a dejarme en la caja. Mi madre olió el olor del desconocido en mi cuerpo y, con gesto protector y amable, me lamió para tranquilizarme. Mis hermanos y hermanas se apiñaban a mi alrededor porque, probablemente, habían olvidado quién era yo y querían desafiarme. No les hice ni caso.

—Eh, ¿cómo está tu hijo? —preguntó el hombre de cara peluda.

—Gracias por preguntar. Todavía sigue enfermo, con tos. Probablemente tendremos que llevarlo al médico.

—¿Ha venido a ver a los cachorros?

—No, todavía son demasiado jóvenes. Quiero que se fortalezcan un poco antes de que los cojan.

Los dos hombres se alejaron y desaparecieron en la nube borrosa que quedaba fuera de mi campo de visión.

A medida que pasaban los días, empecé a oír la voz de un niño que venía de arriba; me alarmó la posibilidad de que todo empezara otra vez, con un chico nuevo. No era posible que esa fuera mi razón para vivir, ¿no? No sé: aquello parecía un error, como si yo pudiera ser un perro malo por tener a otro chico que no fuera Ethan.

Una tarde, el Hombre nos cogió a todos y nos puso en una caja más pequeña. Nos llevó escaleras arriba mientras mi madre nos seguía, jadeando de ansiedad. Luego dejó la caja en el suelo y le dio la vuelta con suavidad hasta que todos nosotros rodamos por el suelo.

—¡Cachorros! —oí que exclamaba el niño en algún lugar por detrás de nosotros.

Me apoyé en el suelo con las patas muy abiertas para mantener el equilibrio y miré a mi alrededor. Era un lugar parecido a la sala de la granja, con un sofá y sillas. Estábamos sobre una mullida manta; naturalmente, casi todos mis hermanos corrieron en todas direcciones hasta que salieron al resbaladizo suelo que quedaba más allá del extremo de la manta. Yo me quedé quieto. Por experiencia, sabía que a las madres les gustaban más los lugares mullidos que los duros, y siempre es más conveniente quedarse con mamá.

El Hombre y la Mujer rieron y cogieron a los cachorros para volver a colocarlos en el centro de la alfombra. Eso debería de haber dado pistas a los cachorros de que no debían salir corriendo de allí, pero la mayoría de ellos lo intentaron otra vez. Entonces apareció un niño —un poco mayor que Clarity, pero también muy pequeño— saltando de emoción. Recordé las pequeñas piernas de Clarity dando patadas en el suelo el día en que vio a ese estúpido caballo en el establo.

Aunque no deseaba amar a ningún niño que no fuera Ethan, resultaba muy difícil no dejarse arrastrar por la alegría que todos sentíamos al ver a ese pequeño humano que alargaba los brazos hacia nosotros.

El niño cogió a mi hermano, el que tenía el pelo más largo y liso, como el mío. Noté la aflicción de mis otros hermanos al verlo.

—Ten cuidado, hijo —dijo el Hombre.

—No le hagas daño, tócalo con suavidad —dijo la Mujer.

Decidí que ellos eran la madre y el padre del niño.

—¡Me está dando besitos! —rio el niño mientras mi hermano le lamía la boca.

—Muy bien, Bella. Eres una perra buena —dijo el Hombre, acariciando a nuestra madre, que daba vueltas alrededor de la manta sin dejar de jadear con ansiedad.

El niño se puso a toser.

—¿Te encuentras bien? —le preguntó su madre.

El niño asintió con la cabeza. Entonces dejó a mi hermano en la alfombra e, inmediatamente, cogió a una de mis hermanas. Mis demás hermanos se encontraban en el extremo de la manta y estaban oliendo la superficie dura del suelo con desconfianza.

—No me gusta esa tos, parece que está empeorando —dijo el Hombre.

—No estaba tan mal esta mañana —contestó la Mujer.

Se podía oír la respiración del niño, que no paraba de toser. Es más, tosía con más fuerza. Sus padres se quedaron quietos, mirándolo.

—¿Johnny? —dijo la Mujer.

Había miedo en su voz. Nuestra madre se acercó a ella y meneó la cola. El Hombre dejó a uno de los cachorros en el suelo y cogió al niño por el brazo.

—¿Johnny? ¿Puedes respirar?

El crío se inclinó hacia delante y apoyó las manos en las rodillas. Respiraba con dificultad.

—¡Se está poniendo azul! —gritó la mujer.

Mis hermanos y yo dimos un respingo al oír el tono de terror en su voz.

—¡Llama al 911! —gritó el Hombre—. ¡Johnny! ¡Quédate conmigo, hijo! ¡Mírame!

De forma inconsciente o no, todos nosotros nos habíamos acercado a nuestra madre en busca de protección. Ella bajó el hocico hasta nosotros un momento, pero continuaba jadeando con ansiedad y se acercó al Hombre para darle un golpe con el hocico. El Hombre la ignoró.

—¡Johnny! —gritó, angustiado.

Algunos de los cachorros intentaban seguir a nuestra madre. Ella, al verlos, regresó con nosotros y nos empujó con el hocico para que no saliéramos de la alfombra y no nos pusiéramos por medio.

El Hombre tumbó al chico en el sofá. El niño parpadeaba mucho y su respiración continuaba siendo difícil. La Mujer se llevó las manos a la boca y se puso a llorar.

Oí una sirena, que se hizo más y más fuerte hasta que dos hombres y una mujer entraron en la sala. Pusieron una cosa sobre la cara del niño y lo sacaron de la casa en una camilla. El Hombre y la Mujer salieron con ellos y nosotros nos quedamos solos.

El deseo de explorar forma parte del carácter de los cachorros, así que mis hermanos abandonaron la manta de inmediato y se fueron a olisquear todos los rincones de la sala. Nuestra madre caminaba de un lado a otro, lloriqueaba y subía las dos patas delanteras a la ventana de la sala todo el rato mientras dos de mis hermanos la seguían por todas partes.

Me quedé sentado en la manta e intenté comprender qué había sucedido. Aunque no era mi chico, me preocupaba mucho ese niño. Eso no significaba que ya no amara a Ethan. Era solo que tenía miedo.

Puesto que éramos cachorros, ensuciamos toda la casa. Yo sabía que, cuando fuera mayor, tendría más autocontrol; pero en ese momento no era capaz de saber que necesitaba hacer pipí hasta que ya había empezado a hacerlo. Esperaba que el Hombre y la Mujer no se enfadaran conmigo.

Cuando el Hombre regresó a la casa, solo, todos nosotros dormíamos. Él nos llevó al sótano; luego, oí que hacía ruido en el piso de arriba. El aire nos trajo un olor a jabón. Nos pusimos a mamar, pues nuestra madre se había tranquilizado por fin al ver que el Hombre estaba en casa.

Al día siguiente nos llevaron a otro sótano en otra casa. Una mujer que olía a comida, a colada y a perros nos recibió dándonos besos y hablándonos con cariño. En su casa se notaba el olor de muchos muchos perros, aunque yo solamente vi uno: un macho que se movía lentamente y casi arrastraba las orejas por el suelo.

—Gracias. Te estoy muy agradecido, Jennifer —le dijo el Hombre.

—Mi trabajo es dar acogida a los perros —dijo ella—. Ayer adopté un bóxer, y sabía que aparecerían más. Siempre es así. Tu mujer me dijo que tu hijo tiene asma…

—Sí. Parece que padece una alergia mortal a los perros, pero nosotros no lo sabíamos porque Bella es un caniche. Al parecer Johnnie no es alérgico a los caniches. No teníamos ni idea. Me siento tan estúpido. ¡La alergia le produjo un ataque de asma, y ni siquiera sabíamos que tenía asma! Por un momento pensé que íbamos a perderlo.

Bella, al oír su nombre, meneó la cola brevemente. Pero cuando el Hombre se fue, nuestra madre se inquietó. Estábamos en un sótano, en una caja que tenía un buen tamaño; pero, en cuanto él se fue, Bella salió de la caja, se sentó ante la puerta de las escaleras y lloró. Eso inquietó a los cachorros, que dejaron de jugar y se quedaron sentados con actitud abatida. Estoy seguro de que yo también parecía abatido, pues era evidente que nuestra madre se sentía disgustada.

Ese día no pudimos mamar. La mujer, que se llamaba Jennifer, no se dio cuenta. Enseguida nos pusimos a lloriquear. Nuestra madre estaba tan alterada y triste que no podía tumbarse con nosotros, ni siquiera cuando las mamas se le hincharon y empezaron a desprender un olor tan tentador que todos nos sentimos mareados.

Yo sabía por qué estaba tan triste. Un perro pertenece a su gente.

Nuestra madre estuvo toda la noche caminando de un lado a otro y llorando. Por nuestra parte, no pegamos ojo, pero por la mañana estábamos muertos de hambre.

Jennifer vino a ver por qué llorábamos y le dijo a Bella que todo estaba bien, pero noté el tono de alarma en su voz. La mujer salió de la habitación, y todos nos pusimos a llamar a nuestra madre. Pero Bella continuaba caminando de un lado a otro, lloriqueando: no nos hizo ni caso. Luego, después de lo que nos pareció una eternidad, Bella se puso ante la puerta y apretó el hocico contra ella, olisqueando con desesperación. Empezó a menear la cola. De repente, el Hombre abrió la puerta. Bella empezó a lloriquear y a dar saltos de alegría. El hombre tuvo que apartarla dándole empujones.

—Estate quieta, Bella. Necesito que estés quieta.

—No ha dado de mamar a los cachorros. Está demasiado triste —dijo Jennifer.

—Vale, Bella, ven aquí. Vamos.

El hombre la condujo hasta la caja e hizo que se tumbara. Le puso la mano en la cabeza para que se quedara quieta. Entonces corrimos atropelladamente hacia ella, dándonos empujones.

—Me preocupa la posibilidad de que la caspa de los cachorros se me quede pegada y que Johnny tenga otro ataque. Ya tiene un inhalador y todo lo demás.

—Pero si Bella no les da de mamar, los cachorros morirán —dijo Jennifer.

—Debo hacer lo que sea mejor para Johnny. Vamos a hacer que limpien toda la casa —dijo el Hombre.

Por mi parte, empezaba a sentir la barriga pesada y caliente. Comer era algo maravilloso.

—Bueno, ¿y si te llevaras a Bella y a los cachorros caniches a casa contigo? Podrías bañarlos, quitarles toda la caspa que pudieran tener de los otros dos cachorros. Por lo menos podrías salvar a cuatro de ellos. Eso también sería bueno para Bella.

El Hombre y Jennifer estuvieron callados mucho rato. Yo ya estaba completamente lleno, por lo que me alejé dando tumbos. Tenía tanto sueño que solo quería trepar encima de uno de mis hermanos y echar una cabezada.

—¿Sacrificarías a los otros dos, entonces? No quiero dejarlos morir de hambre —dijo el Hombre.

—No sufrirán —respondió la mujer.

Al cabo de unos minutos, me sorprendió ver que el Hombre y Jennifer cogían dos cachorros cada uno. Bella saltó fuera de la caja y los siguió. Mi hermano, el que tenía el pelaje como el mío, lloriqueó un poco; pero los dos teníamos mucho sueño. Nos enroscamos el uno con el otro en busca de calor y le puse la cabeza sobre la espalda.

No sabía adónde habían ido mi madre y mis hermanos, pero pensé que pronto regresarían.

5

$\mathcal{M}$e desperté con frío y con hambre. Mi hermano y yo estábamos apretados el uno contra el otro. En cuanto me moví, él abrió los ojos. Recorrimos la caja todavía somnolientos, hicimos nuestras necesidades y nos tocamos varias veces para comunicarnos lo que era evidente: nuestra madre y nuestros hermanos no estaban.

Él empezó a llorar.

La mujer que se llamaba Jennifer no tardó mucho en venir a vernos. Cuando se acercó, tuvimos que levantar la cabeza para mirarla.

—Pobres cachorros. Echáis de menos a vuestra madre, ¿verdad?

El tono de su voz pareció tranquilizar a mi hermano, que apoyó las dos patas delanteras en la pared de la caja y se esforzaba por alargar la cabeza y tocar a la mujer con el hocico. Ella se agachó y sonrió.

—No pasa nada, pequeño. Todo va a ir bien, te lo prometo.

Cuando la mujer se marchó, mi hermano volvió a llorar. Intenté que se pusiera a jugar conmigo, pero estaba demasiado triste. Yo sabía que todo estaba bien porque teníamos a una mujer que nos cuidaba y porque ella traería pronto a nuestra madre para que pudiéramos comer. Pero mi hermano estaba asustado y hambriento: no podía pensar en nada más.

Jennifer regreso muy pronto.

—Vale, es hora de ocuparme de vosotros. ¿Quieres ir primero? De acuerdo —dijo, cogiendo a mi hermano.

Cuando se lo llevó, me quedé solo en la caja. Me tumbé y procuré no pensar en el vacío que sentía en el estómago. Era más fácil ignorar el hambre ahora que mi hermano se había ido con Jennifer. Me pregunté si quizá debería ocuparme de mi hermano, pero pronto descarté esa idea. Los perros no se ocupan de otros perros, son las personas quienes se ocupan de ellos. Mientras tuviéramos a Jennifer, todo iría bien.

Me quedé dormido. No me desperté hasta que noté que Jennifer me cogía. La mujer me miró a la cara.

—Bueno, eso no fue tan bien como había esperado —dijo—. A ver si es más rápido contigo.

Meneé mi diminuta cola.

Jennifer y yo subimos las escaleras. No había ni rastro de mi hermano, aunque notaba su olor en el aire. Todavía conmigo en sus manos, Jennifer se sentó en el sofá y me tumbó de espaldas sobre su antebrazo.

—Vale, vale —dijo Jennifer—. Quieto ahora.

Alargó la mano y cogió una cosa, una cosa que tenía una forma rara y que acercó lentamente a mi cara. ¿Qué estaba haciendo? Me retorcí un poco.

—Necesito que te quedes quieto ahora, cachorrito. Todo va a ir bien si no te mueves —dijo Jennifer.

El tono de su voz era tranquilizador, pero yo seguía sin saber qué estaba haciendo. Pero entonces percibí el delicioso olor de la leche caliente: esa cosa que sujetaba tenía leche dentro. La punta era suave. Cuando me la introdujo en la boca, yo la agarré y empecé a succionar. El premio fue una comida caliente y dulce.

De alguna manera, era parecido a que mi madre me diera de comer, solo que ahora estaba tumbado de espaldas y esa cosa que tenía en la boca era muy grande. La leche también era distinta: más dulce y más ligera. Pero no pensaba quejarme. Succioné y ese maravilloso líquido hizo desaparecer el dolor que sentía en la barriga.

Cuando estuve saciado, me entró sueño. Jennifer me levantó y me dio unos golpecitos en la espalda hasta que eructé. Luego me llevó por el pasillo hasta una mullida cama donde vi durmiendo a un enorme perro de grandes orejas. Mi hermano estaba enroscado y pegado a él.

—Aquí tienes otro, Barney —susurró Jennifer.

El perro soltó un gruñido, pero meneó la cola. No se movió cuando yo me acurruqué contra él. A pesar de que era un macho, su barriga era tan caliente y confortable como la de nuestra madre.

Mi hermano soltó un chillido a modo de saludo y volvió a quedarse dormido.

A partir de ese momento, Jennifer nos alimentaba en su regazo varias veces al día. A mí me gustaba la manera en que me daba de comer y en que me hablaba. Sería fácil amar a alguien como Jennifer.

Mi hermano se impacientaba cuando me daba de comer a mí antes que a él. Me parece que Jennifer decidió que era mejor que yo fuera el segundo y no tener a mi hermano lloriqueando todo el tiempo.

Creo que yo ya lo sabía desde el principio, pero un día, mientras estaba haciendo pipí y olí mi orina, se me ocurrió pensar que no éramos hermanos, sino que éramos hermano y hermana. ¡Yo era una hembra! ¿Cómo podía ser?

Por un momento me pregunté qué habría sucedido con nuestra madre y nuestros hermanos, pero era como si ya no pudiera recordarlos del todo. Ahora vivíamos allí, mi hermano y yo: éramos una familia compuesta por dos cachorros y un perro perezoso que se llamaba Barney. Y eso era algo que tampoco comprendía.

Supuse que, a veces, lo único que un perro puede hacer es esperar a ver qué sucede, qué decisiones tomarán las personas sobre qué cambiará o qué continuará igual en nuestras vidas. Mientras tanto, mi hermano y yo dedicamos todos nuestros esfuerzos a tirar de las enormes orejas de Barney.

Jennifer llamó Rocky a mi hermano; a mí, Molly. A medida que nos hacíamos más fuertes, Barney empezó a no querer nada con nosotros y se impacientaba cuando lo mordisqueábamos. Pero no importaba, porque entonces vino a vivir con nosotros una enorme perra gris que se llamaba Sophie. A Sophie le encantaba correr por el patio trasero, donde ya empezaba a crecer la hierba de la primavera. Era muy rápida: Rocky y yo no conseguíamos atraparla nunca. Pero ella quería que la persiguiéramos. Entonces, cuando abandonábamos la persecución, se acercaba y bajaba la cabeza de forma provocadora delante de nosotros para que continuáramos jugando. Y luego apareció un fuerte perro que se llamaba Mr. Churchill. Tenía un tamaño parecido al de Barney, pero era más pesado y tenía las orejas más cortas. Mr. Churchill resoplaba al caminar: era totalmente distinto a Sophie. No estoy seguro de que fuera capaz de correr. Y después de comer, olía muy mal.

La casa de Jennifer, con todos esos perros, era casi el lugar más maravilloso que se pudiera imaginar. A veces echaba de menos la granja, por supuesto, pero vivir en casa de Jennifer era como estar siempre en un parque para perros.

Al cabo de unos días, una mujer vino a ver a Sophie y se la llevó.

—Es maravilloso lo que haces. Creo que si yo acogiera a perros, acabaría quedándome con todos ellos —dijo la mujer que se llevó a Sophie.

Me di cuenta de que Sophie iba a tener una vida nueva con una persona nueva. Me alegré por ella, aunque Rocky parecía estar completamente desconcertado por lo que estaba sucediendo.

—Eso es «acogida defectuosa» —rio Jennifer—. Así es como me quedé con Barney. Fue mi primer perro. Pero me di cuenta de que, si no me controlaba, solo podría adoptar a unos cuantos perros y no podría ayudar a ninguno más.

Un día, vinieron unas personas a jugar con nosotros: un hombre, una mujer y dos niñas.

—Estamos convencidos de que queremos un macho —dijo el hombre.

Las niñas se encontraban en esa maravillosa edad en que no pueden correr mucho más deprisa que un cachorro y en que siempre están riendo. Nos cogieron y nos besaron; luego nos dejaron en el suelo y jugaron con nosotros.

—¿Has dicho caniche y qué más? —preguntó el hombre.

—Nadie lo sabe. ¿Spaniel? ¿Terrier? —respondió Jennifer.

Sabía qué estaba pasando: habían venido a llevarse a Rocky o a mí a su casa. Me pregunté por qué debíamos abandonar ese lugar: si alguien debía marcharse, debería ser Mr. Churchill, que lo único que hacía era estar parado oliendo mal o, cuando Rocky lo empujaba, perseguirnos y tirarnos al suelo con un golpe de pecho. Pero también sabía que eran las personas quienes decidían: en sus manos estaba el destino de los perros, y yo debería ir donde ellas decidieran.

Sin embargo, Rocky y yo nos quedamos. Me sentí aliviado de no perder a mi hermano, así como feliz de no tener que decir adiós a los demás perros. Eso sí: no comprendía por qué había personas que venían a jugar conmigo y no querían llevarme con ellas.

Y, un día, lo comprendí.

Rocky y yo nos encontrábamos en el patio trasero con una perra marrón nueva que se llamaba Daisy. Se mostraba muy tímida con Jennifer: no acudía cuando la llamaba. Y cada vez que ella bajaba la mano para acariciarla, Daisy se apartaba. Era muy delgada y tenía los ojos de color marrón claro. Pero sí jugaba con Rocky y conmigo; de hecho, a pesar de que ella era mucho mayor que nosotros, se dejaba inmovilizar cuando luchábamos.

Oímos el golpe de unas puertas de coche al cerrarse. Al cabo de unos minutos, se abrió la puerta de la parte trasera de la casa. Mientras Rocky y yo nos acercábamos para investigar, Jennifer, un chico y una chica salieron al patio. Daisy se refugió detrás de una mesa de pícnic, donde pareció sentirse más segura.

—¡Oh, Dios mío, son tan monos! —exclamó la chica, riendo.

Debía de tener la misma edad de Ethan cuando empezó a llevarme en coche. La chica se arrodilló en el suelo y abrió los brazos. Rocky y yo, obedientes, corrimos hasta ella. La chica nos abrazó. Y entonces fue cuando descubrí algo asombroso.

Era Clarity.

Enloquecí de alegría. Empecé a saltarle encima y a oler su piel por todas partes. A lamerla y a brincar de pura alegría. ¡Clarity!

En ningún momento se me había ocurrido pensar que ella pudiera venir a buscarme, que ella pudiera saber que yo había renacido, que me encontraría. Pero los seres humanos conducen coches y deciden cuándo comen los perros y dónde viven. Estaba claro que también podían hacer aquello: encontrar a sus perros cuando los necesitaban.

Por tal motivo, esa familia de las niñas pequeñas se había ido sin nosotros: estaban buscando a sus perros. Y estaba claro que Rocky y yo no lo éramos.

No me cansaba de estar con Clarity. Meneando mi pequeña cola, le lamí las manos. Ella se rio. El chico se puso a correr por el patio y Rocky se puso a correr con él, pero yo me quedé con Clarity.

—¿Qué piensas, Trent? —preguntó Clarity en voz alta.

—Es genial —respondió el chico.

—Parece que Molly se ha enamorado de ti —le dijo Jennifer a Clarity—. Ahora vuelvo —añadió, y desapareció en el interior de la casa.

—Oh, eres tan mona —dijo Clarity acariciándome las orejas. Yo le lamí los dedos—. Pero mamá no me deja tener un perro. Estamos aquí por Trent.

Ahora estaba claro: mi propósito era, tal y como había intuido, vigilar a Clarity. Eso es lo que Ethan hubiera querido. Por eso volvía a ser un cachorro, porque todavía tenía trabajo que hacer.

Y pensaba hacerlo. Vigilaría a Clarity y me encargaría de que no le sucediera nada malo. Sería una buena perra.

El chico se acercó a nosotras con Rocky en los brazos.

—¿Has visto sus patas? Va a ser más grande que Molly.

Clarity se puso en pie y yo apoyé mis patas delanteras sobre sus piernas para que me cogiera. Clarity me cogió en brazos. Rocky se debatía para que el chico lo dejara en el suelo otra vez, pero yo permanecí mirando a Clarity a los ojos.

—Lo quiero —dijo el chico—. Rocky, ¿quieres venir a casa conmigo? —preguntó, dejando a mi hermano en el suelo con delicadeza.

Rocky saltó sobre un juguete de goma y empezó a sacudirlo.

—¡Esto es emocionante! —dijo Clarity.

Me dejó en el suelo y se dirigió hacia donde estaba Rocky mordisqueando su juguete. La seguí pisándole los talones. Al ver que alargaba la mano para acariciar a Rocky, metí de inmediato la cabeza debajo de su mano. Clarity se rio.

—A Molly le gustas, C. J. —dijo el chico.

Miré un momento al chico porque había pronunciado mi nombre, pero al momento volví a dirigir toda mi atención a Clarity.

—Lo sé. Pero Gloria se pondría de los nervios y empezaría a rabiar conmigo. Parece que la oigo. «Sueltan baba. Son sucios.» Como si nuestra casa estuviera impoluta.

—Pero sería divertido, ¿no? Tendríamos a un hermano y una hermana.

Percibí cierta tristeza y nostalgia en Clarity mientras me sujetaba la cara entre las manos.

—Sí, sería divertido —dijo en voz baja—. Oh, Molly. Lo siento, chica.

Jennifer volvió a salir al patio.

—Bueno, ¿debemos rellenar algún papel? —preguntó el chico.

—No. No estoy afiliada a ninguna organización ni nada. Solamente soy una vecina que todo el mundo sabe que acoge perros abandonados y les busca una casa. Rocky y Molly están aquí porque el niño de la familia tiene asma.

—Dijiste que los regalabas si iban a una buena casa. Pero ¿puedo pagar algo, por lo menos? —preguntó el chico.

—Acepto donaciones, si quieres hacer una.

El chico le dio una cosa a Jennifer y luego cogió a Rocky en brazos.

—Vale, Rocky —le dijo—. ¿Listo para ir a tu nuevo hogar?

—Si tienes alguna pregunta, ponte en contacto conmigo —le dijo Jennifer.

Miré a Clarity, expectante, pero ella no me cogió en brazos.

—Oh, mírala —dijo Clarity. Se arrodilló y me acarició—. Es como si supiera que nos vamos a ir sin ella.

—Vámonos, C. J.

Nos dirigimos todos a la puerta trasera de la casa. Jennifer la abrió y el chico la cruzó con Rocky todavía en los brazos. Luego pasó Clarity, pero cuando yo hice el gesto de seguirla, Jennifer me bloqueó el paso con el pie.

—No, Molly —dijo, y cerró la puerta.

Me quedé en el patrio trasero.

¿Qué?

Me senté y miré a Clarity, que me observaba desde el otro lado de la puerta. No podía comprenderlo.

Al ver que se daban la vuelta, me puse a ladrar, frustrada al notar que mi voz era tan débil. Ladré y lloriqueé. Me apoyé con las patas delanteras en la puerta y la arañé para abrirme paso. ¿Clarity me abandonaba? ¡No, eso no era posible! ¡Yo debía irme con ella!

Ella, el chico y Rocky salieron por la puerta delantera de la casa y la cerraron tras ellos.

—No pasa nada, Molly —me dijo Jennifer. Y se fue a la cocina.

Clarity se había ido. Rocky se había ido.

Ladré y ladré con mi inútil voz de cachorro. Me sentía triste y sola.

$\mathcal{D}$aisy, la perra tímida y grande, salió de detrás de la mesa de pícnic y se acercó a olerme mientras yo ladraba. Percibía mi aflicción, pero era evidente que no podía comprender por qué.

La puerta trasera no me servía de nada. Me dirigí al lateral de la casa, pero allí la puerta de madera estaba firmemente cerrada y el picaporte quedaba fuera del alcance de mis diminutos dientes. Ladré una y otra vez. Ese patio, que hasta el momento había sido tan maravillosamente divertido, ahora me parecía una prisión. Corrí hasta Barney y nos tocamos la nariz, pero el lento movimiento de su cola no me ayudaba en nada. Me sentí desesperar. ¿Qué estaba pasando? ¿Cómo era posible?

—¿Molly?

Me di la vuelta y vi a Clarity. Se arrodilló en el suelo y yo corrí a lanzarme a sus brazos y a lamerle la cara, aliviada de haberme equivocado: ¡por un momento había creído que pensaba abandonarme!

Jennifer y Trent estaban de pie detrás de ella.

—Ella me ha elegido. ¿Qué podía hacer? Molly me ha elegido —insistía Clarity.

Me sentía feliz de ser Molly, de estar con Clarity y de

irme con ella hacia el coche. Trent conducía, por lo que ella se subió a la parte trasera conmigo y con Rocky. Rocky me saludó como si hubiéramos estado separados días y días; luego se concentró en la tarea de jugar con Clarity en el asiento trasero.

—¿Y qué va a decir tu madre? —preguntó Trent.

Rocky había cogido un mechón de pelo de Clarity con los dientes y, con las patas clavadas en el asiento y gruñendo, tiraba de él como si creyera que podía sacárselo. Clarity se reía. Salté encima de Rocky para que parara de hacerlo.

—¿C. J? Hablo en serio.

Rocky y yo trepábamos sobre Clarity; ella tuvo que hacer un esfuerzo para incorporarse en el asiento.

—Dios, no lo sé.

—¿Te dejará que te quedes con ella?

—Bueno, ¿qué se supone que debo hacer? Ya has visto lo que ha pasado. Es como si Molly y yo tuviéramos que estar juntas. Es el destino. El karma.

—Pues no creo que puedas esconder un perro en tu casa —dijo Trent.

Clarity había bajado la vista y parecía triste, así que le puse las patas sobre el pecho e intenté lamerle la cara. Por lo que sabía, recibir los lametones de un perro puede animar a casi cualquiera.

—¿C. J? ¿De verdad crees que puedes esconder un perro en tu casa? —preguntó Trent.

—Si quisiera, podría esconder una manada de lobos en casa. Lo único que ella mira es el espejo.

—Ya, claro. Así que durante los próximos diez años vas a tener un perro y, de alguna manera, tu madre no lo descubrirá.

—¿Sabes qué, Trent? A veces las cosas no son prácticas, pero las haces porque es lo correcto.

—Claro, eso tiene sentido.

—¿Por qué haces esto? Siempre tienes que discutir.

Los dos se quedaron en silencio un momento.

—Lo siento —dijo Trent al fin—. Solo me preocupaba por ti.

—Todo va a ir bien, lo prometo.

—Vale.

—Pero, bueno, pasa de largo del camino de mi casa, ¿vale? —dijo Clarity—. No te pares ahí.

El coche se detuvo. Clarity cogió a Rocky y lo puso en el asiento de delante. Mi hermano y yo nos miramos. Rocky meneó la cola y echó las orejas hacia atrás. Me daba cuenta de que esto era una despedida, de que a partir de ese momento estaríamos separados. Y eso estaba bien, porque nuestros destinos siempre los decidían los seres humanos. Clarity había decidido que me necesitaba: eso era todo. Ethan hubiera querido que me fuera con ella. Lo que no estaba bien era que Rocky estuviera en el asiento de delante y yo no. Por suerte, Clarity abrió la puerta y las dos bajamos del coche, así que ya no hubo más paseo en automóvil para mí.

El coche se alejó.

—Bueno —dijo Clarity. Parecía un poco preocupada—. Vamos a ver si puedes estar en silencio.

Me dejó en el suelo y nos acercamos a la casa. Algunos perros habían marcado los matorrales que se encontraban en la parte delantera, pero eran olores viejos: nada indicaba que hubiera más perros ahí dentro. Clarity me cogió en brazos y me llevó al interior de la casa. Subimos unas escaleras, recorrimos un pasillo y entramos en un dormitorio.

—¿Clarity? ¿Eres tú? —oímos que llamaba una mujer.

—¡Estoy en casa! —gritó Clarity.

Saltó sobre la cama conmigo y empezamos a jugar. De repente, oímos unos pasos por el pasillo y Clarity se quedó inmóvil.

—¡Molly! ¡Shhhh!

Puso las piernas debajo de la colcha de la cama, levantó las rodillas y me metió debajo. Le olisqueé los pies mientras oía que se abría la puerta.

—¡Tachán! —oí que decía una voz de mujer.

Conocía esa voz: era Gloria, la madre de Clarity.

—¿Te has comprado un cuello de piel? —preguntó Clarity, como enfadada.

—¿Te gusta? —dijo Gloria—. ¡Es de zorro!

—¿Una piel? ¿Cómo has podido hacerlo?

Decidí que el juego consistía en salir de debajo de la colcha. Empecé a dar saltos en dirección a la cabeza de Clarity, pero ella metió la mano dentro y me empujó hacia abajo.

—Bueno, tampoco es que haya matado a nadie. Ya estaba muerto cuando lo compré. Y no te preocupes, estoy segura de que vivió en libertad.

—Hasta que lo cazaron, querrás decir. Dios, Gloria, ya sabes lo que pienso de esto.

—Sí, lo tengo claro. No hace falta que te lo pongas.

—¡Como si me lo quisiera poner! ¿Qué crees?

—Bueno, pues lo siento, pero lo necesito para mi viaje. Aspen es el único sitio donde aún puedes ponerte un cuello de piel sin sentirte culpable. Y..., bueno, posiblemente Francia.

—¿Aspen? ¿Cuándo te vas a Aspen?

Clarity me mantenía inmovilizada con la mano, pero yo me debatía para soltarme.

—El miércoles. Así que estaba pensando que deberíamos ir de compras mañana, solo nosotras dos.

—Mañana es lunes. Tengo escuela —dijo Clarity.

—Ya, la escuela. Es un día como cualquier otro.

Clarity sacó las piernas de debajo de la colcha, que me cayó sobre la cabeza.

—Necesito un yogur —dijo Clarity.

Saqué la cabeza por debajo de la colcha, pero ya era demasiado tarde. Clarity se iba.

—Detesto que te pongas ese pantalón corto —le decía Gloria mientras su hija cerraba la puerta—. Te hace las piernas gordas.

Sola, en la cama, decidí rápidamente que el suelo quedaba muy muy lejos de las posibilidades de mis pequeñas patas. Lloriqueando de frustración, empecé a dar vueltas sobre las suaves sábanas y me dediqué a olisquear con atención la almohada. Había algunos juguetes sobre la cama, así que los estuve mordisqueando un rato.

Entonces se abrió la puerta. Clarity había regresado. Meneé la cola y le lamí la cara en cuanto se agachó delante de mí. Noté un aroma de leche en su aliento. ¿Hay algo mejor que lamer la cara a alguien hasta que le haces reír?

Cuando Clarity me llevó fuera del dormitorio, me metió en el interior de su camiseta para que no tuviera frío. Me felicitó por hacer mis necesidades en el jardín y me dio unos trozos de carne fría y salada para comer. El sabor era tan fuerte que me quemó la lengua.

—Mañana te compraré comida para cachorros, Molly, te lo prometo, te lo prometo, te lo prometo. ¿Quieres más jamón?

Esa noche dormí en el hueco entre el brazo y el cuerpo de Clarity. Ella me acariciaba con la mano y me susurraba:

—Te quiero, Molly. Te quiero.

Me quedé dormida sintiendo todavía el contacto de su mano acariciándome. Aquel día me había dejado tan agotada que no me desperté ni una sola vez en toda la noche. Clarity se levantó en cuanto salió el sol. Se vistió y me sacó fuera para que hiciera mis cosas. Yo tenía la vejiga tan llena que me dolía. Mientras lo hacía, me hablaba en un susurro muy tenue. Luego, me llevó escaleras abajo hasta un sótano.

—Este es mi sitio especial bajo las escaleras, Molly —me susurró—. Lo llamo mi club. ¿Ves? Aquí tienes un cojín, y aquí un poco de agua. Pero debes estar callada, ¿vale? No me voy a ir de compras con Gloria, pero debo dejarte un rato. Te prometo que volveré en cuanto ella se vaya de casa. Mientras, no ladres. Estate callada, Molly, callada.

Olisqueé el pequeño espacio, que tenía el techo tan bajo que Clarity debía agacharse. Me dio un poco más de carne fría y salada; me acarició de una manera que me hizo entender que pensaba dejarme allí, así que en cuanto se apartó y colocó unas cajas a mi alrededor para atraparme dentro, salí disparada.

—¡Molly! —exclamó en voz baja.

Meneé la cola. Esperaba que comprendiera que no quería que me dejara en un espacio tan pequeño. Me parecía que había dejado claro cómo me sentía cuando estábamos en casa de Jennifer: quería estar con Clarity. Ella me cogió y me volvió a poner entre las cajas, pero esta vez no fui suficientemente rápida y no pude impedir que las cajas me bloquearan la salida. ¿Qué estaba haciendo?

—Sé buena, Molly —dijo Clarity desde el otro lado de las cajas—. Y recuerda, no ladres.

Rasqué las cajas, pero Clarity no regresaba; al final, desistí. Eché una breve cabezada; luego encontré un juguete de plástico que estuve mordisqueando un ratito. Pero en cuanto tuve que hacer pipí en una de las esquinas, ese pequeño espacio debajo de la escalera perdió todo su encanto para mí. Lloriqueé, deseando tener una voz más potente. A pesar de que ese pequeño espacio me devolvía el eco de mis ladridos, estos sonaban bastante patéticos. De todas formas, ahora que había empezado a ladrar me pareció una buena idea continuar haciéndolo.

Hice una pausa y ladeé la cabeza al oír que alguien se movía arriba de las escaleras. Pero no había ningún indicio de que Clarity o Gloria vinieran a rescatarme, así que empecé de nuevo.

Luego oí el inconfundible sonido de una puerta al abrirse,

arriba de las escaleras. Unos pasos se acercaron hacia mí. En cuanto me di cuenta de que iban en mi dirección, me puse a ladrar con todas mis fuerzas. En el sótano había alguien.

Creí que debía de ser Clarity, pero entonces oí una cosa rara: un ser humano emitía un sonido que estaba entre el llanto y el lamento. Era un ruido terrible, un sonido de dolor y, quizá, de miedo. ¿Qué estaba pasando? Dejé de ladrar, un poco asustada. Un fuerte olor (frutal, aceitoso y profundo) llenó el espacio de dentro de las cajas.

Oí que se volvía a abrir y cerrar la puerta de arriba. También oí más pasos y noté que había alguien de pie arriba de las escaleras.

—¿Gloria? ¿Estás ahí?

Era Clarity.

El terrible lamento continuaba. Yo estaba en silencio: en toda mi vida había oído a ningún ser humano emitir un sonido como ese.

Oí unos pasos por la escalera.

—¿Gloria? —llamaba Clarity.

Entonces se oyó un fuerte grito.

—¡Aaahhhh!

Y reconocí la voz de Gloria.

Clarity también chilló.

—¡Aghhhhh!

Me puse a lloriquear. ¿Qué estaba pasando?

—¡Clarity June, me has dado un susto de muerte! —exclamó Gloria, jadeando.

—¿Por qué no respondías? ¿Qué estabas haciendo? —preguntó Clarity.

—¡Estaba cantando! ¡Llevaba puestos los tapones de los oídos! ¿Qué estás haciendo en casa? ¿Qué llevas en la bolsa?

—Me olvidé una cosa. Es…, bueno…, comida de perro. Estamos organizando un reparto de comida en la escuela.

—¿De verdad crees que está bien dar comida de perro?

—Ma-má. No es para las personas. Es para sus perros.

—¿Me estás diciendo que no pueden comprar comida para ellos, pero pueden tener perros? ¿A qué estamos llegando en este país?

—¿Vas a recoger la colada? Te ayudaré a doblarla —dijo Clarity—. Llevémosla arriba.

Subieron las escaleras.

Me quedé sola otra vez.

Y estaba muy muy hambrienta.

7

*C*larity regresó. Me alegró tanto verla a ella como reparar en el cuenco de comida que llevaba en la mano.

—Por fin se ha marchado. Oh, Molly, lo siento mucho mucho.

Metí la cabeza en el cuenco y mastiqué la comida hasta que sentí la boca seca. Entonces me puse a beber toda el agua que fui capaz de tragar. Luego, me sacó al patio trasero. El sol brillaba, los insectos zumbaban y la hierba estaba verde y cálida. Me tumbé y di vueltas por el suelo de pura alegría. Clarity se tumbó a mi lado. Estuvimos un rato jugando a tirar de la toalla, pero yo estaba agotada después de haber estado ladrando durante toda la mañana, así que, en cuanto Clarity me cogió y me puso sobre su pecho, enseguida me quedé dormida.

Al despertar, volví a encontrarme en ese pequeño espacio. Solté un ladrido. Al instante, Clarity bajó corriendo las escaleras y apartó las cajas.

—¡Shhhh, Molly! ¡Debes estar callada! —me dijo.

Creí comprender lo que me decía: que cuando la necesitara, debía ladrar y ella vendría.

Me dejó jugar un rato por el sótano y luego me dio más comida. Entonces tuve que hacer mis necesidades en el suelo, pero ella lo limpió y no se enfadó por que yo todavía no pudiera esperar a que saliéramos fuera. Me dio un abrazo y lo hizo con tal sentimiento de adoración que me retorcí de felicidad.

Estuvimos jugando y jugando hasta que me entró sueño. Esa noche incluso me despertó para que saliéramos a jugar al aire frío del patio trasero. Todos los insectos estaban callados. ¡Fue muy divertido estar allí fuera, con todo aquel silencio!

A la mañana siguiente oí unos fuertes ruidos procedentes de arriba. También oí la voz de Gloria:

—¿Puedes, por favor, apagar la música?

Me puse a ladrar y a arañar todas las cajas que me impedían salir, deseando ir a jugar con Clarity. Pero entonces oí el ruido y noté la vibración de una puerta que se cerraba. Me quedé quieta intentando averiguar qué sucedía. ¿Volvía a estar sola? No, había alguien arriba: oía unos pasos. Luego noté una ráfaga de aire provocada por la puerta exterior del sótano al abrirse. Las cajas se apartaron y salté a los brazos de Clarity con el corazón lleno de alegría. ¡Hora de divertirnos!

—Debes estar muy callada —me dijo.

Me sacó al patio trasero, me dejó en el suelo y caminamos un rato; luego dimos una vuelta en coche (¡asiento delantero!) y después fuimos a un parque a jugar todo el día. Estábamos casi solas, excepto por una mujer que tenía un pequeño perro negro que se llamaba Ven Aquí Milo. El perro negro corrió directamente hacia mí y yo me tiré al suelo, sumisa. Sabía que, puesto que yo era un cachorro, debía mostrarle a Ven Aquí Milo que no era una amenaza.

—Ven Aquí Milo —lo llamaba la mujer una y otra vez.

El perro negro me dio un fuerte empujón con el hocico. Clarity me cogió en brazos y me colocó de la misma manera en que lo había hecho Jennifer el día en que me había dado de comer esa extraña leche.

Cuando Ven Aquí Milo se marchó, Clarity me dejó en el suelo y estuve jugando con su cara muy cerca de la mía. Estaba tan feliz que soltaba chillidos y saltaba todo el rato.

—Se marcha mañana —me dijo Clarity—. Solo necesito esconderte durante una noche más y luego estará fuera una semana. ¿Podrás no ladrar esta noche?

Me puse a mordisquear un palo.

—No sé qué voy a hacer, Molly. Ella no dejará que me quede contigo. —Me cogió y me dio un fuerte abrazo—. Te quiero mucho.

Percibía el afecto que emanaba de ella, pero en ese momento me encontraba concentrada en el palo, así que no hice gran cosa, aparte de menear la cola.

Cuando llegamos a casa, me decepcionó ver que Clarity me llevaba escaleras abajo y me dejaba de nuevo en el pequeño espacio entre las cajas. Manifesté mi disconformidad con una salva de ladridos. Ella reapareció al instante.

—Necesito que no ladres, ¿vale, Molly? Mi madre llegará a casa en cualquier momento.

Clarity volvió a poner las cajas en su sitio. La verdad era que estaba cansada después de haber estado jugando durante todo el día, así que me tumbé para echar una cabezada. De repente, un portazo me despertó.

—¡Ya estoy en casa! —La voz de Gloria resonó por toda la casa—. ¡Ya verás lo que he comprado en Neiman's!

A pesar de que hacía días que olía y oía a Gloria, todavía no había tenido oportunidad de saludarla. Pensé que ella se sentiría tan contenta de verme como se había sentido Clarity. Solté un par de ladridos y esperé, pero lo único que oí fue que hablaban. Ladré un poco más; entonces obtuve el resultado esperado: la puerta de arriba se abrió y oí unos pasos por la escalera. Clarity apartó las cajas.

—Por favor, Molly, por favor. Por favor, estate callada.

Clarity me dio de comer y me metió dentro de su chaqueta. Me llevó a la calle. Allí caminamos y caminamos. Cuando regresamos a casa, ya era de noche y hacía frío. Clarity me volvió a meter en el pequeño espacio.

—Vale. Ponte a dormir, ¿vale, Molly? Ponte a dormir.

Intenté escaparme mientras colocaba las cajas, pero no lo hice con la suficiente rapidez. Ella subió las escaleras corriendo, que temblaron a su paso, y cerró la puerta. Todo se quedó en silencio.

Dormí un rato, pero cuando desperté recordé que estaba sola. Lloré un poco. En la parte de arriba de la casa, Clarity debía de estar en su cama. Seguro que se sentía sola, pues yo no estaba con ella. Y eso me entristecía. Seguro que creía que a mí me gustaba quedarme en ese mullido cojín de debajo de las escaleras, pero la verdad era que deseaba estar con ella. Ladré. No hubo respuesta, así que ladré otra vez. Y luego, otra.

—¡Clarity! ¿Qué es ese ruido? —chilló Gloria.

Oí que alguien corría. Y luego noté que se abría la puerta de las escaleras.

—¡Creo que viene de aquí abajo! —gritó Clarity. Meneé la cola al darme cuenta de que bajaba las escaleras—. Vuelve a la cama, Gloria. Yo me ocupo.

—¡Parecía un animal! —respondió Gloria.

Oí que Clarity hacía algo al otro lado de las cajas. Las arañé. Gloria caminaba por la casa. Noté que estaba ante la puerta de las escaleras.

Ladré.

—¡Otra vez! —exclamó Gloria en voz baja—. ¡Es un perro, hay un perro en la casa!

Clarity apartó las cajas y yo me lancé a sus brazos y le lamí la cara.

—No, es... ¡Oh, Dios mío, es un zorro! —gritó—. ¡Apártate!

—¿Un zorro? ¿Qué? ¿Estás segura?

—Los zorros ladran, Gloria —dijo Clarity.

—¿Cómo ha entrado en la casa? ¿Qué está haciendo un zorro aquí dentro?

—La puerta del sótano debe de haberse abierto por el viento. Probablemente ha entrado porque ha olido ese estúpido cuello de piel.

Clarity me miraba y sonreía. Jugábamos a tirar de la toalla, pero ella no estaba tirando demasiado fuerte.

—No puede ser —dijo Gloria.

—¡Tienen un olfato muy sensible! Voy a asustarlo para que salga de casa —dijo Clarity.

—¿Estás segura de que es un zorro? ¿Un zorro de verdad?

—Sé cómo es un zorro. Es un zorro pequeño.

—Deberíamos llamar a la policía.

—Ya, claro, porque la policía vendría hasta aquí por un zorro. Voy a echarlo. Apártate, por si sale corriendo por las escaleras.

Oí que Gloria soltaba una exclamación y que cerraba la puerta de las escaleras. Clarity me cogió en brazos y corrió a la puerta trasera. Salimos al frío de la noche. Salimos por la puerta del jardín y no me dejó en el suelo hasta que no hubimos llegado a la esquina de la calle.

No comprendía a qué juego estábamos jugando, pero después de sacudirme y de hacer mis necesidades, me sentí dispuesta a continuar. Clarity me hizo caminar arriba y abajo de la calle. Entonces se acercó un coche y se detuvo. La ventanilla del coche bajó y, de repente, ¡olí a Rocky! Apoyé las patas en la puerta metálica del coche, intentando mirar dentro. También olí a Trent.

—Gracias por venir, Trent —dijo Clarity.

—De nada —dijo Trent.

Clarity me cogió y me metió por la ventanilla. Me arrastré por encima del pecho de Trent, lamiéndole a modo de saludo. Luego me puse a olisquear el asiento. Rocky no estaba en el coche, pero había estado allí. Los dos éramos perros de asiento delantero.

Esa noche me fui a casa con Trent, pero Clarity no vino con nosotros. Al ver que nos alejábamos con el coche, me inquieté y me puse a lloriquear. Me preguntaba dónde había ido Clarity. ¡Pero cuando llegamos a casa de Trent, vi que Rocky estaba ahí! Los dos nos sentimos llenos de alegría al vernos de nuevo. Nos pusimos a jugar en el salón y en el patio de atrás y en el dormitorio de Trent. El chico tenía una hermana pequeña, que estuvo jugando con nosotros. Trent también jugó con nosotros; incluso sus padres lo hicieron. Me quedé dormida en mitad del juego, pues me entró una fatiga repentina que me obligó a tumbarme, a pesar de que Rocky no dejaba de mordisquearme la cara.

En cuanto Rocky y yo nos despertamos, a la mañana siguiente, retomamos el juego. Él era un poco más grande que yo y era evidente que estaba muy apegado a Trent, porque muchas veces dejaba de jugar conmigo para correr hasta Trent y recibir caricias y palabras de aprobación. Eso hacía que echara de menos a Clarity. No obstante, cada vez que pensaba que quizá debía preocuparme por ella, Rocky se me subía encima y volvíamos a jugar. Así que me consolé diciéndome que en algún momento vendría a buscarme. Al final, lo hizo.

A última hora de la tarde oí el ruido de la puerta trasera y Rocky y yo corrimos a ver quién era. Y allí estaba Clarity. Ambos saltamos encima de ella, pero al final tuve que ponerme a ladrarle a Rocky, pues se creía tan importante para ella como yo.

Clarity y Trent se quedaron de pie en el patio trasero para verme jugar con mi hermano. Intenté demostrarles que era capaz de inmovilizar a Rocky si quería, pero él no quiso cooperar.

—¿Ya se ha ido? —preguntó Trent.

LA RAZÓN DE ESTAR CONTIGO. UN NUEVO VIAJE

—Todavía no. Su vuelo es a la una. Le he dicho que debía ir más temprano a la escuela.

—¿Vas a ir a la escuela?

—Hoy no.

—C. J., no puedes continuar saltándote la escuela.

—Molly me necesita.

Al oír mi nombre, me detuve en seco y Rocky aprovechó para saltarme encima.

—Hace tres días que tienes a Molly. ¿Y las otras veces?

—No creo que la escuela sea importante en mi vida.

—Eres una estudiante de instituto —dijo él—. La escuela es tu vida.

—Iré el lunes —le dijo Clarity—. Solo quiero pasar tiempo esta semana con Molly, mientras Gloria está fuera.

—Y cuando Gloria regrese, ¿cuál es el plan?

—¡No lo sé, Trent! A veces la gente no lo planifica todo, simplemente pasa, ¿vale?

Clarity y yo fuimos a dar una vuelta en coche; me senté en el asiento de delante. Fuimos a un parque que tenía mucha hierba, pero solo un perro, un animal marrón muy poco amistoso que únicamente estaba interesado en caminar con su dueño. Luego fuimos a casa. Por suerte, no volví a ese pequeño espacio de debajo de las escaleras, sino que pude corretear por la casa. Notaba el olor de Gloria, pero ella no estaba.

Dormí en la cama de Clarity. Estaba tan emocionada que me despertaba continuamente y le lamía la cara. Cada vez que lo hacía, ella me apartaba el hocico de un manotazo, pero no lo hacía con enfado. Al final, aceptó que le mordisqueara con suavidad los dedos de la mano cada vez que sentía la necesidad de hacerlo. Así pasamos la noche.

Al día siguiente llovió, así que nos quedamos a jugar dentro. Solamente salimos para que yo pudiera hacer mis necesidades en la húmeda hierba.

—¡Molly! ¡Ven aquí! —me llamó C. J.

Troté por el pasillo. Allí el olor de Gloria era más fuerte. C. J. sonreía y asentía con la cabeza mientras me acercaba. Me detuve y la miré con curiosidad. Entonces ella abrió una puerta y el fuerte olor de Gloria me inundó.

—¿Ves ese perro del espejo? —me preguntó C. J.

Oí la palabra «perro» e imaginé que ella quería que cruzara la puerta. Lo hice y, al instante, me detuve en seco: ¡ahí dentro había un perro! Se parecía a Rocky. Me lancé hacia delante, pero di un brinco al ver que él saltaba agresivamente hacia mí. No era Rocky: en realidad, no olía a perro en absoluto. Meneé la cola con fuerza y empecé a bajar la cabeza al mismo tiempo.

Era tan raro que me puse a ladrar. Él me miraba y también ladraba, pero no hacía ningún ruido.

—¡Saluda, Molly! ¡Ve con él! —dijo C. J.

Solté unos cuantos ladridos más, y luego me acerqué y lo olisqueé. Allí no había ningún perro, solo era algo que parecía un perro. Era muy raro.

—¿Ves al perro, Molly? ¿Ves al perro?

Fuera lo que fuera, no me parecía interesante. Me di la vuelta y me puse a oler debajo de la cama, donde había zapatos sucios.

—¡Buena perra, Molly! —dijo C. J.

Me gustaba que me felicitaran, pero me alegré de salir de la habitación. Esa cosa del perro que no olía resultaba un tanto inquietante.

La mañana siguiente amaneció húmeda y fragante. Olí varios gusanos, pero no me los comí porque, una vez que lo has hecho, sabes que su sabor nunca es mejor que su olor.

Acabábamos de llegar a casa cuando sonó el timbre de la puerta. Corrí hasta la puerta de entrada y ladré. Al otro lado del cristal se veía una sombra.

—Cuidado, Molly. Apártate —dijo Clarity, abriendo la puerta solamente un poco.

—¿Eres Clarity Mahoney? —preguntó una mujer desde el otro lado de la puerta.

Metí la cara por la rendija de la puerta entreabierta e intenté colarme para salir, pero Clarity me obligó a quedarme dentro. Meneé la cola para que esa persona supiera que no estaba ladrando en serio: solo estaba haciendo mi trabajo.

—Llámeme C. J. —dijo Clarity.

—C. J. Soy la inspectora Llewellyn, inspectora escolar. ¿Por qué no has ido a clase hoy?

—Estoy enferma. —C. J. giró la cabeza y tosió.

La mujer me miró y yo meneé la cola con más fuerza. ¿Por qué no salíamos las tres a jugar fuera?

—¿Dónde está tu madre?

—Ha salido a comprar. Mis medicamentos —respondió C. J.

Ambas se quedaron de pie, un momento, calladas. Bostecé.

—Le hemos enviado varios mensajes y no ha respondido —dijo la mujer.

—Está muy ocupada. Es vendedora de pisos.

—Bueno, vale. Dale esto, ¿de acuerdo? —La mujer le dio un trozo de papel a Clarity—. Has faltado a muchas clases, C. J. Están preocupados por ti.

—He estado muy enferma.

—Dale esto a tu madre. Espero su llamada. Dile que puede llamar a cualquier hora y que me deje un mensaje si no estoy. ¿Comprendido?

—Sí.

—Adiós, C. J.

Clarity cerró la puerta. Parecía asustada y algo enfadada. Fue hasta la cocina y puso unas cuantas cosas sobre la mesa.

—Molly, necesitamos helados —me dijo, y me puso una cosa deliciosamente dulce en el cuenco.

Clarity se sentó a la mesa y comió. Yo también me senté

y la miré intensamente, pero no me dio nada más. Cuando terminó, puso unos cuantos papeles en un cubo de debajo del fregadero que olían igual de bien que lo que me había dado para comer. No comprendí por qué no me los daba para que los pudiera lamer. Las personas son así: tiran las cosas más deliciosas.

Al cabo de un rato, Clarity fue al baño y se subió encima de una caja pequeña, plana y cuadrada, más grande que un cuenco de perro pero no tan alta.

—¿Un kilo? ¡Dios! ¡Soy una idiota! —exclamó, enojada.

Percibía su angustia, pero ella no se dio cuenta de que yo intentaba consolarla.

Oí que emitía un sonido ahogado y vi que se arrodillaba delante de la taza del inodoro y vomitaba. Yo di vueltas detrás de ella, inquieta, porque notaba su dolor y su tristeza. Noté el olor dulce de lo que se había comido antes, pero ella alargó una mano y apretó un botón: el olor desapareció con un estruendo. Meneé la cola con todas mis fuerzas mientras intentaba trepar encima de ella para lamerle la cara. Al cabo de un rato, pareció que eso servía de algo, a pesar de que Clarity continuaba un poco triste.

Al cabo de un par de días adoptamos una rutina. Cada mañana, Clarity me dejaba sola en el sótano durante horas, encerrada en el pequeño espacio de debajo de las escaleras. Luego, a mediodía, volvía a casa y jugábamos un poco; ella limpiaba y me daba de comer. Por la tarde bajaba las escaleras corriendo y diciendo «¡Molly!», y se quedaba en casa hasta la mañana siguiente. Decidí que debía de estar yendo a la escuela. Mi chico, Ethan, también iba a la escuela, pero seguía sin gustarme que ella lo hiciera.

Clarity y yo jugábamos a un juego cada noche: ella me bloqueaba el paso en mi pequeño espacio con las cajas, pero se quedaba quieta al otro lado; yo podía notar su presencia. Si yo lloraba o ladraba, ella apartaba las cajas y decía «¡No!»

en tono de enojo. Si me quedaba callada, ella apartaba las cajas y me daba una chuche. Cada vez, los ratos en que yo estaba callada eran más y más largos. Y cada vez obtenía un premio. Al final comprendí que ella quería que estuviera callada mientras me encontraba debajo de las escaleras, siempre y cuando ella estuviera al otro lado de las cajas.

No me gustaba quedarme sola allí: se me ocurrían un montón de juegos diferentes y mucho más divertidos que ese.

Cada vez que tenía que quedarme allí toda la noche, pensaba que se trataba de un error. Pero cada vez que ladraba, Clarity bajaba y decía «¡No!». Y cuando, al fin, desistía y me tumbaba, ella me despertaba y me daba una chuche. Yo no estaba muy segura de qué conclusión sacar de todo eso.

Entonces, un día, Clarity dijo:

—Vale, ahí viene. Vamos allá, Molly.

Me llevó abajo y me dejó debajo de las escaleras. Yo me senté, callada. Oí unas voces y unos pasos. Supe que Gloria había llegado a casa.

Me quedé sentada y sin hacer ruido.

Clarity me dio un premio muy grande y me llevó a dar un largo paseo. ¡Se olían conejos! Cuando oscureció, me puso en el pequeño espacio y me tumbé, soltando un profundo suspiro. Pero me quedé callada. A la mañana siguiente recibí un gran premio y fuimos a dar un paseo.

—Sé buena. Estate callada. Te quiero, Molly. Te quiero —dijo Clarity.

Y se fue. Yo dormí un rato. Luego oí que Gloria caminaba por la parte de arriba. Me pregunté si sabía que debía darme una chuche por haber estado callada.

Esa vez, Clarity no había ajustado bien las cajas, así que, al apoyar el hocico en ellas, me di cuenta de que podía mover la caja de abajo lo suficiente para introducir mi cabeza. Entonces apreté con fuerza y, al momento, ¡salí al otro lado!

Aunque yo ya había crecido lo suficiente para poder subir las escaleras, llegar arriba de todo no fue tarea fácil. Una vez allí, vi que la puerta estaba abierta. En ese momento, sonó el timbre de la puerta. Oí que Gloria se dirigía a la entrada para abrirla.

Corrí hasta el salón. Me detuve para olisquear una maleta que había en el suelo y que no estaba allí antes.

—¿Sí? —dijo Gloria, de pie delante de la puerta.

El aire exterior transportaba el aroma de la hierba y los árboles, y también el fuerte olor de flores de Gloria, tan fuerte que casi apagaba todos los demás olores.

—¿Señorita Mahoney? Soy la inspectora Llewellyn. Soy inspectora escolar, responsable de la situación de C. J. ¿Le dio ella la citación?

Me acerqué a ellas para saludar a Gloria. La inspectora me miró.

—¿Una citación? ¿Clarity? ¿De qué está hablando?

—Lo siento. Debo hablar con usted. Su hija se ha ausentado de la escuela muchas veces durante este semestre.

Gloria estaba allí de pie, quieta, a pesar de que yo me había colocado a su lado. Le puse una pata en la pierna.

Ella bajó la vista y chilló.

72

8

Gloria salió al porche de un salto y la seguí, meneando la cola.

—¡Eso no es un zorro! —gritó Gloria.

La mujer se agachó y me acarició la cabeza. Tenía unas manos calientes y amables que olían a jabón y a algún tipo de fruto seco.

—¿Un zorro? Por supuesto que no. Es un cachorro.

—¿Qué está haciendo en mi casa?

La mujer se puso en pie.

—No puedo responderle a eso, señora, es su casa. El perro ya estaba aquí cuando vi a su hija, la semana pasada.

—¡Eso es imposible!

—Bueno…, mire —dijo la mujer—, aquí tiene una copia de la citación, con un aviso para que se persone. —Le dio unos papeles a Gloria—. Deberá venir al juzgado con su hija. ¿Comprende? Puesto que es una menor, usted es la responsable legal.

—¿Y qué hay del perro?

—¿Disculpe?

Al oír la palabra «perro» me senté. Gloria parecía preocupada por algo, pero me pareció que esa amable mujer quizá me podría dar una chuche. Me gustaban todos los frutos secos, incluso los salados que me quemaban la lengua.

—Llévese el perro.

—No puedo hacerlo, señora.

—¿Me está diciendo que le preocupa más que una estudiante de instituto se salte unas cuantas clases que el hecho de que una mujer se encuentre atrapada por un perro?

—Eso... Sí, eso es.

—Bueno, pues es lo más absurdo que he oído en toda mi vida. ¿Qué clase de inspectora de policía es usted?

—Soy inspectora escolar, señorita Mahoney.

—Voy a rellenar un impreso de reclamación ante el comisario de policía.

—Muy bien. Mientras, nos vemos en el juzgado.

La mujer se dio la vuelta y se alejó, así que no hubo ninguna chuche.

—Bueno, ¿y qué hay del perro? —gritó Gloria.

—Llame al Ayuntamiento, señora. Para eso están.

—Muy bien, lo haré —respondió Gloria.

Iba a entrar en la casa con ella, pero, de repente, Gloria se detuvo y me gritó:

—¡No!

Y cerró de un portazo, dejándome fuera.

Di unas cuantas vueltas por el jardín. Hacía un buen día. Quizás esos conejos estuvieran ahí fuera esperándome. Troté por la acera, olisqueando todos los matorrales.

Los jardines de las casas de esa calle me recordaron la casa en que Ethan había vivido antes de trasladarse a la granja: eran lo suficientemente grandes para poder jugar, y estaban rodeados de matorrales. El aire iba cargado del dulce olor de las flores. El suelo estaba rico y lleno de plantas. Olí la presencia de perros, gatos y personas, pero no de patos ni de cabras. De vez en cuando pasaba un coche y llenaba el aire con su olor metálico y aceitoso.

Tenía la sensación de ser una perra mala por el hecho de estar paseando libre, sin correa, pero Gloria me había dejado suelta, así que supuse que debía de estar bien.

Al cabo de una hora o así de explorar y olisquear, oí que unos pasos se acercaban a mí. Un hombre gritó:

—¡Ven aquí, cachorro!

Mi reacción inicial fue de ir directamente hacia él, pero de repente vi que llevaba un palo en la mano y me detuve en seco. Del palo colgaba un lazo de cuerda. Él avanzó hacia mí y levantó el lazo.

—Vamos, buen chico —me dijo.

Sentí el contacto del lazo de cuerda en el cuello como si ya me lo hubiera puesto. Me alejé.

—No, no te marches —dijo él con tono suave.

Bajé la cabeza e intenté pasar por su lado corriendo, pero el tipo lanzó el lazo. Al momento, me encontré apresada.

—¡Te pillé! —dijo.

Tenía miedo. Eso no estaba bien. No quería irme con ese hombre, pero él me arrastró hasta una camioneta. El lazo se apretó alrededor de mi cuello, obligándome a acercarme a la camioneta. Entonces el hombre me levantó por los aires y aterricé en el interior de una jaula metálica que había en la parte trasera.

—¡Eh!

El hombre se dio la vuelta.

—¡Eh!

Era Clarity.

—¿Qué está haciendo? ¡Es mi perro!

El hombre abrió los brazos en señal de disculpa al ver a Clarity, que estaba delante de él y jadeaba. Apoyé las patas delanteras en la jaula y meneé la cola, encantada de verla.

—Bueno, calma, con calma —dijo el hombre.

—¡No puede llevarse a mi perro! —dijo Clarity, muy enojada.

El hombre se cruzó de brazos.

—Pues lo estoy haciendo. Hemos recibido quejas. Y el perro estaba suelto.

Ladré para que supieran que estaba allí, esperando a que me soltaran.

—¿Quejas? Molly es solo un cachorro. ¿Quién se puede quejar de un cachorro? —dijo Clarity—. ¿Se quejan porque hace demasiado felices a las personas?

—Eso no es asunto tuyo. Si es tu perro, puedes ir a buscarlo a la perrera a partir de mañana a mediodía —dijo el hombre, e hizo el gesto de alejarse.

—Pero ¡espere! ¡Espere! Es solo… —Unas lágrimas empezaron a deslizarse por el rostro de Clarity. Yo solté un quejido: quería lamerle la cara y quitarle esa tristeza. Ella se llevó una mano a la boca—. Ella no comprende por qué se la llevan. Es una perra de una casa de acogida que ya fue abandonada una vez. Por favor, por favor. No sé cómo ha salido de casa, pero le prometo que no volverá a suceder. Lo prometo, lo prometo. Por favor.

El hombre encorvó un poco la espalda. Soltó un profundo suspiro y luego dijo, despacio:

—Bueno… Muy bien. Vale, pero debes ponerle un chip y vacunarla. Y, dentro de unos meses, deberás operarla. ¿Trato hecho? Y luego, debes conseguir un permiso. Es la ley.

—Lo haré. Lo prometo.

El juego de la camioneta había terminado. El hombre abrió la jaula y Clarity me cogió y me sacó. Me abrazó y le lamí la cara. Luego miré al hombre, por si también quería que le lamiera.

—De acuerdo —dijo el hombre.

—Gracias, gracias —respondió Clarity.

La camioneta se alejó. Ella la miró alejarse, todavía conmigo en brazos.

—Quejas —murmuró.

Mientras me llevaba a casa, noté que el corazón le latía con fuerza. Cruzamos la puerta de entrada. Entonces se detuvo y me dejó en el suelo. Vi que tenía un trozo de papel justo delante del hocico y lo olisqueé. Olía a la mujer que había estado en el porche antes. Clarity cogió el papel y lo miró.

—¿Clarity? ¿Eres tú?

Gloria apareció en el pasillo y se detuvo, mirándome. Meneé la cola y quise acercarme a ella para saludarla, pero Clarity me cogió.

—¿Qué? ¿Qué estás haciendo? —preguntó Gloria.

—Es Molly. Es… mi perra.

A Clarity le temblaban las manos.

—No, no lo es —dijo Gloria.

—¿No qué? ¿No es Molly? ¿No es un perro? —preguntó Clarity.

—¡Fuera! —exclamó Gloria.

—¡No! —gritó Clarity.

—¡No puedes tener un perro en mi casa!

—¡Me quedaré con ella!

—No me digas nada ahora. ¿Tienes idea del lío en que te has metido? He recibido una visita de un inspector. Has faltado tanto a clase que han venido a arrestarte.

Clarity me dejó en el suelo.

—¡No! No dejes a ese animal encima de mi alfombra.

Con tantos gritos, me alejé de Gloria.

—Es un perro. No va a hacer nada, ha hecho pipí fuera.

—Un perro… ¿Estás segura de que no es un zorro?

—¿Por qué, necesitas otro cuello de piel?

Me fui hacia el sofá, pero allí debajo no había más que olor a polvo. En realidad, casi todos los olores de la casa procedían de Gloria.

—¡Va a hacer pipí en el sofá! Voy a llamar a alguien —chilló Gloria.

—¿Te has molestado en leer esto? —preguntó Clarity, agitando el papel que tenía en la mano. Me pregunté si iba a lanzarlo—. Es una citación para ti. Debes ir al juzgado.

—Bueno, pues les diré que estás totalmente fuera de control.

—Y yo les voy a contar por qué.

—¿Por qué qué?

—Por qué pude saltarme tantas clases. Tú te vas de viaje todo el tiempo y me dejas en casa sin ningún adulto, incluso cuando tenía doce años. ¡Yo sola!

—No lo creo. Tú pediste que te dejara sola. Detestabas tener canguro.

—¡La detestaba porque estaba borracha! Una vez se quedó dormida en el coche, en la autopista.

—No volveremos a tener esta conversación. Si lo que estás diciendo es que soy una madre negligente, puedo llamar a Servicios Sociales y tú puedes vivir en un orfanato.

Di unas cuantas vueltas y me tumbé encima de la mullida alfombra. Pero los gritos me hacían sentir ansiosa. Al cabo de unos segundos, me puse en pie otra vez.

—Claro, así es como funciona. Me dejas en una caja, en el porche. Entonces, cuando vengan el jueves, me recogerán y se me llevarán como huérfana.

—Ya sabes a qué me refiero.

—Sí. Llamarás a Servicios Sociales y les dirás que ya no quieres ser madre. Entonces habrá un juicio. Y el juez te preguntará dónde has estado durante toda la semana pasada (Aspen) y dónde estuviste durante tu viaje a Las Vegas cuando yo tenía trece años, y dónde fuiste durante tu estancia de un mes en Nueva York. ¿Y sabes qué te dirá? Dirá que debes ingresar en prisión. Y todo el vecindario lo sabrá. Te verán subir a un coche de policía, esposada, con el cuello de piel cubriéndote la cabeza.

—Mi madre me dejaba sola cuando yo era más joven que tú. Y nunca me quejé.

—¿La misma madre que te pegaba con las herramientas de jardín? ¿La que te rompió el brazo cuando tenías ocho años? No sé…

—Me refiero a que yo estaba bien. Tú estabas bien.

—Bueno, pues yo me refiero a que arrestaron a tu madre y a que te arrestarán también a ti, Gloria. Ahora las leyes son mucho más estrictas. No es necesario enviar a tu hijo a urgencias para acabar en prisión.

Gloria miraba fijamente a Clarity, que jadeaba.

—A no ser —añadió Clarity, bajando la voz— que dejes que me quede con Molly.

—No sé qué quieres decir.

—Le diré al juez que te mentí. Que te dije que estaba yendo a la escuela, pero que, en realidad, me saltaba las clases. Le diré que no ha sido culpa tuya.

—¡No ha sido culpa mía!

—O le puedo decir que siempre me dejas sola cuando te vas de viaje con tus novios. Este es el trato. Me quedo con Molly y le miento al juez. Pero si intentas que me deshaga de ella, se lo diré todo.

—Eres tan horrible como tu padre.

—Oh, maldita sea, Gloria. Eso ni siquiera me molesta. Me lo has dicho demasiadas veces. Bueno, ¿qué quieres hacer?

Gloria salió de la habitación. Clarity se acercó a mí y me acarició la cabeza. Me enrosqué en la alfombra y me dormí. Cuando desperté, Gloria ya no estaba en la casa. Clarity se encontraba en la cocina. Me levanté, bostecé y fui a ver qué estaba haciendo. En la cocina había un olor delicioso.

—¿Quieres una tostada, Molly? —me preguntó Clarity. Parecía triste, pero me la dio—. Pero para ti sin mantequilla —añadió—. Eso es solo para las personas.

Se levantó de la mesa, abrió una bolsa y el ambiente se llenó del tentador olor de las tostadas. Tiró un juguete al suelo y yo fui a por él rascando el suelo con las uñas.

—¿Quieres la tapa? Vale, te doy la tapa —me dijo.

Lamí el juguete, que tenía un sabor delicioso. Pero no había nada que comer ahí, así que lo mordisqueé. Clarity volvió a levantarse de la mesa y preparó otra tostada, y luego otra, y otra, mientras yo continuaba mordisqueando el juguete, feliz. Luego dijo:

—Me he quedado sin pan.

Y tiró una bolsa de plástico al cubo de la basura. Meneé la cola, creyendo que vendría a jugar conmigo y con el juguete. Sin embargo, en lugar de eso, se acercó a la encimera y abrió otra bolsa de plástico. E hizo otra tostada. Dio una patada al juguete y yo salí corriendo a por él. Cada vez que se levantaba a hacer otra tostada, daba una patada al juguete y yo lo perseguía. Descubrí que si apoyaba las patas delanteras en él, me deslizaba por el suelo hasta chocar contra la pared. ¡Vaya juego fantástico!

—Se acabó. Vamos, Molly —dijo Clarity. La seguí hasta su dormitorio—. ¿Quieres dormir encima de este cojín? ¿Molly?

Clarity dio unos golpecitos sobre un cojín, así que salté sobre él, lo agarré con los dientes y empecé a sacudirlo.

Pero ella no quería jugar. Se tumbó de espaldas con los ojos abiertos. Yo apoyé la cabeza sobre su pecho y me pasó los dedos por encima del pelaje. Noté que algo estaba cambiando en ella, que su humor se hacía más oscuro. Me enrosqué contra su cuerpo con la esperanza de que eso aliviara su tristeza, pero se puso a sollozar: no lo había conseguido. Entonces quise lamerle la cara, que le olía a mantequilla, a tostada y a esa misma sustancia dulce y azucarada del juguete, pero Clarity me apartó.

—Oh, Dios —dijo en voz baja.

Se levantó y fue al baño. Oí que hacía unos sonidos raros, como si se ahogara; volví a oler las tostadas. Estaba vomitando otra vez. Tenía la cabeza metida en la taza del inodoro. Tiró de la cadena varias veces. Luego se levantó y se miró los dientes en el espejo. Luego se puso de pie encima de esa caja pequeña.

—Cuarenta y cinco —dijo en tono de queja—. Me detesto.

Decidí que yo también detestaba esa caja por cómo la hacía sentir.

—Vámonos a la cama, Molly.

Ese día, Clarity no me llevó al sótano, sino que me dejó dormir en su cama. Estaba tan emocionada por estar fuera de ese sitio y poder quedarme en la cama con ella que, por supuesto, me costó dormir. Pero ella me puso la mano encima y me estuvo acariciando hasta que me entró el sueño. Me di la vuelta y me enrosqué contra su cuerpo. Mientras me dormía, sentía su amor hacia mí, que era el mismo que yo sentía por ella. Eso era más que, simplemente, vigilar a alguien por fidelidad: yo amaba a Clarity, la quería tanto como es posible que un perro ame a una persona. Ethan había sido mi chico, pero Clarity era mi chica.

Me desperté al oír que Gloria y un hombre hablaban fuera de la casa. El hombre se rio. Entonces un coche se puso en marcha y se alejó. La puerta de entrada de la casa se abrió y se cerró. Clarity continuaba durmiendo. Oí que alguien se acercaba por el pasillo. Tras haber pasado tanto tiempo debajo de las escaleras oyendo pasos, supe que se trataba de Gloria.

La puerta de la habitación se abrió. Gloria me vio encima de la cama. Sus complejos olores llenaron la habitación. Meneé un poco la cola.

Ella me miró desde la puerta que daba a aquel oscuro pasillo.

9

Clarity tenía muchos amigos que venían a jugar conmigo. Con el tiempo, acabé por comprender que ahora su nombre era C. J. Las personas pueden hacer eso: cambiar el nombre de las cosas. Pero yo continuaba siendo Molly. El nombre de Gloria continuaba siendo Gloria, y también «madre». Solo Gloria llamaba Clarity a mi chica.

Pero eso también sucedía al revés: a veces los nombres eran los mismos, pero las personas cambiaban. Eso es lo que sucedió con el veterinario, que era el otro nombre de la doctora Deb y que ahora era el doctor Marty. Era igual de amable que la doctora Deb. Tenía pelo entre la nariz y los labios, así como unas manos fuertes que me tocaban con suavidad.

El amigo de Clarity que yo prefería era Trent, el chico que cuidaba de Rocky. Era más alto que C. J. Tenía el pelo oscuro, y siempre olía igual que su perro. Cuando venía a visitarnos, casi siempre traía a mi hermano. Entonces los dos nos enredábamos a jugar a pelear por el jardín. Jugábamos hasta que caíamos rendidos de agotamiento y nos tumbábamos sobre el césped. Muchas veces yo me tumbaba, jadeando, encima de mi hermano y le sujetaba una pata con los dientes por puro afecto.

Rocky era más robusto que yo… y más alto. Pero normalmente dejaba que lo inmovilizara. Y cuando lo conseguía, siempre me daba cuenta de que el pelo más oscuro de su hocico era del mismo color que el de mis patas. Sin embargo, el resto de su pelaje era de un marrón más claro que el mío. A medida que los días se hacían más cálidos, podía medir mi crecimiento observando el de Rocky: mi hermano ya no era un cachorro torpe. Y yo tampoco.

Rocky tenía una devoción absoluta por Trent: de repente, interrumpía el juego y se iba corriendo hasta su chico para recibir caricias. Yo lo seguía, y C. J. también me acariciaba.

—¿Crees que puede ser un cruce de schnauzer y caniche? —le preguntó un día C. J. a Trent—. ¿Un schnoodle?

—No lo creo. Quizá sea de dóberman y caniche —respondió Trent.

—¿Un doodle?

Meneé la cola y C. J. me dio un golpecito cariñoso en el hocico.

—O un spaniel de alguna clase —especuló Trent.

—Molly, podrías ser una shnoodle, o spoodle, o doodle, pero no eres caniche —me dijo C. J. mientras me cogía en brazos y me daba un beso en el hocico.

Volví a menear la cola de placer.

—Eh, mira esto. ¿Rocky? ¡Siéntate! ¡Siéntate! —ordenó Trent.

Rocky miró a Trent con atención, se sentó y se quedó quieto.

—¡Buen perro!

—Yo no le estoy enseñando órdenes a Molly —dijo C. J.—. Ya tengo bastantes órdenes en mi vida.

—¿En serio? Los perros quieren trabajar. Lo desean. ¿No es cierto, Rocky? Buen chico. ¡Siéntate!

Bueno, yo sabía qué significaba esa palabra. Esta vez, cuando Rocky se sentó, yo también lo hice.

—¡Mira, Molly lo ha aprendido de ver a Rocky! ¡Eres una perra muy buena, Molly!

Meneé al cola al oír que era una perra buena. Yo conocía otras órdenes, pero C. J. no me las dio. Rocky se tumbó de espaldas para que le acariciaran la barriga; le sujeté la garganta con los dientes.

—Eh, no... —dijo Trent.

Rocky se quedó inmóvil. Luego se soltó de mí. Yo también lo había notado: un repentino miedo en Trent. Rocky le dio un golpe con el hocico en la mano mientras yo me acercaba a C. J., que miraba el cielo y sonreía sin pensar en ningún peligro.

—Quizá... C. J., quizá deberíamos ir juntos al baile de graduación.

—¿Qué? No, ¿estás de broma? Uno no va al baile de graduación con los amigos. No se trata de eso.

—Ya, pero...

—Pero ¿qué? —C. J. se dio la vuelta y se apartó el pelo de la cara—. Dios, Trent, pídeselo a alguna que sea guapa. ¿Qué me dices de Susan? Sé que le gustas.

—No, yo... ¿Guapa? —dijo Trent—. Venga. Sabes que eres guapa.

C. J. le dio un suave apretón en el brazo.

—Del montón.

Trent frunció el ceño y miró el suelo.

—¿Qué? —preguntó C. J.

—Nada.

—Venga, vamos al parque.

Fuimos a dar un paseo. Rocky iba por delante, olisqueando y marcando los arbustos. Yo iba al lado de C. J. Ella se metió una mano en el bolsillo y sacó una cajita, pero no era una chuche. Vi un destello de fuego y noté el olor de humo en su boca. Conocía ese olor: lo notaba en toda la ropa de C. J. y a menudo en su aliento.

—Bueno, ¿qué tal la supervisión? ¿Un arresto total? —preguntó Trent.

—No es nada. Solo debo ir a la escuela. Ni siquiera es una supervisión de verdad. Gloria se comporta como si yo fuera una especie de criminal. —C. J. se rio y tosió sacando humo.

—Pero has conseguido quedarte con la perra.

Tanto Rocky como yo levantamos la cabeza al oír la palabra «perra».

—Me pienso marchar en cuanto cumpla dieciocho.

—¿Sí? ¿Cómo vas a hacerlo?

—Me alistaré en el ejército si es necesario. O me iré a un convento. Solo necesito sobrevivir hasta que tenga veintiuno.

Rocky y yo encontramos una cosa que desprendía un olor delicioso, pero C. J. y Trent continuaron caminando y las correas tiraron de nosotros antes de que tuviéramos tiempo de restregarnos encima. A veces las personas dejan que los perros se tomen el tiempo necesario para oler las cosa importantes, pero en general caminan tan deprisa que nos perdemos oportunidades fantásticas.

—¿Qué sucede a los veintiuno? —preguntó Trent.

—Entonces recibiré la mitad de lo que mi padre me dejó.

—¿Sí? ¿Cuánto?

—Como un millón de dólares.

—No puede ser.

—Sí puede ser. Hubo un acuerdo con la aerolínea después del accidente. Será suficiente para pagarme la universidad y para trasladarme a Nueva York y dar el siguiente paso.

A unas casas de distancia, una ardilla dio unos saltos por la hierba. Al vernos se quedó inmóvil, consciente del error que había cometido. Rocky y yo bajamos la cabeza y nos lanzamos a la carga tirando de las correas.

—¡Eh! —exclamó Trent, riendo.

Corrieron con nosotros, pero con ellos tirando de la correa la ardilla tuvo tiempo de correr hasta un árbol y de trepar. Cuando llegó arriba, nos miró y nos dijo unas cuantas cosas. De no haber sido por ellos, seguro que la habríamos atrapado. En el camino de regreso a casa, perseguimos a la misma ardilla. ¿Es que era tan estúpida que deseaba que la pilláramos?

De vez en cuando, C. J. decía: «¿Quieres ir al veterinario?». Mal traducido, eso significaba: «¡Vamos a dar un paseo en coche, en el asiento delantero, para ir a ver al doctor Marty!». Yo siempre respondía con entusiasmo. Y lo hice incluso ese día en que regresé a casa con un estúpido collar cónico, de plástico, que aumentaba los sonidos y que me hacía difícil comer y beber. Había tardado un tiempo en acostumbrarme a la idea, pero al fin comprendí que a las personas les gusta poner esos estúpidos collares a los perros de vez en cuando.

¡Y la siguiente vez que vi a Rocky, él también llevaba ese collar! Eso hizo difícil que pudiéramos luchar, pero lo conseguimos.

—Pobre Rocky, ahora tiene voz de soprano —dijo Trent.

C. J. se rio. Le salía humo de la boca y la nariz.

Al poco tiempo de que me quitaran ese estúpido collar, empezamos a ir a «decoración», un lugar tranquilo donde me dedicaba a mordisquear un juguete de goma mientras C. J. jugaba con papeles y pegamento. Todo el mundo de decoración sabía mi nombre; todos me acariciaban e incluso a veces me daban de comer. Era muy distinto de cuando estábamos en casa: C. J. me abrazaba y me acariciaba mientras que Gloria me apartaba cada vez que yo intentaba saludarla de alguna manera.

Gloria tampoco tocaba a C. J. Y por eso yo estaba ahí. De alguna manera, recibir sus abrazos era mi misión más importante. Notaba que su soledad se diluía cuando nos tumbábamos juntas en la cama. Y yo le daba lametones y le mordisqueaba suavemente el brazo de tan contenta que me sentía por estar con mi chica.

Cuando C. J. no estaba en casa, yo me quedaba abajo de las escaleras. Un día, Trent vino a casa y entre él y C. J. instalaron una puerta para perros en la del sótano, para que yo pudiera salir al patio trasero cada vez que quisiera. Me encantaba salir y entrar por esa puerta: ¡siempre había algo divertido que hacer al otro lado!

A veces, mientras estaba fuera, en el patio, veía que Gloria estaba de pie en la ventana mirándome. Yo siempre le meneaba la cola. Gloria estaba enojada conmigo por algún motivo, pero yo sabía, por experiencia, que la gente no puede estar siempre enfadada con un perro.

Un día, cuando C. J. llegó a casa, era tan tarde que el sol ya se había puesto. Al llegar me dio un abrazo muy largo. Estaba triste y enfadada. Luego fuimos al lavabo y vomitó. Bostecé y empecé a caminar de un lado a otro, ansiosa: nunca sabía qué hacer cuando eso sucedía. De repente, C. J. y yo levantamos la vista al mismo tiempo y vimos que Gloria estaba en la puerta y nos observaba.

—No necesitarías hacer eso tan a menudo si no comieras tanto —dijo Gloria.

—Oh, madre —replicó C. J. Se puso en pie y fue a beber agua al lavamanos.

—¿Cómo han ido las audiciones? —preguntó Gloria.

—Ha sido terrible. No pillé nada. Parece que si no has estado haciendo teatro durante todo el año, ni siquiera te hacen un *casting*.

—Bueno. Si no quieren que mi hija participe en la función del verano, ellos se lo pierden. No importa: nadie se ha convertido nunca en actriz por actuar en funciones de instituto.

—Es verdad, Gloria. ¿Quién ha oído alguna vez que un actor actúe?

—Solo digo que yo nunca canté en el instituto. Y eso no me ha perjudicado en absoluto.

—Pues últimamente me he dado cuenta de que todas las compañías discográficas te cierran las puertas.

Gloria se cruzó de brazos.

—Tuve una carrera muy prometedora hasta que me quedé embarazada de ti. Cuando tienes un hijo, es diferente.

—¿Estás diciendo que no pudiste cantar más porque tuviste un hijo? ¿Es que me pariste por el esófago?

—Nunca me has dado las gracias, ni una sola vez.

—¿Debo agradecerte que me dieras a luz? ¿En serio? ¿Hacen tarjetas de felicitación en algún lado del tipo «gracias por permitir que me quedara nueve meses en tu útero»?

Di un salto y aterricé en la cama.

—¡Baja de ahí! —exclamó Gloria.

Bajé con un sentimiento de culpa y me tumbé en el suelo, con la cabeza gacha.

—No pasa nada, Molly. Eres una buena chica —me dijo C. J., tranquilizándome—. ¿Qué te pasa con los perros, Gloria?

—No comprendo cómo a la gente le pueden gustar. Son sucios y huelen mal. Dan lametones. No hacen nada útil.

—No pensarías lo mismo si hubieras pasado un tiempo con alguno —replicó C. J., acariciándome la cabeza.

—Lo hice. Mi madre tenía un perro cuando yo era pequeña.

—Nunca me lo habías dicho.

—Siempre me daba lametones en la boca. Era asqueroso —continuó Gloria—. A ella le encantaba. Era un perro gordo y se pasaba el día en su regazo sin hacer nada útil. Se quedaba ahí sentado mirándome mientras yo limpiaba la casa.

—Bueno, Molly no es así.

—Y te gastas todo el dinero en comida para perros y en veterinarios, cuando hay tantas cosas bonitas que te podrías comprar.

—Ahora que tengo a Molly, no necesito nada más.

C. J. me rascó detrás de la oreja y yo solté un gemido de placer.

—Comprendo. El perro recibe toda la aprobación. Y tu madre no recibe nada.

Gloria se dio la vuelta y fue hacia la puerta. C. J. se puso en pie y la cerró. Luego se enroscó en la cama conmigo.

—Nos iremos de aquí en cuanto pueda, te lo prometo, Molly —dijo C. J.

Le lamí la cara.

Era una buena perra que cuidaba de la nieta de Ethan, pero no lo hacía solamente porque eso era lo que él hubiera querido. Amaba a C. J. Me encantaba quedarme dormida en sus brazos o caminar con ella e ir a decoración.

Lo que no me gustaba era ese hombre que se llamaba Shane y que empezó a venir todo el tiempo. Muchas veces, Gloria no estaba en casa por la tarde, así que Shane y C. J. se enroscaban en la cama. Las manos de Shane tenían el mismo olor que impregnaba la ropa de C. J. Él siempre me saludaba, pero yo me daba cuenta de que en realidad no le gustaba, pues me acariciaba de forma muy formal. Un perro siempre se da cuenta de eso.

No confiaba en las personas a quienes no les gustaban los perros.

Una tarde, Trent y Rocky vinieron mientras Shane estaba en casa. Rocky permaneció muy alerta y mirando a Trent todo el tiempo, que no se sentó. Percibía el enfado y la tristeza de Trent. Estaba claro que Rocky también lo notaba. Intenté interesar a Rocky en el juego de la lucha, pero no quiso: parecía totalmente atento a Trent.

—Oh, hola, pensé en pasar por aquí y… —dijo Trent, dando un pequeño puntapié en la alfombra.

—Como puedes ver, estamos ocupados —dijo Shane.

—Sí —repuso Trent.

—No, entra, solo estamos viento la televisión —dijo C. J.

—No, será mejor que me vaya.

Cuando se hubo ido, me acerqué a la ventana y lo vi de pie al lado de su coche. Miraba hacia la casa. Al cabo de unos instantes, abrió la puerta del coche y se fue.

Rocky iba en el asiento delantero.

Al día siguiente, C. J. no vino a casa directamente desde la escuela, así que me quedé mordisqueando palos en el patio trasero mientras miraba a los pájaros saltar de árbol en árbol. Ladrarles a los pájaros casi nunca sirve de nada, porque ellos no comprenden que se supone que deberían tener miedo de los perros. Simplemente, siguen con sus cosas. Ya me había comido algún pájaro muerto en otras ocasiones. Y sabía que no eran sabrosos en absoluto. A pesar de que probablemente no me comería uno vivo aunque lo cazara, quizá lo intentara solo para saber si el hecho de que estuviera vivo mejoraba su sabor.

De repente, me sobresalté al oír que Gloria abría la puerta trasera.

—Ven aquí, Molly. ¿Quieres una chuche? —me llamó.

Me acerqué con precaución, meneando la cola y con el trasero bajo en señal de sumisión. Normalmente, Gloria solo me hablaba si yo había hecho algo malo.

—Bueno, venga —dijo.

Entré en la casa y ella cerró la puerta detrás de mí.

—¿Quieres un poco de queso? —preguntó.

Meneé la cola y la seguí hasta la cocina. Gloria se dirigió al frigorífico, así que permanecí muy atenta. En cuanto abrió la puerta de la nevera, un montón de deliciosos aromas llegaron hasta mí.

Gloria sacó una cosa.

—Está un poco pasado, pero debe de ser bueno para los perros, ¿verdad? ¿Quieres esto?

Gloria me acercó un trozo grande de queso pinchado en

un tenedor. Lo olí. Luego, con mucho, mucho cuidado, lo cogí esperando a que ella se enfadara.

—Date prisa —me dijo.

Arranqué el queso del tenedor, lo dejé caer al suelo y me lo comí en unos cuantos bocados. ¡Vale, quizá Gloria ya no estuviera enfadada conmigo!

—Toma —dijo Gloria.

Oí un golpe seco. Gloria había dejado caer un enorme trozo de queso en mi cuenco.

—Haz algo útil. Es ridículo que nos gastemos tanto dinero en comida de lujo para perro cuando podrías comerte nuestros restos.

Nunca habría esperado que me dieran más de un trozo de queso a la vez, así que tener tanto queso era un auténtico lujo. Cogí el enorme trozo sin saber bien qué hacer. Gloria salió de la cocina, así que me concentré en comérmelo poco a poco. Cuando hube terminado, babeaba un poco, por la que me bebí casi toda el agua.

Gloria apareció en la cocina al cabo de un rato.

—¿Has terminado? —preguntó. Se acercó a la puerta trasera y la abrió—. Vale, fuera —ordenó.

Comprendí lo que me quería decir y crucé la puerta de inmediato hacia el patio trasero. Se estaba mejor ahí fuera.

No sabía cuándo regresaría C. J. a casa. La echaba de menos. Pasé por la puerta de perros y me enrosqué en mi cojín, en el sótano. Deseé que ella estuviera ahí conmigo.

Me quedé dormida. Cuando me desperté, me sentí mal. Di unas cuantas vueltas, jadeando. Soltaba mucha baba y tenía sed; además, me temblaban las patas. Al final, lo único que pude hacer fue quedarme ahí, demasiado débil para moverme.

Oí los pasos de C. J. y supe que estaba en casa. Abrió la puerta de arriba de las escaleras.

—¿Molly? ¡Ven! ¡Sube! —me llamó.

91

Yo sabía que debía hacer lo que me pedía. Di un paso, mareada y con la cabeza gacha.

—¿Molly? —C. J. bajó las escaleras—. ¿Molly? ¿Estás bien? ¡Molly!

Esta vez, pronunció mi nombre gritando. Quería acercarme para hacerle saber que todo estaba bien, pero no conseguí moverme. Ella se acercó y me cogió en brazos. Pero me sentía como si tuviera la cabeza enterrada bajo la colcha de la cama: los sonidos me llegaban ahogados.

—¡Mamá! ¡Algo le pasa a Molly! —gritó.

Me llevó escaleras arriba, pasó por delante de Gloria, que estaba sentada en el sofá, y corrió conmigo hasta el camino. Mientras me dejaba en el suelo para abrir la puerta del coche, vomité en la hierba.

—Oh, Dios, ¿qué es eso que has comido? ¡Oh, Molly!

Hice el viaje en coche en el asiento de delante, pero ni siquiera podía levantar la cabeza para mirar por la ventanilla cuando C. J. la abrió.

—¡Molly! Vamos al veterinario, ¿vale? ¿Molly? ¿Estás bien? ¡Molly, por favor!

Notaba el dolor y el miedo de C. J., pero no era capaz de moverme. El coche estaba cada vez más y más oscuro. Noté que la lengua me caía fuera de la boca.

—¡Molly! —gritó C. J—. ¡Molly!

10

Cuando pude abrir los ojos, lo único que veía era una luz borrosa. No conseguía distinguir las formas. Era una sensación muy familiar: esa y la de que las patas no me respondieran y la cabeza me pesara tanto que no podía levantarla. Cerré los ojos. No me parecía posible que volviera a ser un cachorro.

¿Qué me había sucedido?

Tenía hambre e, instintivamente, busqué a mi madre. No podía olerla. En realidad, no podía oler nada. Gemí. Noté que volvía a caer en el sueño.

—¿Molly?

Me desperté con un sobresalto. C. J. apareció en mi campo de visión. Mi chica había puesto la cabeza delante de la mía.

—Oh, Molly, estaba tan preocupada por ti. —Me acarició y me besó en la cara.

Meneé la cola, que golpeó con suavidad la mesa de metal. Me sentía demasiado débil para levantar la cabeza, aunque sí pude lamerle la mano. Me sentía aliviada al darme cuenta de que continuaba con vida y podía cuidar de ella.

El doctor Marty apareció por detrás de C. J.

—La última convulsión ha sido muy breve y hace más de cuatro horas. Creo que ha salido del peligro.

—¿Qué ha sido? —preguntó C. J.

—No lo sé —respondió el veterinario—. Es evidente que comió algo que no debería haber comido.

—Oh, Molly —dijo C. J.—. No comas cosas malas, ¿vale?

Le lamí la cara y ella me besó otra vez. Me sentía muy aliviada de no volver a ser un cachorro y de estar todavía con mi chica.

C. J. y Gloria se enfadaron la primera noche que pasé en casa.

—¡Seiscientos dólares! —gritó Gloria.

—Eso es lo que cuesta. ¡Molly ha estado a punto de morir! —exclamó C. J.

Normalmente, cada vez que discutían, daba vueltas y bostezaba con ansiedad. Pero esta vez me sentía demasiado fatigada. Me quedé tumbada mientras Gloria se iba pasillo abajo hasta su dormitorio. Al entrar, cerró la puerta de un portazo. Sus olores impregnaban toda la casa.

Ese verano, Trent no vino mucho por allí. Pero C. J. y yo dormíamos hasta que el sol estaba muy alto en el cielo y luego tomábamos juntas el desayuno; muchas veces nos tumbábamos en el patio trasero. Era maravilloso. C. J. se cubría con un aceite que olía mal y que tenía un sabor peor; a pesar de ello, yo le daba algún lametón de vez en cuanto solo por demostrarle mi afecto. Me encantaba echar una cabezada con C. J.

A veces ella se quedaba fuera casi todo el día; solamente entraba en la casa para ir al lavabo o para subirse en la cajita que tenía ahí. No comprendía por qué se subía tan a menudo encima de esa cosa, pues hacerlo nunca la hacía feliz.

Siempre la acompañaba en esas entradas, así que estaba con ella el día en que C. J. abrió la puerta trasera y vio que Gloria estaba tumbada encima de una manta, al lado del lugar en que nosotras habíamos estado tomando el sol.

—¡Gloria! ¿Qué haces con mi bikini?

—Me queda bien. Mejor que a ti, incluso.

—¡Dios, no! Es horrible.

—He perdido cinco kilos. Y cuando pierdo peso, no lo recupero.

C. J. emitió un sonido de frustración. Apretó los puños y regresó a la casa.

—Ven, Molly —me dijo.

Parecía enfadada conmigo, así que caminé a su lado en silencio y con la cabeza gacha con un sentimiento de culpa. Ella se fue directamente a su dormitorio y entró en el cuartito donde se lavaba con agua. Me tumbé en la alfombra, jadeando, pues la oía llorar. Mi chica era infeliz.

Ese día no vomitó, pero muchos días sí lo hizo. Siempre estaba muy triste cuando lo hacía.

Un día, C. J. me llevó a dar un paseo en coche y me senté en el asiento delantero. Fuimos a casa de Trent y estuve jugando con Rocky en el patio trasero, que no era tan grande como el de C. J., pero tenía el atractivo añadido de que Rocky estaba allí.

—Gracias por hacerlo —dijo C. J.

—Oh, no es nada. A Rocky le gusta la compañía: me echa de menos cuando estoy en el trabajo —respondió Trent—. ¿Te dije que me han hecho ayudante de dirección?

—¿En serio? ¿Así que llevas un sombrero de papel especial?

Rocky dejó de jugar y corrió hasta donde estaba Trent.

—Bueno…, no. Pero quiero decir que solo estoy en el instituto y ellos ya confían en mí… Bueno, no importa —suspiró Trent.

—No. Lo siento. Ha sido un chiste estúpido. Estoy orgullosa de ti.

—Ya.

Rocky acariciaba a Trent.

—No, en serio, lo estoy —repuso C. J.—. Eso demuestra

lo bueno que eres en todo. Por eso eres el delegado de la clase. Puedes conseguir todo lo que te propongas.

—No todo.

—¿Qué quieres decir?

—Nada.

—¿Trent?

—Cuéntame lo de tu viaje.

—Estoy muy emocionada —dijo C. J.—. Nunca he estado en un crucero. ¡Dos semanas!

—Procura no empujar a Gloria por la borda. Estoy seguro de que debe de haber una ley que lo prohíbe…, aunque no debería existir.

—Oh, una vez que estemos en el barco, creo que no nos veremos la una a la otra.

—Bueno, pues buena suerte —dijo Trent.

No me sorprendió que C. J. me dejara allí: muchas veces me dejaba para que jugara con Rocky, y a veces mi hermano venía a nuestra casa para jugar conmigo. Pero al cabo de unas cuantas noches empecé a preocuparme. Golpeaba con el hocico a Trent para que me tranquilizara.

—Echas de menos a C. J., ¿verdad, Molly? —me dijo Trent, sujetándome la cabeza con las dos manos.

Meneé la cola al oír su nombre: «Sí, regresemos a casa con C. J.».

A Rocky no le gustó la atención que Trent me daba, así que saltó sobre mi espalda. Yo me di la vuelta y le enseñé los dientes; pero entonces él se tumbó y me ofreció la garganta, así que no tuve otra opción que ponerme encima y mordisquearle el cuello.

Una noche oí que Trent decía «¡C. J.!», como si ella estuviera allí, pero cuando corrí a su dormitorio (mientras Rocky me saltaba encima todo el rato) vi que estaba solo.

—Molly. ¿Quieres hablar con Molly por teléfono? Ven, Molly, el teléfono.

Trent me acercó un juguete de plástico. Lo olí. Vale, era un «teléfono». Ya lo había visto antes, pero nunca me habían invitado a jugar con uno.

—Di «hola» —me dijo Trent.

Oí un ruido suave y extraño. Miré el teléfono y ladeé la cabeza. Trent se llevó el teléfono a la cara.

—¡Sabe que eres tú! —dijo.

Trent parecía feliz.

Las personas suelen sentirse felices cuando hablan con sus teléfonos, aunque, según mi experiencia, hablar con un perro es mucho mejor.

Sin embargo, pensé que el comportamiento de Trent era muy raro. Me sentía muy cansada después de haber sido engañada creyendo que C. J. estaba en el dormitorio. Subí a los pies de la cama y me tumbé con un suspiro. Al cabo de un momento, Rocky se tumbó a mi lado y me puso la cabeza sobre el estómago: percibía mi estado de ánimo. Estaba triste, a pesar de que él estaba ahí. Añoraba a mi chica.

Pero, de alguna forma, sabía que C. J. regresaría. Ella siempre volvía conmigo.

Un día, Trent no se fue a trabajar. Bajó al sótano y se puso a jugar. Dando un gemido, cogía unas cosas muy pesadas del suelo y luego las volvía a dejar. Después se dio una ducha y se pasó mucho rato poniéndose ropa diferente en el dormitorio. Rocky percibió su nerviosismo y empezó a jadear un poco. Luego, Trent se fue al salón y se puso a caminar de un lado a otro. De vez en cuando se paraba delante de la ventana para mirar. Rocky lo seguía pegado a sus talones. Me acabé aburriendo y me tumbé en la alfombra.

De repente, oí el ruido de una puerta. El nerviosismo de Trent creció. Rocky apoyó las patas delanteras en la ventana para mirar. Me levanté, curiosa. La puerta delantera se abrió.

—¡Hola, Rocky! ¡Hola, Molly!

Era mi chica. Estaba tan emocionada de volver a verla que

gimoteé y empecé a dar vueltas alrededor de sus pies. Ella se agachó para acariciarme y le lamí toda la cara. Cuando se levantó de nuevo, intenté dar un salto para llegar a su cara y volver a lamérsela. Ella me sujetó la cabeza y me abrazó.

—Molly, eres una doodle-schoodle, pero no un caniche —me dijo.

El contacto de sus manos en el pelaje me provocaba una corriente de placer.

—Hola C. J. —dijo Trent, que alargó los brazos hacia ella. Pero, de repente, se detuvo.

Ella se rio y saltó a darle un abrazo.

Rocky estaba tan contento que se puso a correr por toda la casa y a lamer los muebles.

—Eh, calma —dijo Trent.

Pero se estaba riendo, así que Rocky continuó haciéndolo. Parecía un perro loco. Por mi parte, me quedé con C. J.

—¿Quieres comer alguna cosa? Tengo galletas —le ofreció Trent.

Rocky y yo nos quedamos inmóviles. ¿Galletas?

—Dios, no —dijo C. J.—. Estoy gordísima. Había tanta comida… Era increíble.

Trent nos sacó fuera a Rocky y a mí para que jugáramos a luchar. Pero echaba de menos a C. J., así que al cabo de un rato rasqué la puerta y la madre de Trent nos dejó entrar. Trent y C. J. estaban sentados el uno al lado del otro, en el sofá. Me enrosqué a sus pies. C. J. tenía el teléfono apoyado en el regazo.

—Este era nuestro camarote —dijo C. J.

—¿Qué? Es enorme.

—Era perfecto. Teníamos esta zona de salón. Y cada una disponía de su propio dormitorio y su lavabo. No sé si te has dado cuenta, pero Gloria y yo nos llevamos mejor cuando no nos vemos.

—Dios, ha debido de ser realmente caro.

—Supongo.

—¿Tanto dinero gana tu madre?

C. J. lo miró.

—No lo sé. Supongo que sí. Siempre va a esas presentaciones por la noche, así que supongo que el negocio debe de ir bien.

Suspiré. Rocky tenía un juguete de goma y me miraba mientras lo mordisqueaba, esperando a que yo hiciera un movimiento para quitárselo.

—¿Quién es ese chico? —preguntó Trent.

—Oh, nadie.

—Aquí hay otra con él.

—Ha sido solo un amor de crucero. Ya sabes.

Trent calló. Rocky percibió algo, así que cruzó la habitación y puso la cabeza sobre el regazo de Trent. Aproveché la oportunidad y salté sobre el juguete.

—¿Qué sucede? —le preguntó C. J. a Trent.

—Nada —respondió Trent—. Bueno, se está haciendo un poco tarde y mañana tengo que trabajar.

Así que nos fuimos. Después de ese día, me pareció que ya no veíamos a Trent y a Rocky tan a menudo, aunque veíamos mucho más a Shane, que no me caía muy bien. Nunca se portaba mal conmigo, pero había algo raro en él, algo que me hacía desconfiar. Muchas veces, Gloria y C. J. hablaban sobre Shane, y C. J. decía: «oh, ma-dre», y se iba de la habitación.

C. J. no era feliz. Gloria no era feliz. Por mi parte, eso no lo comprendía, pues me parecía que había muchas cosas por las cuales ser feliz, como el beicon o los días en que las dos nos tumbábamos en el patio trasero y los dedos de C. J. me acariciaban con suavidad.

Lo que no me gustaba mucho era el baño. Siempre, en todas mis anteriores vidas, el baño consistía en que yo permanecía de pie fuera y recibía una ducha de agua; más tarde, me frotaban con un jabón resbaladizo que olía igual de mal que el pelo de Gloria. Luego, ese olor se quedaba en mi pelo incluso después de que me hubieran enjuagado. Para C. J., el baño consistía en quedarse dentro de la casa, de pie en el interior de una caja que tenía los lados muy resbaladizos. Me sentía una perra mala cada vez que ella me tiraba agua caliente con un plato de perro que tenía un asa pegada. Luego me frotaba con jabones que olían muy mal; yo aguantaba, abatida, con los ojos cerrados y la cabeza gacha. Los deliciosos olores que había conseguido acumular con el tiempo (a tierra, a comida antigua y a cosas muertas) desaparecían después de todos esos platos de agua caliente y apestosa. Si intentaba escapar, resbalaba y mis uñas rascaban la pared de la caja: era incapaz de impulsarme. Y entonces C. J. me cogía.

—No, Molly —me decía, muy seria.

El baño era el peor de los castigos, porque yo nunca sabía qué era lo que había hecho mal. Pero cuando terminaba, C. J. me envolvía en una manta y me abrazaba. Y eso era lo mejor. Recibir ese fuerte abrazo me hacía sentir segura y caliente y querida.

—Oh, mi Molly, mi Molly, eres una perra mimosa —me susurraba C. J.

Entonces, cogía esa manta y me frotaba con ella hasta que mi piel se ponía tan vibrante y eléctrica que, cuando me soltaba, echaba a correr por toda la casa, sacudiéndome el agua que me quedaba; comenzaba a saltar sobre las sillas y el sofá, a restregarme por la alfombra para acabar de secarme y darme un pequeño masaje.

C. J. se reía mucho, pero Gloria gritaba:

—¡Basta!

No sabía por qué lo estaba, pero concluí que ella siempre estaba enfadada, incluso cuando el castigo del baño había terminado y podíamos celebrar lo maravilloso que era correr y saltar sobre los muebles.

Cuando volvimos a la rutina de encerrarme en el sótano,

supe que C. J. había regresado a la escuela. Desde allí, oía a Gloria, que se movía por arriba hasta que también se iba de la casa. Entonces yo salía por la puerta del perro y me tumbaba en mi sitio habitual, echando de menos a C. J. A veces, mientras dormía, me parecía que sus dedos me acariciaban.

Todavía íbamos a decoración de forma regular. A veces había otras personas allí y me acariciaban; en ocasiones, solo estábamos C. J. y yo en el edificio. Una noche en que estábamos a solas, oímos unos golpecitos en la puerta. Era uno de esos raros sonidos que me hacen gruñir y que me ponen los pelos punta.

—¡Molly! No pasa nada —dijo Clarity.

Se acercó a la puerta y yo la seguí. Olí a Shane al otro lado de la puerta, pero eso no me hizo sentir mejor.

—Eh, C. J., abre —dijo él.

Había otro hombre con él.

—No puedo dejar entrar a nadie aquí —respondió C. J.

—Vamos, nena.

C. J. abrió la puerta y los dos hombres entraron. Shane cogió a C. J. y la besó.

—Hola, Molly —me dijo—. C. J., te presento a Kyle.

—Hola —saludó el otro.

—¿Tienes la llave? —preguntó Shane.

C. J. se cruzó de brazos.

—Ya te dije…

—Sí, bueno, a Kyle y a mí nos gustaría pasar los exámenes de Historia del Arte, ¿vale? Vamos. Ya sabes que todo eso no es más que una broma, nunca necesitaremos saber nada de esto en la vida. Haremos una copia del examen y nos iremos.

No sabía qué estaba sucediendo, pero me di cuenta de que C. J. no estaba contenta. Le dio una cosa a Shane, que se giró y se la tiró a Kyle.

—Vuelvo enseguida —dijo este.

Se dio la vuelta y se marchó. Shane sonrió.

—¿Sabes que me podrían expulsar por esto? Ya estoy en supervisión —dijo C. J.

—Relájate. ¿Quién se va a chivar? ¿Molly?

Shane alargó la mano y me acarició la cabeza. Pero fue un poco brusco. Luego cogió a C. J.

—No. Aquí no.

—Venga. No hay nadie más en todo el edificio.

—Basta, Shane.

Percibí enojo en el tono de su voz. Gruñí un poco. Shane se echó a reír.

—Vale. Dios. No me eches el perro encima. Solo estaba jugando. Voy a ver qué hace Kyle.

C. J. se puso a jugar con los papeles y los palos otra vez. Al cabo de un rato, Shane regresó y dejó caer una cosa encima de la mesa, delante de C. J.

—Vale. Nos vamos —dijo.

C. J. no contestó.

Al cabo de unos días, Gloria y C. J. estaban viendo la televisión mientras yo dormía. Entonces llamaron a la puerta. Me levanté, meneando la cola, pensando que sería Trent. Pero se trataba de dos hombres que vestían ropas oscuras y que llevaban unos objetos metálicos en el cinturón: por experiencia, sabía que eran de la policía. C. J. los dejó entrar en casa. Gloria se puso en pie. Meneé la cola y le di un golpe amistoso con el hocico a uno de los policías.

—¿Eres Clarity Mahoney? —le preguntó uno de ellos a C. J.

—Sí.

—¿Qué sucede? —les preguntó Gloria.

—Hemos venido por el robo en el Departamento de Arte del instituto.

—¿Robo? —dijo C. J.

—Un ordenador portátil, dinero en metálico, un marco de plata —dijo el policía.

Gloria ahogó una exclamación de sorpresa.

—¿Qué? No, eso no… —dijo C. J.

Percibí que empezaba a sentir miedo.

—¿Qué has hecho? —le preguntó Gloria a C. J.

—No fui yo. Fue Shane.

—Debes venir con nosotros, Clarity.

—¡Ella no va a ir a ninguna parte! —exclamó Gloria.

—C. J. Soy C. J.

Me puse a su lado.

—Vamos —dijo el policía.

—¡Ninguna hija mía se va con un policía! Yo la llevaré —dijo Gloria.

—No pasa nada, Gloria —dijo C. J.

—Sí que pasa. No pueden entrar aquí como si fueran la Gestapo. Es nuestra casa.

Me pareció que los policías se estaban enfadando.

—Sí, bueno, su hija debe venir a la comisaría ahora.

—¡No! —gritó Gloria.

Uno de los policías se llevó una mano al costado y sacó dos pulseras metálicas.

—Date la vuelta, C. J.

Después de eso, todo el mundo se fue. C. J. ni siquiera me acarició la cabeza, lo cual hizo que me sintiera una mala perra. La casa se quedó vacía y solitaria sin ellos.

Bajé al sótano y me tumbé en mi cojín, pues sentía la necesidad de enroscarme en un lugar seguro.

Al cabo de un rato oí la puerta de entrada de la casa. Me levanté, pero no subí porque oí que se trataba de Gloria y no de C. J. Cerró la puerta de arriba de las escaleras.

Me pasé la noche llorando; quería que mi chica regresara a casa, pero no lo hizo. Tampoco volvió al día siguiente. Yo tenía un hueso para masticar, pero estaba hambrienta porque no me dieron de comer en todo el día. Podía conseguir agua en el patio trasero, sobre todo porque esa mañana había llovido, pero me sentía triste, sola y hambrienta.

Finalmente, decidí expresar mis sentimientos y me puse a ladrar de miedo y hambre. Un perro solitario me respondió desde algún lugar, lejos; era un perro que nunca antes había oído. Ambos estuvimos ladrando un rato. Entonces él se calló en seco. Me pregunté quién debía de ser ese perro, si quizá jugaríamos juntos algún día. Me pregunté si él habría comido ese día.

Un día es muy largo. Y mucho más largo cuando tienes hambre y estás preocupada por la persona a quien se supone que debes cuidar. Al final, el cielo se oscureció. Crucé la puerta de perros y me enrosqué debajo de las escaleras. El estómago me dolía. Empezaba a tener miedo. Y el miedo me impedía dormir.

—¿Dónde estaba C. J.?

11

P asé la mayor parte del día siguiente tumbada a la sombra, en el patio, observando a los pájaros que saltaban entre la hierba húmeda. El único momento en que olvidé el hambre que tenía fue cuando vi a Gloria de pie ante las puertas de cristal, mirándome. Cada vez que lo hacía, me sentía una mala perra. El resto del tiempo lo pasé muriéndome de hambre.

Estuviera donde estuviera C. J., sabía que no querría que yo estuviera sin comer. Fui varias veces a la casa, a comprobar cómo estaba mi cuenco de comida, pero cada vez lo encontré vacío. Allí no había nada para comer, excepto si contaba unos calcetines que encontré en un cesto. No me comí los calcetines porque ya había mordisqueado cosas similares otras veces y sabía que no ofrecían una satisfacción real. Pero lamí el cuenco de todas maneras, imaginándome que todavía podía detectar el sabor de la comida.

Por desgracia, a momentos olía a comida en el aire: eran unos olores deliciosos que asociaba con las personas cuando cocinaban. Alguien estaba asando carne en alguna parte. Probablemente era muy lejos, pero yo sabía que mi olfato me conduciría hasta allí si salía del patio.

En el patio había dos puertas. La que estaba al lado del garaje era alta y de madera; pero la que había al otro lado (por la que C. J. pocas veces pasaba) estaba hecha del mismo acero que el de la valla; en realidad, era un poco más baja. Con un poco de carrerilla, posiblemente pudiera saltarla.

Esa idea no se me iba de la cabeza. Saltaría por encima de la valla y seguiría mi olfato y encontraría la carne asada y una persona me daría algo de comer.

Aunque esa idea me hacía babear, el solo hecho de pensar en marcharme del patio me hacía sentir como una perra mala. C. J. querría que yo estuviera allí. Y yo no podía protegerla si me escapaba en busca de comida.

Lloriqueando, entré por la puerta de perros para comprobar cómo estaba mi cuenco de comida otra vez. Nada. Solté un gemido y me tumbé. El vacío que sentía en el estómago era tan fuerte que me impedía dormir.

Me encontraba en el sótano cuando oí que Trent me llamaba. Salí corriendo por la puerta de perros y lo vi de pie en el patio, silbándome. Me sentí tan feliz de verlo que me tiré encima de él. Trent se rio y me abrazó jugando. Todo su cuerpo tenía el olor de Rocky.

—¡Hola, Molly! ¿Estás bien? Echas de menos a C. J., ¿verdad?

Oí que se abría la puerta trasera y vi que Gloria estaba allí, de pie.

—¿Te lo vas a llevar contigo? —preguntó.

—Molly es una hembra —dijo Trent. Me senté al oír mi nombre—. ¿Le has dado de comer?

—¿Le he dado de comer? —dijo Gloria.

Noté cierto sobresalto de emoción en Trent: ¿alarma, quizá?

—¿No le has dado de comer?

—No me hables en ese tono. Supuse que aquí, en alguna parte del patio, habría comida para ella. Nadie me dijo lo contrario.

—Pero… no me puedo creer que hayas dejado que un perro pase hambre.

—Y por eso estás aquí. Por el perro. Vale.

Una emoción muy fea me llegaba de Gloria, algo parecido a la rabia.

—Sí…, bueno. Es decir…

—Estás aquí porque crees que darle de comer al perro hará que Clarity te mire con otros ojos. Sé que estás colado por ella.

Trent inspiró profundamente y sacó el aire despacio.

—Vamos, Molly —dijo en voz baja.

Seguí a Trent hasta la puerta del patio trasero. Cuando se detuvo, giré la cabeza para mirar a Gloria. Estaba de pie, con las manos en las caderas. Me miró a los ojos. Me daba hasta miedo.

Trent me llevó a casa de Rocky y me dio de comer. Me sentía realmente hambrienta, así que le solté un gruñido a Rocky cuando intentó hacerme jugar antes de que terminara. Al acabar sentía una agradable sensación de barriga llena y cierta somnolencia. Lo único que quería era echar una cabezada, pero Rocky llevaba una cuerda en la boca y corría por todo el patio como si creyera que yo no sería capaz de atraparlo. Y eso, por supuesto, no era así. Corrí hacia él y agarré el otro extremo de la cuerda. Estuvimos tirando el uno del otro por todo el patio. Trent nos miraba y se reía. En un momento dado, Rocky lo miró. Entonces, aproveché su momentánea pérdida de atención y le arranqué la cuerda. Salí disparada. Rocky me persiguió a toda velocidad.

Esa noche, mi hermano y yo dormimos juntos en el suelo del dormitorio de Trent. Estábamos totalmente agotados. Por mi parte, me había olvidado momentáneamente de C. J. durante la batalla por la cuerda, pero ahora, en la habitación oscura, la echaba de menos y me sentía triste. Rocky me olisqueó, me dio un golpe con el hocico y unos lametones en la boca. Al final apoyó la cabeza sobre mi pecho.

A la mañana siguiente, Trent se fue. Por la manera en que lo hizo —vistiéndose a toda prisa y recogiendo papeles a última hora— llegué a la conclusión de que se iba a la escuela. Rocky y yo estuvimos jugando a luchar, también pasamos un rato con la cuerda y excavamos un par de agujeros en el patio trasero. Cuando Trent regresó a casa, nos dio de comer y nos habló con enfado mientras jugaba con la tierra a llenar los agujeros que habíamos hecho. Parecía ser que nosotros, o por lo menos Rocky, habíamos sido perros malos por culpa de algo, pero no sabíamos de qué. Rocky se quedó con la cabeza gacha y las orejas caídas durante un rato. Al final, Trent lo acarició y todo estuvo bien.

Rocky y yo jugábamos a luchar mientras Trent estaba en el interior de la casa cuando oímos el ruido de la puerta lateral. Rocky y yo ladramos. Nos pusimos a correr con el pelo erizado. De repente, al ver a mi chica allí, bajé las orejas y salté de alegría.

—¡Molly! —exclamó ella, contenta—. ¡Hola, Rocky!

Rocky continuaba tirando de esa estúpida cuerda. C. J. se puso de pie, me abrazó y me besó en la cara. Luego Rocky levantó la cabeza y salió corriendo hacia Trent, que salía por la puerta trasera. Rocky saludó a Trent como si hubiera estado fuera tanto tiempo como C. J., lo cual era ridículo.

—Baja, Rocky. Hola, C. J.

C. J. se incorporó.

—Hola, Trent.

El chico se acercó a ella y la abrazó.

—¡Oh! —dijo C. J., riendo un poco.

¡Y entonces sacaron las correas para ir a dar un paseo! Las hojas caían de los árboles. Rocky y yo tirábamos, intentando saltar sobre ellas antes de que la brisa las arrastrara, pero las correas nos impedían conseguirlo.

Me sentía muy feliz de que C. J. hubiera regresado. Y, en realidad, también me sentía así por estar con Rocky y con

Trent. A pesar de que no era cosa mía (pues yo era un perro), pensaba que deberíamos vivir allí, en la casa de Trent. Si Gloria no venía a vivir con nosotros, también me parecería bien.

De repente, oí un chasquido y vi un destello de fuego. Entonces la boca de C. J. se llenó de un humo que le salía de un palito.

—No está permitido fumar ahí. Dios —dijo C. J.—. Diez minutos tardaban tanto en pasar que casi era posible oírlos.

—¿Cómo ha sido? ¿Ha sido horrible?

—¿El reformatorio? En realidad, no. Solo… No sé, raro. He perdido casi un kilo y medio, así que ha habido algo bueno. —Se rio—. Los chicos estaban al otro lado y no los veíamos nunca. Pero los podíamos oír perfectamente. Hay muchos más chicos que chicas. La mayoría de ellas estaban allí por haber hecho algo para sus novios, ¿te lo puedes creer?

—Como tú —dijo Trent en voz baja.

¡Estábamos disfrutando de un paseo fantástico! Cada vez que pasábamos por delante de un árbol o de un arbusto, Rocky se paraba para marcarlo. Por mi parte, hacía un poco de pipí en el mismo sitio porque todavía recordaba ese instinto, a pesar de que ahora ya no era tan importante para mí.

—No sabía que Shane iba a robar nada.

—Sabías que iba a robar el examen.

—Iba a copiar el examen, no a robarlo. Y era de Historia del Arte, no era de Mates ni nada. Dios. ¿Tú también?

Trent se quedó callado un momento.

—No, yo no. Lo siento.

Rocky saltó sobre una hoja que pasaba volando y la agarró. Intentó provocarme con ella; sin embargo, ahora que estaba en su boca, esa hoja no era más que una hoja.

—Así que, puesto que estoy en supervisión académica, también estoy en expulsión académica. Huy, qué miedo. En mi vida había visto tanto papeleo. Apuesto a que los espías internacionales no tienen un expediente tan gordo como el mío.

—¿Expulsada por cuánto tiempo?

—Solo este semestre.

—Pero eso significa que no te vas a graduar con nosotros.

—No pasa nada. De todas formas, los vestidos son horrorosos. ¿Y qué me dices de los sombreros? ¡Vamos! No, me graduaré a mitad de curso, sin pompa. Valdrá la pena solo por ver la cara de enfado de Gloria, que no se podrá sentar con todos los padres y llamar la atención sobre sí misma cuando digan mi nombre.

—¿Y ya está? ¿Y la expulsión?

—Servicios sociales. He elegido lo más guay: perros de entrenamiento y perros de servicio.

Al oír la palabra «perro», la miré. Ella puso la mano sobre mi cabeza y me acarició. Le lamí los dedos.

—Eres una buena perra, Molly —dijo.

Cuando llegamos al parque, nos quitaron las correas. Rocky y yo salimos disparados, gloriosamente felices de sentir el frescor del aire y de estar libres para corretear por el parque, peleando y haciendo carreras, igual que lo hacemos en el patio trasero. Olí la presencia de otros perros, pero no apareció ninguno.

Correr al lado de mi hermano me hacía sentir una vibrante alegría, igual que cuando se terminaba el castigo del baño y me permitían saltar sobre los muebles. A veces, Rocky se daba la vuelta para comprobar que Trent todavía estaba ahí. Rocky era un buen perro. Yo sabía que C. J. continuaba ahí porque el olor acre del humo se notaba, aunque ella no estuviera llevándose ese fuego a la boca.

Muchas personas emitían ese mismo olor de humo. A mí nunca me había molestado mucho. Pero, en C. J. me encantaba por la manera en que se mezclaba con su propio olor, porque era C. J. A pesar de ello, a veces deseaba que oliera

LA RAZÓN DE ESTAR CONTIGO. UN NUEVO VIAJE

igual que cuando era un bebé, cuando yo le olisqueaba la cabeza. Me encantaba ese olor.

Rocky y yo encontramos el cuerpo podrido de una ardilla en una de las esquinas del parque, ¡y ese olor también me encantaba! Pero antes de que tuviéramos tiempo de restregarnos con él, Trent nos llamó y tuvimos que regresar. Nos pusieron las correas otra vez: ¡era hora de dar otro paseo!

Cuando llegamos a casa de Rocky, Trent y C. J. se quedaron al lado del coche de C. J. Yo esperé en la puerta, un poco ansiosa por miedo a que C. J. se hubiera olvidado de que yo era un perro de asiento delantero.

—Buena suerte con tu madre —dijo Trent.

—No le importa. Ni siquiera estaba en casa cuando bajé del taxi.

—¿Taxi? Te podría haber ido a recoger.

—No. Hubieras tenido que salir de clase. No quiero corromper a nadie con mi mala influencia —dijo C. J.

Dimos un paseo en coche. Pude ir en el asiento delantero. Cuando llegamos a casa, vi que había un hombre sentado al lado de Gloria en el sofá. Me acerqué meneando la cola para olerlo. El tipo me acarició la cabeza. Gloria se puso tensa. A ella no la olí. C. J. se había quedado de pie ante la puerta de entrada, así que me fui con ella otra vez.

—Clarity, te presento a Rick. Me ha ayudado mucho durante los momentos tan difíciles que me has hecho pasar —dijo Gloria.

—Tengo una hija adolescente —dijo Rick, ofreciéndole la mano a C. J.

Ella se la estrechó rápidamente.

—Soy C. J. Pero Gloria prefiere llamarme Clarity.

—¿Gloria? —El hombre la miró, y yo también lo hice, a pesar de que, en realidad, evitaba mirarla a los ojos—. ¿Te llama por tu nombre?

—Ya —repuso ella, meneando la cabeza.

111

—Mira, este es el primer problema aquí —dijo él.

Ese tipo me había parecido bastante agradable. Las manos le olían a grasa y a carne, y también a Gloria.

—Ella me pidió que la llamara Gloria en lugar de mamá porque no quería que los hombres desconocidos de la tienda supieran que tenía una hija de mi edad —explicó C. J.—. Le preocupa mucho lo que los hombres piensen de ella. Supongo que ya te lo has podido imaginar.

Todos se quedaron callados un momento. Bostecé y me rasqué detrás de la cabeza.

—Vale. Bueno, me alegro de conocerte, C. J. Ahora me iré. Tu mamá debe hablar contigo acerca de algunas cosas.

—Es realmente un detalle que estés aquí para decirme esto —repuso C. J.

Fuimos a su habitación y me tumbé en mi sitio de siempre. Era maravilloso estar de vuelta en casa con mi chica. Sentía un agradable cansancio después de haber estado jugando con Rocky. Además, me sentía impaciente por que C. J. se metiera en la cama para poder tumbarme con ella y sentir su mano en el pelo del cuello.

Sin embargo, entonces la puerta se abrió y Gloria entró en el dormitorio.

—Podrías llamar, por lo menos —dijo C. J.

—¿Llamaban a la puerta de tu celda? —replicó Gloria.

—Sí, y me pedían permiso para entrar, qué te crees.

—Sé que no es cierto.

Me levanté y me sacudí. Bostecé de ansiedad. No me gustaba que Gloria y C. J. se pusieran a hablar porque las emociones eran demasiado fuertes, oscuras y confusas.

—Bueno, ¿qué pasa con ese hombre? —preguntó C. J.—. Se comporta como si estuviera pasando un *casting* para ser mi padre adoptivo.

—Es un hombre de negocios de mucho éxito. Sabe mucho sobre cómo tratar a las personas.

—Ya sabía que era un hombre de éxito; si no, tú no te lo habrías estado montando con él en el sofá.

—Me ha dado muchos consejos acerca de cómo tratar con los hijos difíciles. Estoy preocupada por ti, Clarity June.

—Ya me di cuenta de lo preocupada que estabas cuando llegué a casa ocho horas después de que me soltaran y te encontré tomando vino en el salón.

C. J. se sentó en la cama. Salté a su lado. Pero casi no podía notar su olor porque los aromas de Gloria inundaban la habitación.

Levanté la vista y me di cuenta de que Gloria me estaba mirando, así que miré hacia otro lado. Ella suspiró.

—Bueno, vale —dijo—. En primer lugar, estarás castigada todo el año. Eso significa nada de salir, nada de chicos por aquí, nada de hablar por teléfono. No podrás salir de la casa por ningún motivo.

—Así que cuando llamen del tribunal para saber por qué no estoy haciendo mi servicio social, les diré que Gloria dice que estoy castigada. Les parecerá muy bien. Hay un tipo en el corredor de la muerte a quien no pueden ejecutar porque todavía tiene problemas con su madre.

Gloria se quedó callada un momento con el ceño fruncido.

—Bueno, evidentemente podrás ir a eso —dijo, al fin.

—¿Y las compras de Navidad? No vas a castigarme también en eso, ¿no?

—No, haré una excepción con eso, por supuesto.

—Y, evidentemente, con Acción de Gracias en casa de Trent.

—No. Eso no.

—Pero me dijiste que tú ibas a casa de alguien. De Rick, supongo. ¿Quieres que esté sola en Acción de Gracias?

C. J. me rascó la cabeza con gesto distraído. Deseaba que Gloria se marchara de inmediato.

—Bueno, supongo que podrías venir conmigo a casa de

113

Rick, aunque sus hijos estarán con su madre —dijo Gloria, pensativa.

—No. ¿Hablas en serio?

—Vale, vale. Podrás ir a casa de Trent.

—¿Y qué hay de Jana? Me dijiste que querías que saliera con Jana porque su padre forma parte del club.

—Eso no es para nada lo que dije. Dije que Jana es el tipo de persona con el que me gustaría que pasaras más tiempo. Y sí, Jana puede venir a casa.

—¿Y si ella quiere llevarme al club a comer?

—Creo que ya nos encargaremos de esas cosas cuando sea el momento. Es demasiado difícil preverlo todo ahora. Si recibes algún tipo de invitación especial, ya hablaremos. Estoy dispuesta a hacer excepciones cuando sea necesario.

—Ya veo que Rick te ha sido de gran ayuda con todo esto de ser madre.

—Eso es lo que te dije. Y hay otra cosa.

—¿Más castigos? Venga, mamá, ya he estado en el reformatorio. ¿No es suficiente?

C. J. había dejado de acariciarme, así que le di un golpe con el hocico para recordarle que allí había un perro que merecía más caricias.

—No creo que comprendas lo humillante que ha sido para mí que se te llevaran de aquí esposada —dijo Gloria—. Rick dice que es una maravilla que no haya sufrido una pos…, *posalgo*.

—¿Una depresión posparto? Un poco tarde ya.

—No es eso. No sonaba así.

—Siento que todo esto haya sido una pesadilla para ti, Gloria. Eso es en lo único que podía pensar mientras iba sentada en el asiento de detrás del coche de policía. Pensaba en que era mucho peor para ti que para mí.

Gloria sorbió por la nariz, se giró y me miró. Aparté la mirada rápidamente.

—Rick dice que es tu falta de respeto hacia mí lo que está provocando todo esto. Y todo empezó cuando trajiste ese perro a casa.

Me preocupó el hecho de que Gloria hubiera pronunciado la palabra «perro».

—Creo que empezó cuando me di cuenta de que tú eras mi madre.

—Así que tendrás que deshacerte de él —continuó Gloria.

—¿Qué?

Miré a C. J. con ansiedad, pues noté su conmoción.

—Rick dice que tu parodia no funcionará. Nadie te va a creer si dices que te dejaba sola aquí las pocas veces en que yo me tomaba un descanso; no, cuando les diga que tenías canguro…, cosa que, por cierto, es lo que siempre te ofrecí y que tú no quisiste. Y te he llevado de crucero, lo cual es prueba suficiente de que a veces vienes conmigo. ¿Sabes cuánto dinero me ha costado ese viaje? Debes aprender quién manda en esta casa. Y esa soy yo.

—No voy a deshacerme de Molly.

Al oír mi nombre, ladeé la cabeza.

—Sí, lo harás.

—No, nunca.

—O bien te deshaces del perro, o bien te quito el coche. Y la tarjeta de crédito. Rick dice que es ridículo que tengas una tarjeta de mi cuenta.

—¿Así que voy a tener mi propia cuenta?

—¡No, debes ganártela! Cuando Rick tenía tu edad, se levantaba temprano para hacer algo con unos pollos, cada día. He olvidado el qué.

—Vale, criaré pollos.

—¡Cállate! —gritó Gloria—. ¡Estoy cansada de que me repliques! ¡No volverás a hablarme de esta forma nunca más! Debes aprender que esta es mi casa y que vivimos según mis reglas.

Gloria me señaló con el dedo. Yo me encogí.

—No pienso tener ese perro en mi casa. No me importa dónde te lo lleves ni lo que le suceda, pero haré que tu vida sea un infierno para ti y para el perro.

C. J. se sentó en la cama con la respiración agitada. Estaba angustiada. Fui hasta la cama tan deprisa como pude, le di un golpe de hocico en la mano e hice todo lo que pude sin que Gloria me viera.

—¿Sabes qué? Vale —dijo C. J.—. A partir de pasado mañana, no volverás a ver a Molly.

$\mathcal{A}$ la mañana siguiente fuimos de paseo en coche y a visitar a un perro que se llamaba Zeke y a un gato que se llamaba Annabelle. Zeke era un perro pequeño al que le encantaba correr a toda velocidad por su patio trasero conmigo pisándole los talones. Cuando me cansaba de perseguirlo, él bajaba la cabeza y esperaba a que yo me lanzara de nuevo tras él. Annabelle era totalmente negra. Se mostraba altiva y esquiva conmigo: esa actitud tan propia de los gatos, con ese aire lánguido. En la casa también había una niña que se llamaba Trish y los padres de ella. Trish y C. J. eran amigas.

Nos quedamos allí dos días. Luego fuimos a una casa donde no había ni perros ni gatos; más tarde, a otra casa que tenía dos gatos, pero ningún perro; y luego a otra que tenía un perro viejo y uno joven y ningún gato. En todas esas casas había, por lo menos, una chica de la edad de C. J., además de otras personas. En general, esas personas se mostraron muy amables conmigo. A veces C. J. tenía su propia habitación, pero habitualmente se quedaba en una habitación con uno de sus amigos.

¡Fue fantástico conocer a todos esos perros! Casi todos ellos se mostraron amistosos y quisieron jugar conmigo, excepto los que eran muy viejos. En general, me sentí interesada en los gatos. Algunos son tímidos; otros, atrevidos; unos son desagradables; otros, amables; algunos se frotan contra mí ronroneando; otros me ignoran por completo. Pero todos ellos tienen un aliento delicioso.

Me encantaba nuestra nueva vida, aunque a veces echaba de menos a Trent y a Rocky.

En una de las casas había un chico que me recordó a Ethan. Tenía el pelo oscuro como él. Y sus manos olían igual que las dos ratas que tenía en una jaula de su habitación. Era de la misma altura que Ethan el día en que lo conocí, tanto tiempo atrás, y me quiso al instante: estuvimos jugando a tirar de un palo y a buscar una pelota en el jardín. El chico se llamaba Del y no tenía perro. Una rata es mala sustituta de un perro, aunque tengas dos.

Cierto día, de repente, me di cuenta de que había estado todo el día jugando con Del y de que no había visto a C. J. desde la hora del desayuno. Me sentí una perra mala. Me fui a la puerta y me senté, esperando a que alguien me la abriera para poder entrar y buscar a mi chica. Y entonces pensé en Ethan. Amaba a C. J. con tanta intensidad como había amado a Ethan. Por tanto, ¿me había equivocado al creer que mi propósito era amar a Ethan? ¿O quizás ahora tenía un propósito nuevo, amar y proteger a C. J.? ¿Esos dos propósitos eran distintos, estaban separados, o todo tenía que ver con un propósito aún mayor?

Nunca se me habría ocurrido pensar en todo eso si no hubiera estado jugando con Del todo el día. Su gran parecido con Ethan hizo que echara de menos a mi chico.

La hermana de Del se llamaba Emily. A ella y a C. J. les encantaba hablar en susurros. Me acariciaban siempre que yo me acercaba; lo hacía por si, por un casual, estaban hablando de las chuches que me darían.

Cuando llegó la hora de cenar, me senté debajo de la mesa. Siempre me caían abundantes y deliciosos bocados de la zona donde se sentaba Del. Me los comía en silencio mientras esperaba más. A veces, C. J. bajaba la mano para tocarme la cabeza. Estaba encantada con tanta comida y tanto amor. Del y Emy tenían una madre y un padre, pero ellos nunca dejaban caer nada de comer.

De repente, oímos el timbre de la puerta. Del se puso en pie y corrió a abrirla. Yo me quedé con C. J. Al cabo de un minuto, Del apareció corriendo también.

—Hay un chico que quiere ver a C. J. —dijo.

La puerta estaba abierta, así que por el olor supe quién era: Shane. No me alegré. La única vez en que mi chica me había echado de su lado había sido cuando Shane había estado con ella. No comprendía por qué no podía quedarme a su lado, como cuando Trent nos visitaba.

C. J. se levantó de la mesa; yo, por supuesto, fui con ella, pero me cerró la puerta. Así que regresé a mi sitio debajo de las piernas de Del. Él me recompensó con un trozo pequeño de pollo.

119

—Emily. ¿Cuánto tiempo se va a quedar? —preguntó la madre de Emily.

—No lo sé. Dios, mamá, la han echado de casa.

—No estoy diciendo que Gloria Mahoney sea una buena madre —repuso la madre de Emily.

—¿Mahoney? ¿Es la que vino a la fiesta de Halloween vestida de *stripper*?

—¿De *stripper*? —exclamó Del, risueño.

—La *showgirl* de Las Vegas —le corrigió su madre con seriedad—. No me había dado cuenta de que había conseguido llamar tanto vuestra atención.

El padre hizo un desagradable sonido con la garganta.

—Siempre nos avergüenza —intervino Emily—. Una vez trajo una cita a casa. Se quedaron a mirar lo que nosotras estábamos viendo por televisión, y luego, delante de nosotras...

—¡Es suficiente! —dijo la madre de Emily levantando la voz.

Se hizo un silencio. Me puse a lamer el pantalón de Del para que supiera que seguía allí.

—Lo que quiero decir —añadió la madre en tono más tranquilo— es que sé que C. J. tiene una situación difícil en su casa, pero…

—No puede quedarse a vivir aquí —dijo el padre.

—No lo hará. ¡Solo es temporal! ¡Dios, papá!

—Me cae bien —dijo Del.

—No es cuestión de que no nos caiga bien, hijo. Se trata de lo que es correcto —dijo el padre.

—A mí también me cae bien —intervino la madre—. Pero es una chica que hace malas elecciones. La expulsaron de la escuela, ha estado en prisión…

—Era el reformatorio, y no fue culpa suya —dijo Emily—. No puedo aguantar esto.

—Sí. Y el chico responsable está ahora en nuestro porche —respondió la madre.

—¿Qué? —dijo el padre.

Le miré las piernas, pues había dado un respingo en la silla.

—Además…, anoche la oí en el baño. Estaba vomitando —dijo la madre.

—¿Y? —dijo Emily.

—Ese chico no va a entrar aquí —dijo el padre.

Del me dio un trozo de brócoli; a mí no me gustaba, pero me lo comí para que continuara dándome cosas.

—Estaba vomitando a propósito —dijo la madre.

—Oh, mamá —exclamó Emily.

—¿Por qué lo haría? —preguntó Del.

—Se mete el dedo en la garganta. Ni se te ocurra intentarlo —lo advirtió la madre.

—No entiendo por qué es tan importante.

Oímos que la puerta exterior se cerraba de golpe.

—Del, ni una palabra de lo que hemos estado hablando —dijo el padre.

C. J. entró. Estaba enfadada.

—Lo siento —se disculpó. Salí disparado de debajo de la mesa y corrí a su lado—. Disculpadme, por favor —añadió en voz baja.

La seguí hasta el dormitorio que compartía con Emily. C. J. se tumbó en la cama, y yo salté con ella. Me abrazó y noté que parte de la tristeza la abandonaba. Ayudar a C. J. a estar menos triste era uno de mis trabajos más importantes.

Pero deseaba hacerlo mejor. A veces, esos oscuros sentimientos estaban tan enterrados en ella que parecía que se quedarían ahí para siempre.

Esa noche, más tarde, Emily y C. J. se sentaron en el suelo a comer pizza y helado. Me dieron un poco.

—Shane dice que si no me puede tener, nadie podrá —dijo C. J.—. Como si fuéramos las estrellas de un programa de televisión o algo.

Me di cuenta de que Emily abría mucho los ojos. Yo estaba mirando a Emily todo el rato porque ella no se comía el borde de pan de la pizza y C. J. sí lo hacía.

—¡Pero cortaste con él!

—Lo sé, y se lo he dicho. Pero dice que me quiere de una manera especial, de una manera que nadie más puede hacerlo, dice que esperará siempre, que no importa lo que tarde. Es así de inteligente. Le he dicho que para siempre es, en realidad, para siempre, así que no debería plantearse lo de «tardar».

—¿Cómo ha sabido dónde estás?

—Ha estado llamando a todo el mundo preguntando dónde estaba —respondió C. J.—. ¡Dios! Es incapaz de abrir un libro, pero sí que puede averiguar por teléfono dónde estoy. Probablemente, acabará en un centro de llamadas telefónicas vendiendo seguros de vida. Oh, espera, eso sería un trabajo demasiado duro. Nada. —C. J. cogió el último trozo de pizza, por desgracia para mí—. ¿Quieres esto?

—Dios, no. Hace rato que estoy llena.

—Yo no he cenado mucho.

—No me extraña.

Emily me tiró un trozo de pan, que atrapé al vuelo. Acabé en un instante con él, lista para hacer ese número otra vez.

—¿Quieres un poco de helado? —preguntó C. J.

Oí que lo preguntaba al tiempo que cogía la tarrina, así que me pregunté si, quizá, pensaba darme un poco de helado. Esa idea hizo que se me llenara la boca de saliva. Me relamí.

—No, fuera de mi vista.

—Probablemente engordaré cuatro kilos —dijo C. J.

—¿Qué? Ojalá yo tuviera tus piernas. Mis muslos son enormes.

—No. Tú estás fantásticas. Soy yo quien tengo el culo gordo.

—Después de Año Nuevo empezaré la dieta en serio.

—Yo también.

—Vamos, cállate, si ahora mismo estás fantástica —dijo Emily.

Yo la miraba, deseando que cogiera otro trozo de pan y me lo diera.

—Mañana voy a lo de servicios sociales —dijo C. J.—: entrenamiento de perros.

—Parece divertido.

—Sí, ¿verdad? La lista era en plan: recoger basura en la carretera, o bien recoger basura en el parque, o bien recoger basura en la biblioteca. Y luego, al final de la lista, trabajar para este servicio de perros. Pensé en cuál quedaría mejor en mi currículo. Quiero decir, ¿quién sabe?, quizá querré trabajar en dirección de residuos. Entonces, toda esa experiencia con las basuras me ayudaría.

Emily se rio.

—Dios, no me puedo creer que me haya comido todo eso —dijo C. J. soltando un gemido al tiempo que se tumbaba.

Al día siguiente, C. J. se levantó antes que los demás, se duchó y me llevó a dar una vuelta en coche (¡asiento delantero!). Fuimos hasta un edificio muy grande. En cuanto puse las patas en el suelo, olí que había perros. También los oí: ladridos varios.

Una mujer nos saludó.

—Hola, soy Andi —dijo; luego se arrodilló y me acarició. Su pelo largo y oscuro me tapó la cara—. ¿Quién eres tú? —preguntó.

Era mayor que C. J., pero más joven que Gloria. Olía a perro.

—Se llama Molly. Yo soy C. J.

—¡Molly! Yo tuve una Molly una vez. Era una buena perra. —El afecto que emanaba de Andi resultaba embriagador. La lamí; ella me dio un beso. La mayoría de las personas no dan besos a los perros en la boca—. Molly, Molly, Molly —canturreó—. Eres muy guapa, sí que lo eres. Vaya una perra fantástica.

Andi me gustó.

—¿Qué es? ¿Una mezcla de spaniel y caniche? —preguntó sin dejar de besarme y acariciarme.

—Quizá. Su madre era caniche, pero el padre no se sabe. ¿Eres una caniche, Molly?

Al oír mi nombre meneé la cola. Al final, Andi se levantó, pero mantuvo la mano a mi alcance, así que se la lamí.

—Es un regalo del cielo que estés aquí, necesitamos ayuda —dijo Andi mientras caminábamos hacia el interior del edificio.

Había un espacio grande y abierto con muchas casetas a cada lado. Había un montón de perros. Todos me ladraron, pero también se ladraban entre ellos. No les hice caso porque

123

yo tenía un estatus especial y se me permitía estar libre mientras el resto estaba encerrado.

—En realidad, no sé nada acerca del entrenamiento de perros, pero estoy deseando aprender —dijo C. J.

Andi se rio.

—Bueno, vale, pero lo que harás será dejarme libre a mí para que yo pueda hacer el entrenamiento. Estos perros necesitan que se les cambie el agua y se les dé comida, que se les limpie las casetas. Además, todos necesitan que los saquemos a pasear.

C. J. se detuvo.

—Bueno, pero ¿qué sitio es este?

—Técnicamente, somos una casa de acogida de perros, esa es nuestra función principal. Pero la subvención me permite utilizar las instalaciones para llevar a cabo una investigación sobre la detección del cáncer. Los perros tienen un sentido del olfato que es cien mil veces más sensible que el nuestro. Según algunos estudios, pueden detectar el cáncer en el aliento de las personas antes de que se haya hecho cualquier otro diagnóstico. Puesto que la detección temprana es la manera más rápida de curar, podría resultar muy importante. Así que extraigo las metodologías de los estudios y las llevo a la práctica.

—Entrenas a los perros para que huelan el cáncer.

—Exacto. No soy la única que lo hace, por supuesto, pero la mayoría de los entrenadores trabajan con perros para detectar especímenes en laboratorio. Hacen que el perro huela un tubo de ensayo. Y yo pensé: ¿qué tal si hago un trabajo de campo, como en centros de salud o en centros comunitarios?

—Así que entrenas a los perros para que vayan de persona en persona, a ver si detectan el cáncer.

—¡Exacto! Pero el empleado que tenía a tiempo parcial consiguió un trabajo de jornada completa. Además, mi empleada de jornada completa está de baja por maternidad.

124

Tengo algunos voluntarios, por supuesto, pero en general están más interesados en pasear a los perros que en limpiar las casetas. Por eso estás aquí.

—¿Por qué tengo la sensación de que estás intentando decirme que mi trabajo consistirá en recoger caca de perro? —dijo C. J.

Andi se rio.

—No estoy intentando decirte eso, pero es así. Mi tía trabaja para el juez; por eso me aprobaron el servicio social. Al principio puse una descripción detallada del puesto de trabajo: nadie lo eligió. No es raro. Luego lo cambié y puse solamente «trabajar con perros». Pero supongo que tú tienes que hacer servicio social y que eso es una especie de castigo por tus delitos, ¿verdad? En definitiva, no se supone que todo deba ser divertido. Bueno, ¿y qué hiciste?

C. J. dejó pasar un momento sin decir nada. Solo se oía ladrar a los perros.

—Dejé que un chico me convenciera de hacer algo totalmente estúpido.

—¿Me estás diciendo que te pueden arrestar por eso? Vaya, entonces tengo un serio problema —dijo Andi. Ambas se rieron y yo meneé la cola—. Vale, ¿lista para empezar?

Fue un día extraño. C. J. me ponía en una caseta con un perro para que jugáramos y ella se iba durante unos minutos. Luego regresaba y nos llevaba de paseo al perro y a mí, con correa, a dar una vuelta al edificio. Sus zapatos se fueron mojando cada vez más a medida que transcurría el día, lo mismo que su pantalón. Y ambas nos empapamos del olor de orín. ¡Fue muy divertido!

Al final del día, C. J. se frotaba la espalda, suspirando. Estábamos de pie, mirando a Andi jugar con un gran perro macho de color marrón. Había varios cubos de metal. Andi conducía al perro hasta cada uno de ellos para que oliera lo que había en el interior. En uno, Andi decía «¿Hueles eso?

¡Ahora, túmbate!». El perro se echaba en el suelo y Andi le daba una chuche. Al darse cuenta de que la observábamos, Andi se acercó a nosotras con el perro.

Me acerqué a él y nos olimos mutuamente el trasero.

—Este es Luke. Luke, ¿te gusta Molly?

Los dos levantamos la cabeza al oír nuestros nombres. Luke era un perro serio, estaba claro. Estaba concentrado en el juego que había estado jugando con Andi. No era como Rocky, que solo estaba interesado en divertirse y en querer a Trent.

—Han sido seis horas en total con el descanso para comer, ¿verdad? —dijo Andi.

—Sí. Seis benditas horas. Faltan ciento noventa y cuatro. Andi se rio.

—Firmaré el formulario al final de la semana. Gracias, has hecho un buen trabajo.

—Quizá tenga un futuro en la caca de perro —dijo C. J.

Fuimos a dar una vuelta en coche ¡y yo iba en el asiento delantero! Llegamos a casa de Emily. Cuando nos detuvimos en el camino de entrada, vimos que Gloria estaba hablando con la madre de Emily. C. J. se puso tensa al verla. Gloria se llevó una mano a la garganta.

—Vaya, genial —murmuró C. J.—. Absolutamente genial.

13

—*O*s dejo para que habléis —dijo la madre de Emily en cuanto nos acercamos a ellas.

Y entró en la casa. Me quedé al lado de C. J., que no se movió en absoluto: se quedó allí, de pie. El poderoso arsenal de olores de Gloria inundó mi nariz, borrando todo lo demás.

—Bueno —dijo—, ¿no tienes nada que decirme?

Como de costumbre, estaba muy disgustada.

—Veo que tienes un Cadillac nuevo —dijo C. J.—. Bonito coche.

—No me refiero a eso. He estado terriblemente preocupada por ti. No me has llamado ni una vez para decirme dónde estabas. Casi no podía dormir.

—¿Qué quieres, Gloria?

Hubo un movimiento al otro lado de la gran ventana de la casa. Era Del, que había apartado las cortinas y nos miraba. Entonces apareció la mano de su madre y tiró de él, apartándolo de allí.

—Solo tengo una cosa que decirte. Luego ya estará: nada de discusiones —dijo Gloria.

—Parece un debate justo —repuso C. J.

—Aunque ha sido un gasto considerable, he consultado a un abogado especialista en legislación familiar. Dice que puedo presentar una petición al juzgado y obligarte a regresar a casa. También dice que no tengo por qué ser la prisionera de un perro en mi propia casa. Así que también presentaré una petición en el juzgado por eso. No tienes opción. Y el juez podría incluso imponerte un toque de queda. Así está el tema. Ir a juicio costará un montón de dinero y tú perderás, así que he venido a decírtelo. No tiene sentido gastarse ese dinero en un juicio cuando se podría hacer un agradable viaje o algo así con él.

De momento, no parecía que estuviera sucediendo nada interesante. Así que me tumbé, bostezando.

—¿Y bien? —dijo Gloria.

—Creí que no se me permitía hablar.

—Puedes hablar acerca de lo que acabo de decirte, pero no me voy a quedar aquí a discutir contigo. Eres una menor. La ley está de mi parte.

—Vale —dijo C. J.

Gloria sorbió por la nariz, incrédula.

—¿Vale qué?

—Vale, hagamos lo que has dicho.

—De acuerdo. Eso está mejor. Has sido poco respetuosa y no tengo ni idea de lo que esta gente piensa sobre que hayas estado aquí viviendo con ellos. Yo soy tu madre y tengo derechos, según la Constitución.

—No, quiero decir que hagamos lo que has dicho y vayamos a juicio.

—¿Qué?

—Creo que tienes razón —dijo C. J.—. Dejemos que el juez decida. Contrataré un abogado. Dijiste que se había previsto que yo sacara dinero de lo de papá para mi cuidado. Así que contrataré un abogado e iremos a juicio. Tú pelearás por la custodia; yo pelearé para que te incapaciten como madre.

—Oh, comprendo. Ahora soy una madre terrible. Tú has ido a prisión, te han expulsado, mientes y desobedeces; y yo, que he dedicado toda mi vida a ti, soy la mala.

Ambas estaban enfadadas, pero Gloria casi estaba gritando. Me senté, ansiosa. Puse una pata sobre la pierna de C. J. porque me quería marchar. Ella me acarició, pero no me miró.

—Espero que algún día tengas una hija tan horrible como tú —dijo Gloria.

—Trent me dijo que no le habías dado de comer a Molly.

—Estás cambiando de tema.

—Es verdad, estábamos hablando de lo mala hija que soy. Así pues, ¿qué crees? ¿Debo llamar a un abogado? ¿O reconoces que Molly es mi perra y que me quedo con ella? Quiero decir, puedo continuar viviendo aquí.

C. J. hizo un gesto en dirección a la casa. Al hacerlo, una sombra se alejó de la ventana. Parecía demasiado alta para ser Del.

—No quiero que vivas con otras personas. Me parece terrible —dijo Gloria.

—¿Qué quieres hacer?

Esa tarde regresamos a nuestro dormitorio en casa de C. J. Trent vino con Rocky y yo me puse muy contenta de ver a mi hermano, que me olió de arriba abajo, con desconfianza, a causa de todos esos nuevos olores. Cuando salimos a la calle estaba nevando. Rocky se puso a correr y a revolcarse hasta que quedó totalmente empapado. Trent salió y lo frotó con una toalla; gruñó de placer. Ojalá me hubiera rebozado por la nieve yo también.

Después de eso, las cosas volvieron a la normalidad, excepto que C. J. ya no se marchaba para ir a la escuela. En lugar de eso, la mayoría de las mañanas nos íbamos a dar un paseo en coche y a casa de Andi a jugar con los perros.

La primera mañana que fuimos a su casa, Andi me recibió abriendo mucho los brazos, dándome besos y abrazándome. Me encantaban sus muestras de cariño, así como aquel maravilloso olor a perro. Luego se puso en pie.

129

—Pensé que a lo mejor habías desistido —le dijo Andi a C. J.

—No, es solo que … Debía ocuparme de unos asuntos familiares. No habrás avisado al tribunal ni nada, ¿no? —respondió C. J.

—No, pero deseaba que ellos me llamaran a mí.

—Ya, yo… Debería haberlo hecho. Por algún motivo, nunca me acuerdo de llamar a la gente.

—Bueno, vamos, pongámonos a trabajar.

En casa de Andi, por alguna razón, no se permitía salir a los perros a no ser que fuera con correa y para dar un paseo. Así pues, mientras C. J. limpiaba sus casetas, mi trabajo consistía en jugar con ellos en una zona vallada que había en la gran sala del interior del edificio. Pero muchos no querían jugar. Había un par que eran demasiado viejos y se limitaban a olisquearme y a tumbarse; luego, había dos que no sabían jugar: me gruñían y amenazaban con morderme cada vez que intentaba jugar con ellos. Parecían tristes y asustados. Los pusieron en unas jaulas del interior de la casa mientras C. J. limpiaba las casetas.

Eso me dejó mucho tiempo libre para mirar cómo Andi jugaba con Luke, su gran perro marrón, y con dos hembras, una rubia y la otra negra. El juego era el siguiente: unas personas mayores se sentaban en unas sillas metálicas, lejos las unas de las otras. Y Andi llevaba a los perros hasta donde estaba cada una de ellas para que las olisquearan. Pero esas personas no jugaban con los perros; a veces a los humanos les gusta quedarse sentados sin hacer nada, incluso aunque el perro esté justo allí a su lado. Luego Andi llevaba a los perros a sus casetas y las personas se levantaban y se sentaban en una silla diferente.

Andi les decía a todos los perros que eran buenos perros, pero en realidad se emocionaba con Luke. Cada vez que lo llevaba hasta un hombre que no tenía pelo, Luke lo olisqueaba metódicamente y luego se tumbaba, cruzaba las patas y apoyaba la cabeza encima de ellas. Entonces Andi le daba una chuche ahí mismo.

—¡Buen perro, Luke! —le decía Andi.

Yo también quería un chuche, así que me tumbé y crucé las patas. Pero Andi ni siquiera se dio cuenta. Tampoco C. J. pareció impresionada. Así es la vida: algunos perros reciben chuches por no hacer casi nada; otros son buenos y no reciben ninguna chuche.

En un momento dado, C. J. vino a buscarme y ambas salimos afuera. El suelo estaba cubierto por unos centímetros de nieve, por lo que me puse a buscar un buen lugar para tumbarme en ella. C. J. se llevaba un palito encendido a los labios y echaba humo.

Oí que se abría la puerta trasera y corrí a ver quién era. Noté que C. J. se sobresaltaba, alarmada. Se me erizó todo el pelo del cuello.

—Lo supuse…, que… estarías aquí. —Era el hombre calvo delante del cual Luke siempre se tumbaba. Hacía un sonido extraño mientras hablaba con C. J. Yo le di un golpe de hocico a C. J. en la mano, pues todavía me parecía que estaba asustada.

—¿Podrías… darme… un cigarrillo?

—Claro —dijo C. J., rebuscando en su chaqueta.

—¿Me… lo… encenderías? No puedo… inhalar… bien —dijo el hombre, y se pasó una mano por la calva.

C. J. hizo fuego y le dio un palito. Él se lo llevó a la garganta. No a la boca, como hacía C. J. Oí un débil sonido de succión y luego el humo le salió por un agujero que tenía en el cuello.

—Ah. Qué bueno. Solo… me… permito… uno… a la semana.

—¿Qué pasó? Quiero decir…

—¿El agujero? —Sonrió el hombre—. Cáncer. Garganta.

—Dios, lo siento mucho.

—No. Mi culpa. No debería… fumar.

Se quedaron callados un momento. C. J. estaba incómoda, pero el miedo la iba abandonando, se disipaba igual que el humo que le salía por la boca.

—Tu edad —dijo el hombre.

—¿Perdón?

—Tu edad. Cuando… empecé… a… fumar. —Y sonrió. Decidí que ya no hacía falta que montara guardia al lado de C. J., así que fui a oler la mano del hombre por si tenía alguna chuche para mí. Él se inclinó sobre mí—. Bonito perro —dijo.

El aliento le olía a humo, pero también tenía un aroma metálico que reconocí al instante de cuando fui Chico y tenía ese mal sabor en la boca que no me abandonaba nunca. Probablemente, el hombre calvo también tenía ese mal sabor de boca, pues se lo notaba en el aliento.

El tipo entró en el edificio, pero C. J. se quedó fuera, en el frío, como mirando al infinito. El palito que tenía en la mano continuaba encendido. Luego se inclinó hacia delante, lo apretó contra la nieve y lo tiró en la basura. Entramos en la casa.

Andi estaba jugando con el perro rubio. Como no llevaba la correa y C. J. estaba distraída, me dirigí hacia el hombre calvo, que estaba sentado en una silla. Me acerqué a él, me tumbé y crucé las patas delanteras tal como había visto hacer a Luke.

—Mira eso —dijo Andi, acercándose a mí—. Eh, Molly, ¿has aprendido eso de Luke?

Meneé la cola, pero no conseguí ninguna chuche. En lugar de ello, Andi me llevó de nuevo hasta donde estaba C. J.

Me gustaba mucho Andi. Me encantaba la manera que tenía de saludarme, con todos esos abrazos y besos. Sin embargo, a pesar de ello, era injusto que le diera una chuche a Luke y a mí no.

Cuando llegamos a casa, Gloria se alegró de ver a C. J., pero a mí me ignoró, como siempre. Yo había aprendido a no acercarme a ella, pues nunca me hablaba ni me daba de comer. En general, ni me miraba.

—Creo que este año deberíamos hacer una fiesta de Navidad —dijo. Tenía un trozo de papel en la mano y lo agitó—. Algo realmente elegante. Con *catering*. Con champán.

—Tengo diecisiete años, Gloria. Se supone que no debo beber champán.

—Oh, bueno, será Navidad. Podrás invitar a quien quieras —continuó Gloria—. ¿Estás saliendo con alguien especial?

—Ya sabes que no.

—¿Y qué hay de ese agradable joven, Shane?

—Por eso tú no eres mi consejera acerca de quién es un agradable joven.

—Yo invitaré a Giuseppe —dijo Gloria.

—¿A quién? ¿Qué pasó con Rick?

—¿Rick? Resultó que no era quien yo pensaba.

—¿Así que estás saliendo con el padre de Pinocho?

—¿Qué? No, Giuseppe. Es italiano, de Saint Louis.

—¿Allí es donde está Italia? No me extraña que me vaya tan mal en geografía.

—¿Qué? No, no, me refiero a la Italia de verdad.

—¿Le estás ayudando a comprar una casa o algo?

—Bueno, sí, por supuesto.

Me fui a la cocina a comprobar si daba con algo comestible por el suelo. Y fue entonces cuando vi que había un hombre, fuera, que miraba a través del cristal de la puerta. Ladré para dar la alarma.

Inmediatamente, el hombre se dio la vuelta y se alejó corriendo. C. J. entró en la cocina.

—¿Qué sucede, Molly? —preguntó.

Fue hasta la puerta y la abrió. Salí disparada al patio. El

133

olor del hombre todavía estaba en el aire, así que lo seguí rápidamente hasta la puerta del patio, que estaba cerrada. Conocía ese olor, sabía a quién pertenecía.

Shane.

C. J. me llamó desde la casa.

—Vamos, Molly, hace demasiado frío —me dijo.

La siguiente vez que fuimos a casa de Andi, ella vino a recibirnos mientras C. J. todavía se estaba sacudiendo la nieve de los pies.

—Eh. Hoy quiero probar una cosa.

—Claro —respondió C. J.

Se trataba del juego al que Andi jugaba cada día. No me parecía que fuera tan divertido, comparado con tirar de cuerdas o perseguir pelotas, pero la gente es así: su idea de lo que es un juego acostumbra a ser menos divertida que la de los perros. Las personas estaban sentadas en unas sillas colocadas a bastante distancia las unas de las otras. Andi hizo que C. J. sujetara mi correa; nos acercamos a una persona que estaba en uno de los extremos. Era una mujer y llevaba unas botas peludas que olían a gato.

—Hola. ¿Cómo te llamas? —me dijo, bajando la mano para que se la lamiera. Sus dedos tenían un sabor agrio.

—Se llama Molly —dijo Andi.

Al oír mi nombre, meneé la cola.

Luego fuimos hasta la siguiente persona, y también hasta la de al lado. Y en cada ocasión nos deteníamos allí unos instantes para que me acariciaran y me hablaran. Pero no me dieron ninguna chuche, a pesar de que yo podía oler que uno de los hombre tenía una cosa con queso en uno de los bolsillos.

Luego nos acercamos hasta una mujer cuyas manos olían a pescado. Se inclinó para acariciarme: noté ese mismo olor, el que se parecía al sabor de boca de cuando era Chico, el mismo olor del hombre calvo que había estado hablando con C. J.

—Hola, Molly —dijo la mujer.

Sentí cierta tensión en Andi mientras hacíamos el gesto de alejarnos de ella. Fue entonces cuando lo comprendí: el juego tenía que ver con ese olor. Me puse de cara a la mujer, me tumbé y crucé las patas.

—¡Eso es! —dijo Andi, dando una palmada con las manos—. ¡Buena perra, Molly, buena perra!

Andi me dio unas cuantas chuches: me encantaba ese juego. Meneé la cola, lista para empezar otra vez.

—¿Así que Molly lo ha comprendido? —preguntó C. J.

—Bueno, algo más que eso. Creo que todos los perros son capaces de detectar el olor, pero eso no significa que sepan que deben hacernos una señal para que sepamos que lo han hecho. Pero Molly ha estado mirando a Luke. ¿Te has dado cuenta de que cruza las patas igual que él? Es la primera vez que sé de un perro que lo aprende solamente habiendo visto a otro que lo hace, pero aquí está. No puede haber ninguna otra explicación. —Andi se arrodilló y me dio un beso en el hocico. Le lamí la cara—. Molly, eres una genio, una perra verdaderamente genial.

—Eres una *geniche*, Molly —dijo C. J.—. Parte genio, parte caniche. Una perra *geniche*.

Me encantaba recibir tanta atención, así que meneé la cola.

—Si no te importa, me gustaría contar con Molly en el programa. También contigo, si te interesa —dijo Andi—. Contaría como servicio social.

—¿Cómo? ¿Y dejar de limpiar caca de perro? Tendré que pensármelo.

A partir de ese día, cada vez que estábamos con Andi, Molly me llevaba a conocer personas y yo hacía la señal cuando notaba ese extraño mal olor. Pero eso no sucedía muy a menudo. La mayoría de las veces las personas olían, simplemente, a personas.

¡Pero en ocasiones olían a comida! El Día de Acción de Gracias, C. J. y yo fuimos a casa de Trent. El ambiente (y también las manos de las personas) olían tanto a carne, a queso, a pan y a otras cosas maravillosas que Rocky y yo entramos casi en éxtasis. Las personas estuvieron comiendo durante todo el día, y todo el rato nos lanzaban trozos de comida al aire.

Trent tenía un padre y una madre. Por primera vez me pregunté por qué C. J. no tenía un padre. Quizá si Gloria tuviera un compañero, no se pasaría el día enfadada.

Pero yo no podía hacer nada al respecto. Debía contentarme con comerme las sobras del Día de Acción de Gracias.

Y me contenté mucho.

En Navidad, C. J. y Gloria pusieron un árbol en el salón y le colgaron unos juguetes con forma de gato. Ese árbol se podía oler desde todos los rincones de la casa. Y una tarde vinieron unas personas que colgaron luces y cocinaron. C. J. se puso un vestido que hacía ruido cada vez que se movía, lo mismo que Gloria.

—¿Qué te parece? —preguntó su madre, de pie en la puerta de la habitación de C. J. Se dio la vuelta. Parecía imposible, pero olía más fuerte que de costumbre. Arrugué el hocico involuntariamente ante esa marea de olores que llenaba el aire.

—Muy bonito —dijo C. J.

Gloria rio, contenta.

—Ahora, déjame verte.

C. J. paró de cepillarse el pelo y se dio la vuelta. Luego se detuvo y miró a Gloria.

—¿Qué? —preguntó.

—Nada, es solo que… ¿Has engordado un poco? Te queda diferente que el día en que lo compramos.

—He dejado de fumar.

—Bueno…

—Bueno qué.

—No entiendo cómo es posible que no hayas sido capaz de controlarte ahora que se acercaba el día de la fiesta.

—Tienes razón, debería haber continuado inhalando veneno; eso me hubiera ayudado a que el vestido me quedara mejor para la fiesta.

—Yo no he dicho eso. No sé por qué me molesto en intentar hablar contigo —dijo Gloria.

Estaba enfadada y se fue.

Llegaron los amigos. Trent vino, pero, por algún motivo, no trajo a Rocky. La mayoría eran personas de la edad de Gloria. Yo di unas vueltas por la casa, inhalando esos deliciosos aromas; al cabo de un rato empezaron a darme trozos de comida. Y no me los daban porque yo hiciera ningún número, sino simplemente porque era un perro. En mi opinión, eran unas personas de gran clase.

Una mujer se inclinó hacia mí y me dio un trozo de carne con queso derretido encima.

—¡Oh, eres una perra tan bonita! —me dijo.

Y yo hice lo que se suponía que debía hacer: me tumbé en el suelo y crucé las patas delanteras.

—¡Qué mona! ¡Me está haciendo una reverencia! —dijo la mujer.

C. J. se acercó al sofá para verme y yo meneé la cola.

—Oh, Dios mío —dijo C. J.

137

14

C. J. parecía ansiosa y asustada.

—Sheryl, ¿puedo hablar contigo un momento? En privado.

La mujer todavía me estaba acariciando, pero yo miraba a C. J. para saber si había hecho mal.

—Claro —dijo la mujer.

Empecé a seguirlas por el pasillo, pero C. J. se dio la vuelta y me dijo:

—Quieta, Molly.

Yo sabía qué quería decir «quieta», pero era la última cosa en mi lista de cosas que hacer favoritas. Estuve sentada un momento. Luego me levanté y me fui a oler la puerta por donde se habían ido. Estuvieron ahí durante unos diez minutos; luego, la puerta se abrió y la mujer salió cubriéndose la boca con la mano. Estaba llorando. C. J. también estaba preocupada. Noté que se sentía triste.

La mujer cogió su abrigo. Gloria se acercó a ella con una copa en la mano.

—¿Qué ha pasado? —Miró a C. J. y a la mujer—. ¿Qué le has dicho?

C. J. negó con la cabeza. La mujer dijo:

—Lo siento. Ya te llamaré.

Y se fue. Gloria se enfadó mucho. Trent apareció por detrás de ella, miró a ambas y pasó por el lado de Gloria para colocarse junto a C. J. Yo levanté la cabeza para tocarle la mano con el hocico en el momento en que pasaba por mi lado.

—¿Qué ha pasado? —preguntó Gloria.

—Molly ha hecho la señal, tal como la hemos entrenado. La señal del cáncer. Ha indicado que Sheryl tiene cáncer.

—Oh, Dios —dijo Trent.

Algunas personas habían salido al pasillo y oí que una de ellas decía:

—¿Cáncer? ¿Quién tiene cáncer?

—¿Y debías decírselo ahora? —dijo Gloria. Luego se giró y, al ver a la gente, meneó la cabeza—. No es nada —dijo.

—¿Qué ha pasado? —preguntó un hombre.

C. J. negó con la cabeza.

—Es solo una conversación personal. Lo siento.

Se hizo el silencio y esa gente se alejó.

—Solo te preocupas por ti —dijo Gloria.

—Pero ¿qué dices? —respondió Trent en voz alta.

—Trent —dijo C. J., que le puso una mano en el brazo.

—¿Sabes cuánto dinero ha costado esta fiesta? —preguntó Gloria.

—¿La fiesta? —preguntó Trent.

—Trent. No —dijo C. J.—. Solo… ¿Sabes qué, Gloria? Presenta mis excusas a tus amigos. Diles que me duele la cabeza y que me he ido a mi habitación.

Gloria hizo un sonido con la garganta. Luego se dio la vuelta y me miró con cara de odio. Aparté la mirada. Ella se giró y se alejó por el pasillo con paso firme en dirección a donde se habían ido esas personas. Cuando llegó al final del pasillo, se detuvo, irguió la espalda y se arregló el cabello.

—¿Giuseppe? —llamó mirando hacia el salón—. ¿Dónde estás?

—Voy a por tu abrigo —le dijo C. J. a Trent.

Él hundió los hombros un poco.

—¿Estás segura? Quiero decir, podría quedarme contigo un rato. Charlar.

—No. Estoy bien.

C. J. se fue al dormitorio de Gloria y salió con el abrigo de Trent. Él se lo puso. Estaba triste. C. J. le sonrió.

—Eh, en caso de que no nos veamos, feliz Navidad.

—Sí, igualmente.

—C. J., te das cuenta de que tu madre está equivocada, ¿verdad? Quizás hayas alterado a Sheryl, pero le has dado una información muy importante. Y si hubieras esperado para no interrumpir la fiesta, hubiera sido muy difícil decírselo luego a Sheryl porque… Bueno…, hubiera parecido de locos que hubieras esperado.

—Lo sé.

—Así que no dejes que eso te afecte, ¿vale? No permitas que Gloria se te meta en la cabeza.

Se quedaron callados y se miraron un momento.

—Vale, Trent —dijo C. J. finalmente.

El chico se giró y se fue hacia la puerta. Lo seguimos. Una vez allí, se paró un momento y levantó la mirada.

—Eh, muérdago.

C. J. asintió con la cabeza.

—Bueno, pues ven —dijo Trent.

C. J. se rio al ver que él abría los brazos. Trent dio un paso hacia delante y la besó. Salté y apoyé las patas delanteras en su espalda, pues quería formar parte de lo que estuviera pasando.

—Vaya —dijo C. J.

—Vale, bueno, adiós. Feliz Navidad —dijo Trent.

Intenté colarme por la puerta con él, pero C. J. me retuvo. Luego la cerró y me miró un instante. Yo la miré, preguntándome qué íbamos a hacer.

Me hubiera encantado circular por entre los pies de toda esa gente que gritaba tanto en el salón y comerme todos los trozos de comida. Pero C. J. se fue a su habitación y chasqueó los dedos para que fuera con ella. Se quitó el vestido y se puso lo que acostumbraba a llevar puesto: una camiseta larga que le llegaba hasta las rodillas. Se subió a la cama con la luz encendida y un libro en las manos.

Los libros son buenos para mordisquear, aunque tienen bastante poco sabor y la gente siempre se enoja cuando un perro les hinca el diente. Son uno de esos juguetes con los cuales se supone que un perro no debe jugar.

Me enrosqué en el suelo al lado de la cama y me quedé dormida, a pesar de que oía el murmullo de esas personas hablando. Más tarde, pude percibir el ruido de la puerta que se abrió y se cerró varias veces. Entonces se oyeron unos golpes en la puerta y me desperté. La puerta de la habitación se abrió.

—Hola, C. J. —dijo un hombre.

Reconocí aquel olor: lo había percibido antes. Él me había acercado la mano para darme un trozo de pescado y el reloj se le había deslizado por la muñeca haciendo un fuerte ruido.

—Oh, hola, Giuseppe.

El hombre rio y entró en la habitación.

—Llámame Gus. La única persona que me llama Giuseppe es tu madre. Creo que es porque piensa que pertenezco a la realeza italiana.

Se volvió a reír.

—Ya —dijo C. J., alisando la sábana sobre sus piernas.

El hombre cerró la puerta y preguntó:

—¿Qué estás leyendo?

—Estás borracho, Gus.

—Eh, es una fiesta.

El hombre se sentó en la cama dejándose caer pesadamente en ella; sus pies quedaron justo delante de mí.

Yo también me senté.

—¿Qué haces? Sal de mi habitación —dijo C. J.

Estaba enfadada.

El hombre tiró de la sábana. C. J. también tiró.

—Para —dijo.

—Venga —dijo el hombre.

Se puso en pie y se acercó a C. J. alargando las dos manos. Noté el miedo en ella, así que salté y apoyé las patas en la cama. Planté mi cara frente a la del hombre y me puse a gruñir igual que había hecho con Troy, aquel caballo, cuando estuvo a punto de pisotearla cuando era una niña.

El hombre se incorporó y tropezó con la estantería de la pared. Unos libros y unas fotografías cayeron al suelo. Él se giró y se dio de bruces contra el suelo, encima de la alfombra. Por mi parte, ladré y me lancé hacia delante enseñando los dientes.

—¡Molly! No pasa nada. Buena chica.

142   Noté la mano de C. J. en el pelo, que se me había erizado por toda la espalda.

—Eh —dijo el hombre.

C. J. encontró mi collar y tiró de mí para apartarme.

—Tienes que irte, Gus.

Él rodó a un lado y se puso de rodillas. En ese momento se abrió la puerta y vi que Gloria estaba ahí de pie.

—¿Qué ha pasado? —preguntó.

Miró a Gus, que estaba gateando en el suelo. El hombre apoyó las manos en el poste de la cama y se sujetó para ponerse en pie.

—¿Giuseppe? ¿Qué ha pasado?

Él pasó por delante de ella y salió al pasillo con un andar muy torpe. Gloria se giró para dirigirse a su hija.

—He oído al perro. ¿Le ha mordido?

—¡No! Por supuesto que no.

—Bueno, ¿qué está pasando?

—Es mejor que no lo sepas, Gloria.

—¡Dímelo!

—Ha entrado aquí y ha empezado a tocarme, ¿vale? —gritó C.J—. Molly me estaba protegiendo.

Al oír mi nombre, giré la cabeza. Gloria se puso tiesa y abrió mucho los ojos con sorpresa. Inmediatamente, los entrecerró y dijo:

—Eres una mentirosa.

Se dio la vuelta y salió de la habitación justo en el momento en que la puerta de entrada de la casa daba un portazo.

—¡Giuseppe! —llamó.

Durante los días siguientes, Gloria y C. J. nunca estaban en la misma habitación. Y cuando se sentaron para hacer esa parte de Navidad en que rompen papeles y cajas, no hablaron mucho. C. J. empezó a comer en su habitación; a veces solo comía una pequeñísima cantidad de verduras; otras veces, maravillosos platos llenos de *noodles* y salsas y quesos, o pizza y patatas fritas y helado. Luego iba al baño y se ponía encima de la caja y emitía un gemido de tristeza. Cada día, y muchas veces durante el día, C. J. se subía en esa caja. Empecé a pensar en ella como la «caja triste», porque así es como se sentía C. J. siempre que se subía ahí encima.

Un día, Trent vino con Rocky y todos estuvimos jugando en la nieve. Fue la única vez en que C. J. pareció verdaderamente feliz.

No me sentí una mala perra por haberle gruñido a ese hombre. C. J. le había tenido miedo, y yo lo había hecho sin pensar. Me preocupaba que pudieran castigarme por ello, pero no lo hicieron.

Pronto, C. J. empezó a ir a la escuela otra vez. Ella y Gloria hablaban cada vez más a menudo, pero yo todavía percibía la tensión entre ellas. Cuando C. J. estaba en la escuela, bajaba a mi antiguo sitio de debajo de las escaleras y esperaba a que regresara; solamente lo abandonaba para salir por

143

la puerta para perros y jugar o ladrarles a los perros que oía en la distancia.

Ya no íbamos a ver a Andi cada día, pero a veces íbamos de visita. Siempre era maravilloso verla. Las personas hacen eso: justo cuando se ha establecido una rutina, la cambian. En esas ocasiones, después de los habituales besos y abrazos, jugábamos al juego de las personas sentadas en sillas. Pero también practicábamos un juego nuevo en el cual había personas sentadas o, a veces, de pie, en una larga hilera.

—La subvención es para esto, para ver si un perro puede detectarlo en personas que están en un grupo —dijo Andi un día—. Solamente Luke ha sido capaz de hacerlo.

Él levantó la mirada al oír su nombre.

Recorrimos la hilera de personas arriba y abajo; las primeras dos veces que lo hice me di cuenta de que Andi y C. J. esperaban algo de mí, pero yo no estaba segura de qué era lo que debía hacer. Y entonces detecté ese olor en una mujer que no tenía pelo y cuyas manos olían a jabón. Ahí estaba: ese inconfundible olor en su aliento. Hice la señal y me dieron una galleta.

Parecía que en eso consistía el juego, aunque no estaba del todo segura, pues Andi también me llevaba hasta otras personas que no tenían ese olor, como si yo también tuviera que hacer esa señal. Pero, si lo hacía, Andi se quedaba de pie a mi lado con los brazos cruzados sobre el pecho y no me daba ninguna galleta. Era muy desconcertante.

Un día me encontraba en medio de la nieve en el patio trasero, saltando, pues la nieve era tan alta que debía saltar para avanzar, cuando oí que se abría la puerta. Gloria estaba ahí.

—¿Quieres un trozo de carne asada? —me dijo.

Di un paso hacia ella, dudando, y me detuve. Noté el tono de interrogación en su voz, pero no sabía si eso significaba que me había metido en algún lío o no.

—Toma —dijo ella.

Y me tiró una cosa que cayó sobre la nieve, a poca distancia de mí. Me acerqué a eso; tuve que localizarlo con el olfato, pues se había hundido mucho en la nieve. ¡Era un delicioso trozo de carne! Levanté la cabeza y miré a Gloria, meneando la cola con precaución.

—¿Quieres más?

Me tiró un trozo de carne que cayó a mi lado. Le salté encima, olisqueando con fuerza, hasta que lo encontré y me lo pude comer de un bocado.

Cuando levanté la cabeza, Gloria había vuelto al interior de la casa. Me pregunté de qué iba todo eso.

Entonces oí que Gloria me llamaba desde el jardín.

—Yuuu-juuu, Molly. Perrita, ¿quieres más comida?

¡Comida! Corrí hasta la verja del patio y la encontré abierta. El hombre que venía por las mañanas con un camión para quitar la nieve había limpiado el camino. Di la vuelta a la casa corriendo. Gloria me esperaba en el camino de entrada.

—Comida —dijo, y me tiró otro trozo de carne que atrapé en el aire. Entonces abrió la puerta trasera del coche—. Vale, ¿quieres entrar? ¿Comida?

Lo que me decía estaba claro. Me acerqué con paso inseguro a la puerta abierta. Ella tiró un poco de carne dentro del coche, y yo salté dentro. Rápidamente, cerró la puerta mientras me tragaba el trozo de carne. Luego subió al coche, lo puso en marcha y salimos por el camino.

No me importaba no ir en el asiento delantero. No creía que me gustara mucho ir ahí si era Gloria quien conducía. Estuve mirando por la ventana hacia los árboles nevados y los campos. Luego me di la vuelta y me tumbé en el asiento para echar una cabezada.

Me desperté al notar que el coche se detenía y que Gloria apagaba el motor. Ella se dio la vuelta en el asiento.

—Despacio. ¿Recuerdas que te he dado comida? Sé buena, Molly.

Meneé la cola al oír mi nombre. Gloria me acercó las manos al cuello y se las olí, pero no tenía carne. Oí un clic, y mi collar cayó sobre el asiento. Lo olí.

Gloria salió del coche y abrió la puerta.

—Vamos. A mi lado. Sé buena. No te escapes.

Nos acercábamos a un edificio que apestaba a perro. Gloria abrió la puerta de entrada, se dio una palmada en la pierna y yo la seguí al interior del edificio. Me encontré en una pequeña habitación que tenía una puerta abierta; del otro lado se oía ladrar a más de una docena de perros.

—¿Hola? ¿Hola? —llamó Gloria.

Por la puerta abierta apareció una mujer y nos sonrió.

—Sí. ¿En qué puedo ayudarla?

—He encontrado este pobre perro abandonado —dijo Gloria—. No comprendo cómo ha podido vivir así, solo y tan lejos de su familia. ¿Es aquí donde se deja a los perros perdidos?

15

*Y*a había estado en lugares como ese antes. De hecho, se parecía un poco al sitio en que C. J. y yo íbamos a jugar con Andi y con Luke, solo que aquí había muchos más perros. Además, el techo era bajo y no había ningún espacio grande donde las personas se sentaban en sillas. Solamente había unos pasillos abarrotados de jaulas para perros.

Me pusieron en una con el suelo de cemento; estaba a poca distancia de una verja y de una puerta que daba a una caseta. La caseta tenía un trozo de alfombra que olía a muchos perros. El ambiente desprendía el mismo olor. Y todo el espacio estaba lleno de los ladridos de los perros.

Vi que la mujer se acercaba con agua o con comida; corrí hasta las rejas meneando la cola con la esperanza de que me dejara salir. Quería correr, jugar, recibir caricias. La mujer era amable, pero no me dejó salir.

Casi todos los otros perros también corrían hacia las rejas cuando la mujer se acercaba. Muchos ladraban; algunos se quedaban callados y sentados para comportarse tan bien como pudieran. Pero la mujer no los dejaba salir.

Por mi parte, no comprendía qué estaba pasando ni por qué estaba allí, con todos esos perros que no paraban de ladrar. Echaba tanto de menos a C. J. que no paraba de dar vueltas de un lado a otro, sollozando. Me fui a la caseta y me tumbé encima de la pequeña alfombra, pero no pude dormir.

Esos ladridos ensordecedores estaban cargados de miedo. Además, había algo de rabia, un poco de dolor y un poco de tristeza. Por mi parte, en mis ladridos se podía detectar dolor y súplica. Quería que me sacaran de allí.

Por la noche, la mayoría de los perros se callaron, pero de vez en cuando uno de ellos empezaba a ladrar. Solía hacerlo uno que estaba en la caseta contigua y que era negro y marrón, alto y delgado, sin cola. Entonces los demás perros se despertaban; pronto estaban todos ladrando de nuevo. Era muy difícil dormir en esas circunstancias.

Me imaginé que me encontraba en la cama de C. J. A veces, por las noches, pasaba tanto calor que bajaba de la cama para dormir en el suelo. Pero ahora la echaba mucho de menos: lo único que quería era estar tumbada en esa cama por mucho calor que pudiera tener. Deseaba sentir el contacto de sus manos en mi pelo, aquel familiar y maravilloso olor de su piel.

A la mañana siguiente me sacaron de la jaula, me llevaron por el pasillo y me subieron a una mesa igual que la del veterinario. Un hombre y una mujer me acariciaron; el hombre me miró las orejas. La mujer cogió un palito y lo acercó a mi cabeza, pero el hombre me sujetaba la cabeza con las dos manos, así que no pude girarla para vez si era un juguete.

—Lo ha detectado —dijo la mujer.

—Sabía que llevaría chip —respondió el hombre.

Me volvieron a llevar a la jaula. Me sentía tan decepcionada que no podía reunir la energía necesaria para entrar en la caseta y tumbarme en la alfombra. Mordisqueé un poco la caseta, pero eso tampoco me hizo sentir mejor. Suspiré y me tumbé con un gemido.

Al cabo de unas horas, el hombre regresó.

—Hola, Molly —me dijo. Me encantó oír mi nombre, así

que me senté y meneé la cola. Él me pasó una correa por el cuello—. Vamos, chica, ha venido una persona a verte.

Olí a C. J. en el mismo instante en que el hombre abría la puerta del final del pasillo.

—¡Molly! —exclamó ella.

Salí disparada hacia ella. C. J. se arrodilló y me rodeó con los brazos. Le lamí la cara y la oreja, y empecé a dar vueltas a su alrededor. Puesto que llevaba la correa, me enredé con ella. Pero di rienda suelta a mi sentimiento de alivio y empecé a ladrar y a ladrar de alegría. C. J. se rio.

—Buena perra, Molly. Ahora siéntate.

Era difícil sentarse en esos momentos, pero debía ser una perra buena. Así que me senté, meneando la cola, mientras mi chica hablaba con el hombre.

—Estaba muy preocupada —dijo—. Creo que salió por la verja del patio cuando vinieron a limpiar la calle después de la nevada.

El perro alto, negro y marrón empezó a ladrar. Todos lo imitaron. Deseé que también los vinieran a buscar a ellos pronto.

—La mujer que la trajo dijo que estaba corriendo por la calle.

—Eso no es propio de Molly. ¿Cuánto es en total?

—Sesenta dólares.

Al oír mi nombre, meneé la cola. C. J. alargó la mano y me acarició la cabeza.

—Un momento. ¿Y la mujer?

—Una señora rica —dijo el hombre.

—¿Rica?

—Bueno, ya sabes. Tenía un Cadillac nuevo, vestía ropa cara y llevaba un bonito peinado. Un montón de perfume.

—¿Y el pelo rubio?

—Sí.

C. J. suspiró profundamente. Estaba buscando algo en su

149

bolso. La miré con atención, pues a veces llevaba galletas ahí dentro.

—Mire. ¿Es ella?

C. J. se inclinó sobre el mostrador.

—Creo que no debería decirlo.

—La mujer de la foto es mi madre.

—¿Qué?

—Sí.

—¿Tu madre dejó aquí al perro? ¿Sin decirte nada?

—Sí.

Se hizo un silencio. C. J. estaba triste y enojada.

—Lo siento —dijo el hombre.

—Sí.

Me senté en el asiento delantero del coche para ir de paseo.

—Te he echado mucho de menos, Molly. ¡Tenía tanto miedo de que te pasara algo! —dijo C. J. Me abrazó y yo le lamí la cara—. Oh, Molly, Molly —susurró—. Eres una perra boba. —Se sentía triste, a pesar de que estábamos juntas—. Lo siento mucho mucho. No sabía que haría algo así.

A pesar de que había muchas cosas interesantes que ver al otro lado de la ventana, yo la miraba a ella, la lamí y le puse la cabeza en el regazo, tal como hacía cuando era un cachorro. Era tan agradable estar a su lado que rápidamente, agotada, me sumí en el sueño.

Al notar que el coche bajaba la velocidad y giraba, me senté. Noté los olores familiares: estábamos de vuelta en casa. El coche se detuvo y C. J. me sujetó la cabeza con ambas manos.

—Este no es un lugar seguro para ti, Molly. No sé qué voy a hacer. No puedo confiar en que Gloria no te haga daño. Me moriría si te pasara algo, Molly.

Meneé la cola un poco. C. J. me dejó salir del coche y yo avancé por la nieve hasta la puerta de entrada de la casa. Era muy agradable estar en casa. C. J. abrió la puerta. Al entrar, ahogó una exclamación. Noté que la embargaba un repentino miedo.

—¡Shane!

El amigo de C. J. estaba sentado en el salón. Se puso en pie, pero no me acerqué a él y no meneé la cola. Algo estaba mal en el hecho de que estuviera ahí, solo, en nuestra casa.

—Hola, C. J.

—¿Cómo has entrado?

Él apoyó una rodilla en el suelo y dio una palmada con las manos.

—Hola, Molly.

Olía a humo. Yo permanecí al lado de C. J.

—¿Shane? Te he preguntado que cómo has entrado.

—He metido un rastrillo por la puerta del perro y he girado el pomo de la puerta —dijo riendo.

—¿Qué estás haciendo aquí?

—¿Por qué nunca me devuelves las llamadas?

—Tienes que irte de aquí ahora mismo. ¡No puedes entrar en mi casa!

C. J. estaba muy enfadada. Yo la miraba con atención, preguntándome qué estaba pasando.

—No me has dejado alternativa. Me has estado ignorando por completo.

—Sí, eso es lo que hace la gente cuando rompe, Shane. Dejan de hablarse. Lo puedes investigar.

—¿Puedo fumar aquí?

—¡No! Tienes que marcharte.

—Bueno, no pienso irme hasta que hablemos de esto.

—¿De qué? Shane, tú… —C. J. respiró profundamente—. Me has llamado como treinta veces seguidas a las dos de la mañana.

—¿Ah, sí?

Entonces oí que un coche se detenía en el camino de entrada; fui hasta la ventana para ver quién era. La puerta del coche se abrió ¡y era Rocky! Trent también bajó del coche. Mi hermano corrió hasta un árbol para hacer pipí.

—Ha venido una persona —dijo C. J.

—¿Espero arriba?

—¿Qué? ¿Estás loco? Quiero que te vayas.

Se oyó que llamaban suavemente a la puerta. Corrí hasta allí y apreté el hocico contra ella, olisqueando. Rocky estaba al otro lado y hacía exactamente lo mismo que yo. C. J. se acercó y abrió la puerta.

—¡La has encontrado! —exclamó Trent.

Y entonces se paró en seco.

—Hola, Trent —dijo Shane.

Rocky y yo nos estábamos oliendo mutuamente. Le salté encima, le agarré un pliegue de la piel del cuello y tiré.

—Lo siento, quizá será mejor que vuelva en otro momento —dijo Trent.

—¡No! —dijo C. J.

—Sí, estamos en medio de una conversación personal —dijo Shane.

—No, estamos en medio de que te estabas marchando —respondió C. J.

—C. J., tenemos que hablar —dijo Shane.

—Parece que ella quiere que te vayas —dijo Trent.

Rocky se quedó inmóvil. Yo le di un mordisco en la cara, pero él observaba a Trent. Tenía los músculos apretados y quietos.

—¡Quizá no me quiera marchar! —dijo Shane en voz alta.

Notaba el enojo de Trent. C. J. le puso una mano en el brazo. Rocky había levantado las orejas y el pelo de la grupa se le estaba erizando.

En ese momento se me ocurrió pensar que el propósito de Rocky era amar y proteger a Trent, al igual que el mío era amar y proteger a C. J.

—Shane —dijo C. J.—. Vete. Nos veremos mañana.

El chico estaba mirando a Trent.

—¡Shane! —repitió C. J. levantando la voz.

Shane parpadeó un momento y luego la miró.

—¿Qué?

—Nos vemos mañana, en el sitio donde vas con el *skate*. ¿Vale? Después de la escuela.

Shane se quedó quieto un momento; luego asintió con la cabeza. Recogió su chaqueta y se la colgó del hombro. Al salir de la casa, le dio un empujón a Trent con el hombro; este no dejó de mirarlo hasta que hubo salido por la puerta.

—¿Irás a verlo mañana? —preguntó Trent, mientras acariciaba la cabeza de Rocky con gesto distraído.

Le di un lametón a Rocky en la boca.

—¡No! Mañana no estaré aquí.

—¿Qué quieres decir?

—Molly y yo nos marchamos de casa. Hoy, esta tarde. Nos vamos a California.

C. J. se acercó a las escaleras y fue a su habitación. Trent, Rocky y yo la seguimos.

—¿De qué estás hablando? —preguntó él.

C. J. sacó una maleta de su armario. Conocía esa maleta; cuando C. J. me dejó en casa de Trent durante tantos días, también la había sacado del armario. Rocky estaba listo para volver a jugar, pero ver esa maleta me había puesto ansiosa, así que me quedé al lado de C. J. mientras ella empezaba a abrir cajones y a sacar ropa y ponerla en la maleta.

—Molly no se escapó. Gloria la dejó en la perrera.

—¿Qué?

—Le enseñé la foto al hombre de allí. ¿Te lo puedes creer?

—Sí, bueno, de tu madre me lo creo casi todo.

—Pues ya está. Nos vamos a California. Viviré en la playa hasta que encuentre un trabajo. Y cuando cumpla los veintiuno, recibiré el dinero de mi padre e iré a la universidad.

—No estás pensando con calma, C. J. ¿Universidad? Si no has terminado el instituto.

—Pasaré un examen de educación general. O iré al instituto allí. No lo sé.

—Iré contigo —dijo Trent.

—Oh, claro, eso funcionará.

—No puedes irte a vivir a la playa. No puedes decirlo en serio.

C. J. no respondió, pero noté que estaba empezando a enfadarse. Trent la observó durante unos minutos.

—¿Y qué hay de lo otro? —susurró Trent.

C. J. se quedó quieta y lo miró.

—¿A qué te refieres?

—A… lo de la comida.

C. J. lo miró fijamente y respiró profundamente.

154

—Dios, Trent, cada día de mi vida me levanto con esa voz en la cabeza que me pregunta qué voy a comer ese día. No puedo tener también tu voz en la cabeza. Simplemente, no puedo.

Trent bajó la mirada. Parecía triste. Rocky se acercó a su lado y le dio un golpe con el hocico.

—Lo siento —dijo.

C. J. sacó otra maleta y la puso encima de la cama.

—Necesito irme de aquí antes de que Gloria vea a Molly.

—Eh, déjame que te dé el dinero que tengo.

—No tienes por qué hacer eso, Trent.

—Ya lo sé. Toma.

Bostecé, ansiosa. Me encantaba estar con Rocky y con Trent, pero no si C. J. iba a coger maletas y a irse a alguna parte sin mí.

—Eres mi mejor amigo, Trent —dijo C. J. en voz baja. Los dos se dieron un abrazo—. No sé qué haría sin ti y sin Molly.

En ese momento se oyó un fuerte golpe: la puerta de entrada de la casa al cerrarse.

—¿Clarity? —dijo Gloria—. ¿Ese es el coche de Trent?

C. J. y Trent se miraron.

—Sí —dijo C. J. en voz alta. Y luego, en un susurro, añadió—: ¿Puedes hacer que Molly no ladre?

Meneé la cola.

—Sí —dijo Trent. Se arrodilló delante de mí y me acarició las orejas—: Molly, chis —susurró.

Meneé la cola. Rocky, celoso, metió la cabeza delante de mi cara.

C. J. salió al pasillo y se inclinó sobre el pasamanos. Por mi parte, hice el gesto de ir con ella, pero Trent me sujetó con suavidad. Me retorcí, sintiendo el instinto de ponerme a gimotear. No quería que C. J. se separara de mí ni medio metro, ahora que había sacado esas maletas.

—No —me dijo Trent en voz muy muy baja—. Quédate callada, Molly.

—Cariño, Giuseppe me va a llevar al cine y luego iremos a cenar. Regresaré tarde, así que no me esperes levantada.

—Giuseppe —dijo C. J., claramente disgustada.

—No, no empieces, Clarity June. He dejado atrás todo ese asunto tan desagradable. Espero que tú hagas lo mismo.

—Adiós, Gloria.

—¿Qué se supone que significa eso? ¿A qué te refieres?

No pude evitarlo; solté un gimoteo al tiempo que intentaba soltarme.

—¿Qué ha sido eso? —preguntó Gloria.

C. J. se giró y me miró. Yo volví a gimotear, esforzándome para ir con ella.

—Es Rocky. Trent ha venido a verme y lo ha traído. Sabe que estoy muy triste por Molly.

—¿Es que tenemos que estar siempre invadidas por los perros?

—No, Gloria, no volverá a suceder.

—Gracias. Buenas noches, C. J.

—Adiós.

C. J. regresó a la habitación y cerró la puerta. Me tiré encima de ella y le lamí la cara.

—Molly, solo estaba a un metro de distancia de ti, perra loca. Eh, ¿sabes qué serías si fueras una cocker spaniel-caniche? Serías una cocker-caniche-boba. Sí que lo serías —dijo, y me dio un beso en la cara.

Trent bajó las maletas al piso de abajo y las llevó hasta el maletero del coche mientras yo reclamaba el asiento delantero. Rocky se acercó para olisquearme, pero no intentó subir conmigo, cosa que, de todos modos, yo no hubiera permitido.

Trent me dio un abrazo, pero parecía triste. Yo le lamí la cara. Sabía que volvería a verlos a los dos como mucho al cabo de un par de días.

Trent se apoyó en la ventanilla delantera, que C. J. había bajado después de subir al coche. También bajó la mía para que pudiera respirar el aire fresco.

—¿Conoces la ruta? —preguntó.

—La he puesto en el móvil —dijo C.J.—. Estaremos bien, Trent.

—Llámame.

—Bueno…, no sé, ¿ella puede hacer que rastreen mis llamadas?

—Exacto, Gloria pasará todos sus contactos al FBI.

C. J. se rio. Trent le dio un abrazo por la ventanilla.

—Molly, espero que seas una perra buena.

Meneé la cola por haber sido una perra buena.

—Nos vamos, Molly —dijo C. J.

16

*D*imos un largo paseo en coche. Decidí enroscarme en el asiento de delante con la cabeza, dejando una distancia cómoda para que C. J. pudiera acariciarme, algo que hizo muy a menudo. Sentía su amor fluyendo a través de su mano, lo que me hizo sumir en un sueño tranquilo. Eso era mucho mejor que estar en un lugar lleno de perros que ladraban. Deseé no tener que regresar allí nunca más. Lo único que quería era estar justo donde estaba en ese momento, en el asiento delantero con C. J., mi chica.

Nos paramos en un lugar que estaba lleno de maravillosos olores y donde había unas mesas en el exterior.

—No se está mal aquí fuera, si me dejo puesta la chaqueta —dijo C. J. mientras ataba mi correa a la pata de una de las mesas—. Quédate aquí, ¿vale, Molly? Voy a ir allí un segundo. No me mires así, no te voy a abandonar. Buena perra.

Entendí que yo era una buena perra. Al ver que se daba la vuelta, quise seguirla, pero la correa me lo impidió. Tiré de ella mientras C. J. cruzaba unas puertas de cristal y entraba en el edificio. No lo comprendí, así que me puse a gimotear. ¡Si yo era una buena perra, debería estar con C. J.!

—Hola, Molly.

Giré la cabeza y vi a Shane. No meneé la cola.

—Buena perra.

Shane se agachó a mi lado y me acarició la cabeza. Olía a humo, a aceite y carne. Yo no sabía qué hacer.

Al ver a C. J., meneé la cola. Llevaba una bolsa y estaba de pie al otro lado de las puertas de cristal, mirándonos. Shane la saludó con la mano. Ella caminó despacio hasta nosotros.

—Hola, nena —dijo Shane poniéndose en pie.

—Supongo que sería estúpido preguntarte si me has estado siguiendo —dijo C. J.

Dejó la bolsa en el suelo. Esa bolsa olía a comida y yo tenía unas ganas terribles de meter la cabeza en ella.

—Vi que Trent ponía unas maletas en tu coche. Así que no vendrás a encontrarte conmigo mañana en el parque.

—Una prima mía se ha puesto enferma y tengo que ir a visitarla. Regresaré dentro de un par de días.

—La cuestión es que te comprometiste conmigo. Ahora estás rompiendo tu compromiso.

—Tienes razón, he roto un contrato.

—No tiene gracia. Siempre haces lo mismo —dijo Shane.

—Te hubiera llamado.

—La cuestión no es esa. Te dije que debía hablar contigo, y tú me has estado dando largas. Y ahora esto, irte de la ciudad sin decírmelo siquiera. No me has dejado otra alternativa que seguirte.

Le di un golpe de hocico a C. J. en la mano para recordarle que yo continuaba allí y que, si a ella no le interesaba, yo podía encargarme de la comida.

—¿De qué quieres hablar, Shane? —dijo C. J.

—Bueno, de nosotros. —El chico se puso en pie—. Tengo… como insomnio. Incluso a veces me siento un poco mal del estómago. Y tú no respondes mis mensajes. ¿Cómo crees que me hace sentir eso? Pues muy enfadado. Eso es. No puedes hacerme esto, nena. Quiero que todo vuelva a ser como era antes. Te echo de menos.

—Vaya —dijo C. J.

Se sentó a la mesa y, por fin, empezó a sacar la comida de la bolsa. Me quedé sentada, como una perra buena.

—¿Vaya qué? Eh, ¿me das unas cuantas patatas fritas? —Shane alargó la mano, cogió un poco de esa comida tan deliciosa y se la puso en la boca.

Seguí su mano con la mirada, pero no se le cayó nada.

—Sírvete —dijo C. J.

—¿Tienes un poco de kétchup?

C. J. empujó la bolsa hacia él. Shane empezó a rebuscar en ella.

—¿Vaya qué? —repitió.

—Acabo de darme cuenta de una cosa sobre mí misma. Sobre el talento que tengo —dijo C. J.

—¿Ah, sí?

—Tengo una especial habilidad para hacer amigos que solo piensan en sí mismos.

La mano de Shane se quedó quieta a mitad de camino de su boca. Le dediqué toda mi atención.

—¿Eso es lo único que somos? ¿Amigos? —preguntó.

C. J. bufó por la nariz y apartó la mirada de él.

—Sabes que eso no es cierto, nena —dijo Shane. Unos tentadores aromas envolvían las palabras que salían de sus labios—. Tú eres perfecta para mí. Todo el mundo dice que hacemos una pareja genial. Eh, ve a buscar más kétchup, ¿vale? Solo has traído un paquete. No es suficiente.

C. J. se quedó un momento mirándolo. Luego, sin decir palabra, entró en el edificio. En cuanto estuvo dentro, Shane alargó la mano, miró en su bolso y sacó una cosa que no era comestible. Lo miró.

—¿Santa Monica? —preguntó en voz alta—. Maldita…

Tiró el teléfono al interior del bolso y se recostó en la silla.

C. J. salió y le dio una cosa. Luego bajó la mano para acariciarme.

—Te daré comida dentro de un minuto, Molly —dijo.

El hecho de que hubiera pronunciado «Molly» y «comida» en la misma frase hizo que me pusiera contenta.

—Y esta prima, ¿dónde me has dicho que vive? —preguntó Shane.

—¿Qué?

—He preguntado que adónde vas.

—Oh. San Luis.

—Vale. Los dos sabemos que es mentira.

—¿Perdón?

—No tienes ninguna prima enferma. Te estás escabullendo para no tener que enfrentarte conmigo como una persona honesta.

—Y tu talento especial consiste en ser gracioso por accidente.

A Shane le asaltó una enorme rabia y descargó una fuerte palmada sobre la mesa. Di un respingo, asustada y sin comprender lo que estaba haciendo. Percibí cierto miedo en C. J. ¿Qué estaba pasando? Involuntariamente, se me erizó el pelo del lomo: notaba la vibración en mi piel cuando eso sucedía.

—Esto termina aquí —dijo Shane en tono cortante.

—¿El qué?

—Las mentiras. La manipulación. El egoísmo.

—¿Qué quieres decir?

—Ahora subiremos a nuestros coches y regresaremos a Wexford. Yo te seguiré, y Molly irá conmigo para asegurarme de que no intentas hacer nada estúpido.

Lo miré. C. J. se quedó mucho rato sin decir nada y sin comer nada.

—Vale —dijo al fin.

El miedo la había abandonado.

—Bien.

La rabia de Shane disminuía también. Fuera lo que fuera

lo que hubiera pasado entre los dos, parecía haber terminado.

C. J. apartó la bolsa.

—¿No te vas a comer eso? —preguntó Shane.

—Atibórrate.

Shane empezó a comerse la comida de C. J. Yo lo miraba, apenada.

—Dame tus llaves, voy a meter a Molly en el coche —dijo C. J.

—Yo lo haré —dijo Shane.

—No, debo ser yo quien lo haga.

—No me fío de ti.

—Si lo haces tú, ella no lo comprenderá. Debo hacerlo yo. Ella no querrá irse contigo: los perros son muy hábiles juzgando el carácter de las personas. Quiero que se siente allí un minuto y que se acostumbre a la idea antes de que nos vayamos.

—Juzgando el carácter de las personas... —se burló Shane.

—¿Me das las llaves o no?

Shane, sin dejar de masticar, se llevó la mano al bolsillo y le tiró una cosa a C. J.: aquel inconfundible tintineo de las llaves. Ella las cogió y se le cayeron delante de mí. Me incliné para olerlas y noté el olor a animal muerto.

—¿Ahora llevas una pata de conejo de llavero? —preguntó C. J.

—Sí. Me recuerda lo afortunado que soy de tenerte.

C. J. soltó aire por la nariz, recogió esa cosa de animal muerto con las llaves y me desató.

—Vamos, Molly.

—Voy dentro de un segundo —dijo Shane.

—No hay prisa. —C. J. me llevó hasta un coche y abrió una puerta. Dentro, olía a Shane y a más cosas, pero a ningún perro—. Vale, Molly. ¡Sube!

Eso no tenía ningún sentido para mí, pero salté tal como

me ordenaba, contenta de que fuera el asiento delantero. C. J. se inclinó hacia delante y la ventanilla de mi lado se abrió.

—Vale, Molly, sé buena chica —dijo C.J.—. Esto va a salir bien.

C. J. cerró la puerta del coche. Yo la observaba, desconcertada, mientras ella regresaba con Shane y se sentaba a su lado. ¿Qué estábamos haciendo? Metí la cabeza por la ventanilla y empecé a gemir.

C. J. se puso en pie y entró en el edificio. Shane continuaba comiendo sin levantar la mirada y sin indicar que me estaba guardando un poco de comida.

De repente, la puerta de cristal se abrió y vi que C. J. estaba allí, pero que se alejaba en silencio. ¿Qué estaba sucediendo? C. J. llegó a la esquina del edificio y la perdí de vista. Y me puse a sollozar.

Oí el sonido de su coche al ponerse en marcha y sollocé con más fuerza. Shane se puso en pie, cogió la bolsa y la puso en el cubo de basura. Bostezó, se miró la muñeca y luego fue hacia las puertas del edificio. Allí, ladeó la cabeza y se frotó la mandíbula.

Entonces apareció el coche C. J. en la esquina y pasó a toda velocidad por delante de Shane, que se quedó inmóvil. Avanzó unos metros por el camino y la puerta delantera del coche se abrió.

—¡Molly! —gritó C. J.

Shane me miró. Yo ladré por la ventana.

—¡Molly! —volvió a gritar C. J.

Shane bajó la cabeza y corrió hacia mí. Saqué la cabeza por la ventana y di unas vueltas sobre el asiento delantero. Parecía muy probable que Shane me abriera la puerta para que yo pudiera ir con mi chica.

—¡Molly! —chilló C. J.—. ¡Ven aquí! ¡Ahora! ¡Molly!

Me di la vuelta y salté por la ventanilla justo en el momento en que Shane llegaba al coche.

—¡Te tengo! —dijo agarrándome.

Noté su mano en mi espalda y bajé la cabeza. Me retorcí y conseguí soltarme.

—¡Para! ¡Mala perra! —gritó.

Shane empezó a perseguirme. Corrí por el aparcamiento y me precipité por la puerta abierta del coche de C. J., subí a su regazo y llegué al asiento de su lado, jadeando. Ella cerró la puerta y aceleró.

C. J. miraba hacia la parte superior del parabrisas.

—No eres muy inteligente, ¿verdad, Shane? —dijo.

Ahora conducía despacio; de hecho, al cabo de poco rato, detuvo el coche. Continuaba mirando a la parte superior del parabrisas.

Me di la vuelta y miré por el cristal trasero del coche. Ahí estaba Shane, corriendo hacia nosotras. Por su cara, vi que estaba enfadado. C. J. bajó la ventanilla y muy muy despacio hizo avanzar el coche.

Shane dejó de correr y apoyó las manos en las rodillas. C. J. detuvo el coche. Él levantó la cabeza y empezó a caminar hacia nosotras. Se acercaba cada vez más, hasta que estuvo tan cerca que el viento me trajo el olor de la comida que había acabado de comer. En ese momento me hubiera gustado poder lamer los dedos de alguien.

El coche empezó a rodar de nuevo. C. J. metió una mano en su bolso y sacó las llaves con el animal muerto. Las sostuvo fuera de la ventanilla, las balanceó un poco y luego las tiró por encima del coche hasta las altas hierbas que rodeaban la carretera. Y entonces, aceleró. Por mi parte, continué mirando por el cristal trasero. Vi que Shane llegaba al punto en que habíamos estado nosotras y empezaba a mirar por el suelo con las manos en las caderas.

Yo las hubiera podido encontrar fácilmente, pero las personas no son especialmente hábiles localizando cosas perdidas. Esa es una de las razones por las que tienen perros. Pero,

163

en este caso, algo me decía que C. J. había tirado las llaves por motivos que no tenían nada que ver con el juego de buscar y encontrar.

Al cabo de poco, detuvo el coche y me puso un poco de comida en un cuenco. Sabía que no se olvidaría de darme de comer, pero la verdad era que lo que Shane había estado sacando de la bolsa olía mucho mejor.

Ese fue el paseo en coche más largo de mi vida. Por las noches, C. J. aparcaba debajo de una farola y dormíamos en el asiento delantero. Yo apoyaba la cabeza sobre sus piernas. Condujimos por un lugar muy nevado y luego por un sitio muy seco y con mucho viento.

Casi cada vez que C. J. paraba, alguien, en algún edificio, le daba una bolsa de comida. A veces comíamos en una mesa exterior. Las comidas eran exóticas y deliciosas. ¡Ese fue uno de los mejores paseos en coche de mi vida!

164

Un día, me encontraba profundamente dormida cuando el coche se detuvo y el motor se apagó. Me desperecé y miré a mi alrededor. Estábamos al lado de un montón de coches. En el cielo, el sol todavía no estaba muy alto.

—¡Ya hemos llegado, Molly! —dijo C. J.

Salimos del coche y, de inmediato, me asaltó el olor: de golpe, supe exactamente dónde estábamos.

Cuando yo era un perro que trabajaba buscando y rescatando personas, había ido muchas veces a este sitio con Jako o con Maya. Era el mar. C. J. me llevó hasta el agua y me soltó la correa. Se echó a reír mientras yo saltaba al agua y corría contra la embestida de las olas con toda la energía acumulada después de dos días de encierro.

Estuvimos un rato jugando allí; luego fuimos hasta unas mesas exteriores. C. J. me dio agua y comida; se sentó al sol, pues empezaba a hacer calor.

—Bonito día —dijo un hombre—. Bonito perro.

Y bajó la mano para acariciarme. La mano le olía a menta.

—Gracias —dijo C. J.

—¿De dónde eres? Yo diría que de Ohio.

—¿Qué? No, soy de aquí.

El hombre rio.

—No. Llevando ese abrigo, no eres de aquí. Me llamo Bart.

—Hola —dijo C. J., y apartó la vista del hombre.

—Vale, ya lo pillo, no quieres compañía. Es solo que hace un buen día y quería deciros hola a ti y a tu perro. Ten cuidado con los polis, que no pillen a tu perro en la playa o te pondrán una multa.

El hombre volvió a sonreír y luego fue a sentarse a una de las mesas.

Durante los dos días siguientes dormimos en el coche. C. J. se iba hasta un sitio de donde salía agua y me llevaba con ella hasta un pequeño edificio donde se cambiaba de ropa. Luego dábamos una vuelta por los alrededores, casi siempre por los restaurantes; lo deduje por como olía. C. J. me dejaba atada a la sombra y entraba. A veces salía enseguida, pero otras veces se quedaba un rato ahí dentro. Al final del día, su pelo y su ropa olían mucho a todos esos deliciosos olores de comida.

Por otro lado, siempre me llevaba al mar para correr y jugar, pero ella nunca nadaba.

—Oh, eres una perra muy buena, Molly —dijo C. J.—. Encontrar trabajo está siendo mucho más difícil de lo que pensé, incluso por un sueldo mínimo.

Meneé la cola al saber que era una perra buena. En mi opinión, nos lo estábamos pasando mejor que nunca. ¡Nos pasábamos el día, o bien en el coche, o bien en el exterior!

Al cabo de unas cuantas noches, cuando ya nos íbamos a dormir, empezó a llover. C. J. solía dejar las ventanillas del coche un poco abiertas, pero entonces la lluvia empezó a entrar dentro, así que las cerró. Por eso no pude oler a ese hombre. Solamente lo vi cuando apareció bajo la lluvia, ilumi-

165

nado por la farola de la calle. Era como si la noche y la lluvia se hubieran aliado para formar a ese hombre oscuro y mojado. Me senté, totalmente quieta, y lo miré. El pelo, largo, le cubría la cara y llevaba una gran bolsa colgada del hombro. Y nos estaba mirando directamente.

Noté que a C. J. la embargaba el miedo al verlo. De inmediato, me puse a gruñir.

—No pasa nada, Molly —dijo C. J.

Meneé la cola. El hombre miró a su alrededor lentamente. Parecía estar examinando los otros coches del aparcamiento. Luego volvió a observarnos.

Entonces caminó hacia nosotras.

C. J. inspiró con fuerza.

17

*E*l hombre se acercó directamente al coche y alargó las manos hacia la puerta. De inmediato, me lancé contra la ventanilla gruñendo, ladrando y soltando dentelladas. Le estaba haciendo saber que si intentaba entrar, se encontraría con mi boca. Y pensaba morderlo: ya casi lo sentía entre mis dientes.

Tenía el largo pelo empapado; el agua le caía sobre la cara. Se inclinó un poco para mirar a C. J. sin hacerme ningún caso. Ella estaba tan asustada que emitió un leve chillido y noté que se le había acelerado el corazón.

Que alguien asustara a mi chica me había hecho montar en cólera, así que me puse a rascar el cristal de la ventanilla y a lanzarme contra ella una y otra vez con la esperanza de atravesarlo. Mis ladridos eran igual de salvajes que cuando había intentado proteger a Clarity de Troy.

El hombre sonrió y dio unos golpecitos en la ventanilla; me lancé contra el lugar en que sus nudillos golpeaban el cristal. Luego se enderezó y miró a su alrededor.

—¡Váyase! —gritó C. J.

El hombre no reaccionó. Al cabo de un minuto, se alejó y desapareció entre las sombras.

—Oh, Dios mío. Oh, Molly, has sido una perra muy

buena —dijo C. J. abrazándome. Le lamí la cara—. Estaba muy asustada. ¡Parecía un zombi o algo así! Pero tú me has protegido, ¿verdad? Eres una perra vigilante, una perra vigilante y una caniche: ¡una *vaniche*! Te quiero mucho.

En ese momento, se oyó un fuerte estruendo y C. J. soltó un chillido. El hombre había regresado y había dado un fuerte golpe en la ventanilla con un palo. Sonreía: lo único que yo podía ver en medio de esa lluvia eran sus dientes torcidos y amarillos, pues tenía los ojos ocultos por el ala del sombrero. El tipo dio otro golpe, y yo apreté la cara contra el cristal. Ahora sí pude verle los ojos; clavé la mirada en ellos mientras gruñía con la boca llena de baba. Ese hombre estaba asustando a mi chica, así que dejé que me inundara la rabia hasta el punto que mi único deseo era morderlo.

Él se rio y miró por la ventanilla. Me señaló con el dedo y luego hizo un gesto con él, igual que el que hacía Gloria cuando hablaba conmigo. Luego se enderezó y desapareció en medio de la oscuridad y la lluvia.

Siempre había pensado que los palos eran una cosa para jugar, pero ahora comprendía que un palo también podía ser una cosa mala si te encontrabas en un lugar terrible y la persona que lo tiene no quiere jugar con él.

Estuvimos toda la noche oyendo el rugido de la lluvia cayendo sobre el coche. Al principio, C. J. no pudo dormir, pero poco a poco el miedo la fue abandonando. Al final, recostó la cabeza. Yo dormí acurrucada contra ella para que supiera que su perra la estaba protegiendo.

La mañana siguiente amaneció muy brillante. La tierra estaba húmeda y desprendía unos olores muy interesantes, pero C. J. prefirió que fuéramos al sitio donde había esas mesas exteriores. Cuando llegamos, nos saludó el tipo amable que habíamos conocido unos días antes. Era más alto que la mayoría de los hombres que yo había conocido. Sus manos continuaban oliendo a menta.

—Permíteme que te invite a desayunar —dijo.

—No, gracias —repuso C. J.—. Solo quiero café.

—Venga. ¿Qué quieres comer, una tortilla?

—Estoy bien.

—Tomará una tortilla de verdura —le dijo el hombre a la mujer que traía la comida.

—He dicho que estoy bien —repitió C. J. en cuanto la mujer se alejó.

—Eh, lo siento, pero pareces hambrienta. ¿Eres actriz? Modelo, seguramente eres modelo. Eres muy guapa. Yo me llamo Bart. Mis padres me pusieron Bartholomew. Y yo como que se lo agradezco y prefiero llamarme Bart. Bueno, ¿estás preparada para lo siguiente? Pues sí: mi apellido es Simpson. Así que sí, soy Bart Simpson. ¡Bah! ¿Cómo te llamas tú?

—Wanda —dijo C. J.

—Hola, Wanda.

Estuvimos cómodamente sentados durante unos minutos, disfrutando del olor del beicon que nos llegaba desde la cocina.

—Bueno, ¿he acertado? Eres modelo, por eso estás tan delgada —dijo el hombre.

—La verdad es que estoy pensando en ser actriz.

—Bueno, pues me alegro por ti, porque soy representante de actrices. Ese es mi trabajo. Soy un agente de mucho talento. ¿Tienes agente?

Me senté, pues la mujer había traído comida. Me puse delante de C. J., que empezó a comer, se detuvo un momento ¡y me dio una tostada!

—No, la verdad es que soy buena representándome —dijo C. J.—. Pero gracias.

—¿Lo ves? Estabas hambrienta. Mira, ya sé lo que está pasando.

C. J. dejó de comer y miró al hombre.

—Cada mañana doy un paseo por la playa. Te he visto salir

del coche, como si acabaras de aparcar, pero la otra noche vine y tu automóvil seguía aparcado ahí. ¿Crees que eres la primera actriz que duerme en el coche? No tiene nada de vergonzoso.

C. J. se puso a comer otra vez, pero esta vez masticaba despacio.

—No estoy avergonzada —dijo con calma.

Me tiró un trozo de algo con queso; lo atrapé en el aire con gran habilidad.

—Lo que deberías hacer es venir a casa conmigo, ahora.

—Oh. ¿Como un premio por la tortilla? —preguntó C. J. El hombre se rio.

—No, por supuesto que no. Tengo una habitación libre. Solo hasta que puedas buscarte un lugar.

—La verdad es que estoy de vacaciones y me voy mañana.

El hombre volvió a reírse.

—Sí que eres actriz. ¿Qué es lo que te preocupa? ¿No ser capaz de conseguir lo que necesitas? Sea lo que sea, yo te lo puedo conseguir.

—¿Qué?

—Estoy intentando protegerte, echarte una mano. ¿Por qué tanta hostilidad?

—¿Drogas? ¿Es de eso de lo que estás hablando? No tomo drogas.

Noté que C. J. se estaba enfadando, pero no sabía por qué.

—Vale. Me he equivocado. Casi todas las chicas las toman, a decir verdad. Quiero decir, estamos en Los Ángeles.

—Casi todas las chicas. ¿Qué es lo que tienes? ¿Un harén? ¿Un establo?

—He dicho que represento…

C. J. se puso en pie.

—Ya sé lo que representas. Bart. Vamos, Molly —dijo, cogiendo mi correa del suelo.

—Eh, Wanda —dijo el hombre mientras nos alejábamos.

C. J. no se detuvo—: Ya sabes que volverás a verme, ¿verdad? ¿Verdad?

Nos pasamos el día sentadas encima de una manta, en la acera de la calle. Encima de ella había una caja; de vez en cuando, alguien se detenía y dejaba caer algo en el interior. Y cada vez que lo hacían, se detenían a hablar conmigo.

—Bonito perro —decían casi siempre.

C. J. respondía:

—Gracias.

Me encantaba ver a tanta gente.

Nos quedamos en la manta hasta que el sol se puso. Luego C. J. me dio de comer.

—He conseguido suficiente para comprarte un poco más de comida para mañana, Molly —dijo.

Meneé la cola para demostrarle que había oído mi nombre y que me sentía feliz de estar comiendo.

Mientras nos dirigíamos hacia el coche, C. J. aminoró el paso.

—Oh, no —dijo.

Alrededor del coche, el suelo estaba lleno de unas piedras pequeñitas. Brillaban a la luz de las farolas. Me acerqué, con curiosidad, para olisquearlas.

—¡No, Molly, te cortarás las patas! —C. J. dio un tirón de la correa; comprendí que había hecho algo malo. La miré—. Siéntate —me dijo.

Ató la correa a una de las farolas para que no pudiera seguirla hasta el coche. Las ventanillas estaban abiertas. C. J. metió la cabeza por una de ellas. Me puse a gemir: si íbamos a subir al coche, no quería que se olvidara de mí.

Entonces un automóvil se acercó a nosotras lentamente. De uno de sus laterales salió un haz de luz que cayó sobre C. J. Ella se dio la vuelta de inmediato.

—¿Es tu coche? —dijo una mujer sacando la cabeza por la ventanilla.

171

C. J. asintió. La mujer bajó del coche; un hombre hizo lo mismo, pero por el otro lado. Eran policías.

—¿Se han llevado alguna cosa? —preguntó la mujer.

—Tenía ropa y cosas así —respondió C. J.

El hombre se acercó y me acarició la cabeza.

—Bonito perro —dijo.

Meneé la cola. Sus dedos desprendían olor a especias.

—Elaboraremos un informe —dijo la mujer—. El seguro pagará los cristales y, quizá también, el contenido. Depende de lo que tengas contratado.

—Oh, bueno, no creo que valga la pena.

—No hay problema —dijo la mujer—. ¿El DNI?

C. J. le dio una cosa a la mujer. El hombre se incorporó, cogió una cosa y se fue a sentarse en su coche. C. J. se acercó a mí.

—Buena perra, Molly —dijo, aunque parecía algo temerosa y no sabía por qué.

La mujer estaba caminando alrededor del coche. C. J. me soltó la correa. El hombre se puso en pie.

—Está en la base de datos —dijo.

La mujer miró a C. J. Entonces mi chica se dio la vuelta y se echó a correr. Yo no sabía qué era lo que estábamos haciendo, pero me alegré de poder correr a su lado.

No habíamos llegado muy lejos cuando oí unos pasos detrás de nosotras. Era el policía. Llegó corriendo a nuestro lado y dijo:

—¿Hasta cuándo quieres que dure esto? —preguntó sin dejar de correr.

C. J. dudó un momento y, finalmente, se detuvo. Apoyó las manos sobre las rodillas y yo le lamí la cara, lista para arrancar a correr otra vez.

—Este fin de semana participo en una carrera, así que me viene bien un poco de entrenamiento —le dijo el policía. Alargó la mano para acariciarme y meneé la cola—. ¿Por qué has salido corriendo así? —preguntó.

—No quiero ir a prisión —respondió C. J.

—No vas a ir a prisión; no encarcelamos a la gente por escapar de casa. Pero eres una menor y te tenemos en la base de datos, así que tendrás que venir con nosotros.

—No puedo.

—Ya sé que ahora lo ves diferente, pero, créeme, no te gustaría vivir en la calle. ¿Cómo te llamas?

—C. J.

—Bueno, C. J., tendré que esposarte porque has intentado huir.

—¿Y Molly?

—Llamaremos a Control de Animales.

—¡No!

—No te preocupes. No va a pasarle nada malo. La tendrán allí hasta que puedas ir a buscarla, ¿vale?

Regresamos al coche. Vi a unas personas hablando entre ellas. Al final, vino una camioneta que tenía una jaula en la parte trasera; de ella se bajó un hombre con un palo y un lazo. Yo no quería ir de paseo en esa jaula, así que me agaché en el suelo en cuanto vi que se acercaba a mí.

—No, espere, no pasa nada. Molly, ven aquí —dijo mi chica. La obedecí y me acerqué. Ella se arrodilló y me cogió la cabeza con las manos—. Molly, tendrás que irte unos días al centro de acogida, pero vendré a buscarte. Te lo prometo, Molly. ¿Vale? Buena perra.

C. J. parecía triste. Me llevó hasta la camioneta y el hombre del lazo abrió la puerta de la jaula. Miré a C. J. ¿En serio?

—Vamos, Molly. ¡Arriba! —dijo C. J. Salté al interior de la jaula y me di la vuelta. C. J. me acercó la cara y le lamí las lágrimas del rostro—. Estarás bien, Molly. Lo prometo.

El paseo dentro de la jaula no fue nada divertido. Cuando la camioneta se detuvo, el hombre abrió la jaula y me pasó el lazo por la cabeza. Entramos en un edificio.

Los olí y los oí antes de que hubieran abierto la puerta: perros. En el interior, el suelo era resbaladizo. Yo no podía

173

caminar bien. Los ladridos eran tan fuertes que ni siquiera podía oír el ruido de mis uñas al arañar el suelo en un intento de impulsarme.

El estruendo resultaba increíble, como si los perros se estuvieran amotinando. El hombre me llevó hasta una habitación y me hizo caminar por una rampa que subía hasta una mesa metálica. Allí había dos hombres que me sujetaron.

—Es tranquila —dijo el hombre del lazo.

Sentí que me sujetaban el pelaje de detrás de la cabeza y noté un dolor leve y agudo. Meneé la cola con las orejas gachas para hacerles saber que, aunque me habían hecho daño, no pasaba nada.

—Esto es lo primero que hacemos: vacunarlos. No pasa nada si ya lo están. Así evitamos una epidemia de moquillo —dijo uno de los hombres. Pero había tanto ruido que tenía que gritar para hacerse oír—: Así que este será tu trabajo, como parte del proceso de introducción.

—Comprendido —dijo el tercer hombre.

—La propietaria está en el centro femenino. Es una menor —dijo el hombre del lazo.

—Sí, bueno, le quedan cuatro días.

Me llevaron por un estrecho pasillo. El suelo era igual de resbaladizo que el anterior: resultaba muy molesto. Había jaulas a cada lado del pasillo; en cada una de ellas había un perro. Algunos ladraban; otros lloraban. Algunos se ponían delante de la puerta; otros se escondían en el fondo. El lugar apestaba a miedo.

Ya había estado antes en sitios llenos de perros que ladraban, pero nunca tan fuerte como aquí.

En el ambiente flotaba un olor a productos químicos. Era el mismo que el de la máquina que había en el sótano, donde C. J. ponía la ropa para mojarla. Y también noté olor de gato, aunque no podía oírlos, quizá por el ruido de todos aquellos ladridos.

Me metieron en una jaula. No había caseta, pero sí una pequeña toalla encima del suelo resbaladizo. El hombre cerró la puerta de la jaula. En el suelo había un desagüe. Lo olí: muchos perros lo habían marcado con su olor. Decidí no hacerlo en ese momento.

Al otro lado del pasillo, delante de mí, un perro grande y negro se lanzaba contra la puerta de la jaula y gruñía. Al verme, me clavó los ojos y me enseñó los dientes. Era un perro malo.

Me enrosqué encima de la toalla. Echaba de menos a C. J.

Los ladridos, los aullidos y los gemidos continuaron y continuaron.

Al cabo de un rato, me uní a ellos. No pude evitarlo.

18

*E*staba asustada. A pesar del estruendo constante de los ladridos, nunca en mi vida me había sentido tan sola. Me enrosqué tanto como pude encima de la toalla, en el suelo. Me dieron agua y comida en unos cuencos de papel. El perro de la jaula de delante destrozó su cuenco, pero yo no lo hice.

Después de un buen rato, un hombre vino a buscarme. Me sacó de la jaula y me puso unas tiras de tela en el hocico, así que solo podía abrir la boca un poco. Me llevó hasta una habitación fría cuyo suelo era igual de resbaladizo. Allí había más silencio, aunque los ladridos todavía se oían.

En esa habitación se notaba el olor de muchos perros: olor de miedo, de dolor y de muerte. Ese era un lugar en que los perros morían. El hombre me levantó y me puso encima de un agujero cubierto con una rejilla de metal. Me quedé de pie, con las patas temblorosas. Intenté apretarme contra el hombre en busca de consuelo, pero él se apartó.

Reconocí el olor de otro hombre: el tipo que había estado en la habitación el día anterior. Le meneé la cola un poco, pero él no pronunció mi nombre.

—Vale. ¿Es la primera vez que estás aquí? —dijo el hombre que me había llevado hasta allí.

—Bueno, no. Cargué los coches de los que recibieron la eutanasia ayer —dijo el hombre que yo conocía.

—Vale, bueno, esta es la prueba de agresividad. Si no la pasan, tendrán poco tiempo. Eso significa que solamente tendrán cuatro días antes de que acabemos con ellos. Si la pasan, les damos más tiempo, si es que no estamos abarrotados.

—¿No estáis siempre abarrotados?

—Ja, ja, sí, lo vas pillando. A veces no estamos abarrotados del todo, pero normalmente sí lo estamos. —El otro hombre fue hacia una encimera y cogió un cuenco lleno de comida—. Lo que voy a hacer ahora es dejar que huela esto y luego hacer que se crea que es su comida. Después empezaré a apartarla con esta manopla de plástico. ¿Vale? Si intenta morder la mano, eso es agresión. Si gruñe, es agresión.

—¿Cómo sabe el perro que es una mano?

—Tiene la forma de una mano y un color parecido. Es una mano.

—Bueno, vale. Pero a mí me parece más bien un trozo de plástico.

—Pues gruñe.

Los dos hombres se rieron.

Yo no sabía qué estaba pasando, pero nunca me había sentido tan deprimida. El hombre me puso la comida delante. Yo empecé a salivar. ¿Pensaban darme de comer? Me sentía hambrienta. Bajé el hocico y el hombre se acercó a mí con un gran palo.

Después de haber estado con C. J. en el coche, había aprendido que a veces los palos podían ser malos, así que en cuanto el hombre me acercó el palo al hocico, gruñí. Estaba demasiado asustada para hacer otra cosa.

—Vale, ya está —dijo el hombre de la comida—. Agresiva.

—Pero la dueña dijo que vendría a buscarla —objetó el otro hombre.

177

—Siempre lo dicen. Los ayuda a sentirse mejor. Pero, ¿sabes qué?, nunca lo hacen.

—Pero...

—Eh, ya sé que eres nuevo, pero deberás acostumbrarte deprisa si quieres durar aquí. Es un perro agresivo. Y ya está.

—Sí, de acuerdo.

Me llevaron de vuelta a mi jaula. Me enrosqué y cerré los ojos. Al cabo de un rato, pude dormirme, a pesar de la fuerza de los ladridos.

Pasó un día, y luego, otro. Me sentía ansiosa y enferma. Me empezaba a acostumbrar al ruido y a los olores, pero no me acostumbraba a estar sin mi chica. Y cuando ladraba, lo hacía a causa del dolor que me producía la separación.

Pasó un día más. Ese fue el peor de todos, pues parecía que mi chica me había olvidado por completo. Necesitaba que C. J. viniera a buscarme de inmediato.

178 El estruendo era tan fuerte que noté la presencia de una mujer delante de mi jaula sin haberla oído antes. Abrió la puerta y se dio una palmada en las rodillas. Despacio, insegura, me acerqué a ella con las orejas gachas y meneando la cola. Ella enganchó una correa a mi collar y me llevó por delante de las otras jaulas. Los perros aullaban y ladraban y gruñían y gemían.

La mujer me llevó hasta una puerta. Al abrirla, vi que C. J. estaba ahí. Lloriqueando, empecé a dar saltos para lamerle la cara.

—¡Molly! —exclamó—. Oh, Molly, Molly, ¿estás bien? Lo siento mucho, Molly, ¿estás bien?

Estuvimos varios minutos abrazándonos y dándonos besos. Mi chica. Después de todo, no se había olvidado de mí. El gran amor que emanaba de ella me hacía sentir el corazón henchido de alegría.

C. J. me llevó hasta un coche. La seguí hasta allí, completamente feliz. Abrió la puerta trasera, pero yo estaba tan contenta de marcharme de ahí que subí antes de darme cuenta de por qué no iba en el asiento delantero: Gloria estaba allí, sentada en mi sitio. Me miró. Yo meneé la cola, pues estaba tan contenta de irme de aquel sitio en que los perros ladraban tanto que incluso verla a ella me llenaba de alegría.

—Buena perra, buena perra —dijo C. J. mientras se sentaba ante el volante y ponía en marcha el coche.

Fuimos hasta un sitio donde había tanto ruido como el de los perros, pero aquí el ruido lo hacían las personas. Se oían coches, autobuses, gritos y otros sonidos. De vez en cuando, un estruendo parecía hacer temblar el mismo aire.

C. J. sacó una caja del maletero que tenía una puerta con una reja metálica en uno de los extremos. La abrió y me dijo:

—Entra en el transportín, Molly. —Yo la miré con expresión interrogante—. Transportín —repitió. Bajé la cabeza y entré—. Buena perra, Molly. Este es tu transportín.

Cuando estuve dentro, me di cuenta de que podía ver a través de la reja de metal, pero las demás paredes de la caja eran sólidas.

—Vas a hacer un viaje en avión, Molly. Todo irá bien —dijo C. J. metiendo los dedos por la rejilla.

Ese fue uno de los días más extraños de mi vida. A veces, el transportín se inclinaba a un lado y a otro; al final, me pusieron en una habitación en la cual había otro perro: lo podía oler, aunque no podía verlo. El perro empezó a ladrar, pero yo ya no era capaz de ladrar más y solamente quería dormir. Sin embargo, en un momento dado, la habitación se llenó de un ruido que me hizo rechinar los dientes; el transportín vibraba y yo sentía el cuerpo pesado, como si estuviéramos dando un paseo en coche. El perro ladraba y ladraba y ladraba; no obstante, yo ya había soportado ladridos peores, por lo que aquello no me inquietó lo más mínimo. La vibración me hacía sentir una gran fatiga. Pronto me dormí.

Después de un buen rato de balanceo y vibración, me encontré en un lugar lleno de personas y donde había el mismo ruido que antes. C. J. apareció y abrió el transportín: salí disparada. Me sacudí, lista para divertirme. C. J. me llevó fuera, hasta una zona con hierba, para que hiciera mis necesidades. Allí, la combinación de aromas que flotaban en el aire frío me informó de que estábamos cerca de casa. Meneé la cola de felicidad.

Un hombre nos condujo de paseo en coche. Gloria se puso a su lado, y C. J. se sentó conmigo. Feliz de estar con ella de nuevo, quería sentarme en el regazo de C. J., pero cuando lo intenté, ella se rio y me apartó.

Cuando llegamos a casa, vi a Trent. ¡Y también Rocky! Salí disparada del coche y corrí hasta mi hermano. Él me olisqueó de arriba abajo, oliendo —sin duda— todos los perros y las personas con que me había encontrado desde la última vez que lo había visto. Luego estuvimos jugando a luchar y con la nieve, pero yo todavía me sentía muy insegura y no permitía que Rocky me llevara muy lejos de C. J., que estaba sentada en los escalones, con Trent.

—Ha sido… una aventura, eso seguro —dijo C. J.—. Debo decir que la próxima vez que vaya a California me alojaré en un lugar que tenga ducha. El Ford no tiene.

—¿Qué le ha pasado al Ford?

—Dios, Gloria me ha obligado a venderlo. Se supone que tenía demasiada independencia: esta es la nueva teoría. Que me escapé de casa por culpa de la independencia. Además, quiere que vaya a ver a un psicólogo. Está convencida de que alguien que no quiera vivir con ella debe estar loco.

—¿Cómo fue? Cuando apareció, quiero decir.

—¿Quieres saberlo? Gloria en estado puro. Apareció ante el mostrador de esa mujer y le dijo: «Gracias a Dios, gracias a Dios». Y también le dio las gracias a todo el personal por haber cuidado de su «pequeña». Creo que pensaba que le darían un premio o algo: la madre del año. Y luego, cuando subimos al coche, me preguntó si me quería ir a dar una vuelta con ella para ver las casas de los famosos.

Rocky había intentado varias veces que me lanzara a perseguirlo por el patio, pero ahora había desistido: se había tumbado de espaldas, mostrándome el cuello para que se lo mordisqueara. C. J. alargó una mano y me acarició. Era maravilloso estar en casa.

—Así que me soltó ese rollo y me dijo que ya había llegado a un acuerdo con un vendedor para que se deshiciera del coche, que estaba retenido, supongo. Y luego fuimos a comer al Ivy, que es el restaurante donde se supone que se pueden ver a todas las estrellas de cine. Me dijo que estaba decepcionada conmigo y que ella quería mucho a su madre; luego me preguntó si quería probar su vino, porque en California el vino es tan bueno como en Francia. En un restaurante… y quiere darle vino a una menor… Después fuimos a recoger a Molly y volamos en primera clase: estuvo todo el trayecto flirteando con el auxiliar de vuelo. Como él le había preguntado varias veces si quería más vino, ella estaba convencida de que estaba loco por ella, a pesar de que el chico tendría apenas unos veinticinco años y estaba claro que no le iban las mujeres.

—¿Y con Molly?

—Bueno, esa es la cuestión, ¿verdad? Le dije que si alguna cosa le sucede a Molly, voy a escribir un libro contando por qué me vi obligada a escapar; que mi madre es una maltratadora de perros y que me voy a autopublicar y que haré una gira nacional con el libro. Eso le ha dado algo en que pensar.

Rocky y yo habíamos dejado de luchar cuando oí mi nombre. Ahora, él había dado un salto intentando subirse a mi grupa.

—Rocky, para —dijo Trent.

Mi hermano se bajó de mi grupa y se acercó a Trent en busca de aprobación.

—Vamos a dar un paseo —dijo C. J. poniéndose en pie.

Nos pusieron las correas y salimos por la puerta lateral a la calle. ¡Era tan fantástico salir a dar un paseo!

—Oh, y luego me dijo que Shane era de gran ayuda, que era el único que le había dicho que yo estaba en Los Ángeles. ¡Y eso que yo le conté lo chalado que está! Hablan por teléfono y seguro que incluso le ríe las gracias.

—He estado buscándote, ¿sabes? Quiero decir, por Internet, estaba mirando los posts, todo lo que pudiera tener tu nombre.

—Debería haber llamado. Lo siento. Solo es que… no ha sido de las mejores épocas para mí.

—Pero encontré una cosa mientras buscaba —dijo Trent.

—¿El qué?

—En realidad, sería más bien lo que no he encontrado. Es que me di cuenta de que, ¿sabes la inmobiliaria en que tu madre tiene la oficina? Tiene su foto ahí, pero no tiene ninguna lista de propiedades a la venta asignada.

—¿Es su foto glamurosa? Detesto esa foto.

—Sí, creo que sí. Está totalmente desenfocada.

—Pues ella está convencida de que alguien verá esa foto y le ofrecerá un supercontrato.

—En la página se pueden ver las ventas de hasta tres años atrás. El nombre de tu madre no está en ninguna de ellas.

—¿Y eso qué significa?

—Supongo que significa que, durante los tres últimos años, tu madre no ha vendido ni ha tenido asignada ninguna casa.

—Estás bromeando.

—No. Puedes comprobarlo tú misma.

—No tenía ni idea. Ella nunca ha dicho nada sobre eso.

Rocky se puso tenso. Enseguida me di cuenta del motivo:

una ardilla había salido a la calle y se había quedado inmóvil, mirándonos, probablemente paralizada por el miedo. Clavando las patas en la nieve, ambos tiramos de las correas y la ardilla salió disparada hacia un árbol y trepó a él. C. J. y Trent permitieron que nos acercáramos al árbol. Rocky apoyó las patas delanteras en el tronco y ladró para hacerle saber a la ardilla que la hubiéramos atrapado si de verdad hubiéramos deseado hacerlo.

Entonces una mujer nos saludó a nuestras espaldas.

—Hola.

Levanté el hocico. Por el olor, supe que ya nos habíamos encontrado antes, aunque no estaba segura de dónde.

—Hola, Sheryl —dijo C. J.—. Este es mi amigo Trent.

La mujer se agachó y nos alargó la mano a Rocky y a mí para que la oliéramos. Llevaba puesto un guante que tenía un olor delicioso, pero ya sabía que no era conveniente cogerlo con la boca.

—Hola, Trent. Hola, Molly.

—Nos conocimos en la fiesta de Navidad —dijo Trent.

—Sí, claro —repuso Sheryl.

—Ajá —hizo C. J. Ella y Trent se miraron—. Sheryl, en la fiesta, cuando Molly hizo la señal… No lo sabíamos. Quiero decir…

La mujer se enderezó.

—Había… un bulto. Pero era muy pequeño, y yo estaba muy ocupada. Lo hubiera estado posponiendo de no haber sido por Molly.

Meneé la cola.

—Lo detectamos a tiempo, según dice mi médico. Así que… —La mujer soltó una carcajada—. Llamé a tu madre y se lo conté. ¿No te dijo nada?

—No, no lo mencionó. Pero he estado… de viaje.

La mujer se agachó y me dio un beso. Meneé la cola mientras Rocky metía la cabeza en medio.

183

—Gracias, Molly —dijo la mujer—. Me has salvado la vida.

Al llegar a casa, Trent y Rocky se marcharon. C. J. y yo entramos. Había una habitación en la cual yo no entraba nunca porque era el lugar donde Gloria se sentaba a mirar papeles. Fuimos hasta allí. No había nada de comida ni ningún juguete, así que no tenía ni idea de por qué nos interesaba ese cuarto. C. J. abrió unos cajones y miró unos papeles mientras yo me enroscaba y consideraba la posibilidad de echar una cabezada.

—Oh, no —dijo C. J. en voz baja.

Oí que pronunciaba la palabra «no», pero no creía haber sido una perra mala. De repente, C. J. se puso en pie y salió al pasillo. Estaba enfadada y empezó a dar golpes en el suelo con los pies.

—¡Gloria! —gritó.

—¡Estoy aquí!

184 Fuimos hasta su habitación. Estaba sentada en una silla, delante del televisor.

—¿Qué es esto? —preguntó C. J. levantando la voz y agitando unos papeles que tenía en la mano.

Gloria la miró entrecerrando los ojos y soltó un suspiro.

—Ah, eso.

—¿Nuestra casa tiene una sentencia hipotecaria?

—No lo sé. Todo es tan complicado.

—Pero… dice que tenemos seis meses de retraso. ¡Seis meses! ¿Es cierto?

—No puede ser. ¿Tanto tiempo hace?

—Gloria, dice que ya ha empezado el proceso de sentencia hipotecaria. ¡Si no hacemos algo, perderemos la casa!

—Ted dijo que podía prestarme algo de dinero —respondió Gloria.

—¿Quién es Ted?

—Ted Peterson. Te caerá bien. Parece un modelo masculino.

—¡Gloria! En tu escritorio hay un montón de facturas que ni siquiera has abierto.

—¿Has estado revolviendo mi escritorio?

—Vamos retrasadas en los pagos de la casa. ¿Crees que no tengo derecho a saberlo?

—La oficina es mi espacio privado, Clarity.

Mi chica parecía cada vez menos enfadada. Se dejó caer en una silla y los papeles cayeron al suelo. Los olisqueé.

—Bueno, vale —dijo C. J.—. Creo que tendremos que echar mano del dinero de papá.

Gloria no dijo nada. Continuaba mirando la televisión.

—Gloria, ¿me estás escuchando? Siempre has dicho que hay una previsión de dinero por si necesitamos algo de verdad, como una operación o algo. Yo diría que perder la casa cuenta como necesidad.

—¿Y por qué crees que vamos retrasadas en los pagos?

—¿Disculpa?

—Ahí no había dinero suficiente. Tu padre debería haber contratado un seguro de vida más completo, pero nunca fue muy planificador.

C. J. se había quedado muy quieta; podía oír el latido de su corazón. Le di un golpe de hocico en la mano, preocupada, pero no me hizo caso.

—¿Qué estás diciendo? ¿Estás diciendo que cogiste el dinero? ¿El dinero de papá? ¿Mi dinero? ¿Cogiste mi dinero?

—Nunca ha sido tu dinero, Clarity. Era el dinero que tu padre dejó para que pudieras vivir. Todo el dinero que he gastado ha sido por ti. ¿Cómo crees que he pagado tu comida, la casa? ¿Y los viajes, el crucero?

—¿El crucero? Has arrasado el fondo para que pudiéramos irnos de crucero?

—Algún día serás madre y lo comprenderás.

—¿Y qué me dices de tus cosas, Gloria? ¿Qué me dices de tus coches, de tu ropa?

—Bueno, evidentemente debo tener ropa.

C. J. se puso en pie de un salto. Estaba tan rabiosa que me puse rígida y me asusté.

—¡Te odio! ¡Te odio! ¡Eres la persona más despreciable del mundo! —chilló.

Llorando, salió corriendo por el pasillo y yo fui tras ella. Recogió unas cuantas cosas de la encimera de la cocina, salió por la puerta, fue hasta el coche de Gloria y abrió la puerta. Salté dentro: ¡asiento delantero!

C. J. continuaba llorando mientras conducía por la calle. Yo miraba por la ventana, pero no vi a la ardilla que habíamos perseguido antes. C. J. tenía una mano al lado de la oreja, sujetando el teléfono.

—¿Trent? Oh, Dios mío, Trent, Gloria se ha gastado todo mi dinero. Mi dinero. ¡El seguro de papá ha desaparecido! Dice que lo ha hecho por mí, pero es mentira, se fue de vacaciones y se compró cosas y lo hizo con mi dinero. Oh, Trent, era el dinero para la universidad, era mi... Oh, Dios.

La tristeza de C. J. era sobrecogedora. Me puse a gemir y apoyé la cabeza en su regazo.

—No, ¿qué? No, me he ido. Estoy conduciendo. ¿Qué? No, no he robado el coche, no es suyo, lo ha comprado con mi dinero —gritó C. J.

Se quedó callada un momento. Se secó las lágrimas.

—Lo sé. ¿Puedo ir a tu casa? Estoy con Molly.

Meneé la cola.

—Un momento —dijo C. J.

Se quedó callada, el cuerpo quieto; otra emoción la embargó completamente: el miedo.

—Trent, es Shane. Está justo detrás de mí.

C. J. se giró y luego volvió a mirar hacia delante. Noté una pesadez en el cuerpo que significaba que había acelerado el coche.

—No, estoy segura. ¡Me está siguiendo! ¡Te volveré a llamar!

C. J. tiró el teléfono a mi asiento, donde rebotó y cayó al suelo, delante de mí. Lo miré, pero decidí no bajar para olisquearlo.

—Sujétate, Molly —dijo C. J.

Me costaba no dar tumbos. Oí el claxon de un coche. El automóvil giró y caí al suelo. De repente, nos detuvimos y luego volvimos a arrancar. Tomamos otra curva.

C. J. inspiró profundamente.

—Vale, vale, creo que se ha ido, Molly —dijo.

Se inclinó hacia delante para recoger el teléfono. En ese momento algo me golpeó con tal fuerza que estuve a punto de perder el sentido. Oí gritar a C. J. y un dolor agudo me recorrió todo el cuerpo y no pude ver nada. Sentí que caíamos.

Tardé un momento en comprender lo que estaba pasando. Ya no estaba en el asiento delantero. Me encontraba sobre el techo del coche, en la parte interior. C. J. estaba encima de mí, en el asiento.

—Oh, Dios, Molly, ¿estás bien?

Notaba sabor de sangre en la boca. Además, no podía menear la cola ni mover las piernas. C. J. se desabrochó el cinturón de seguridad y se acercó.

—¡Molly! —gritó—. ¡Oh, Dios, Molly, por favor, no puedo vivir sin ti, por favor, Molly, por favor!

Sentía su terror y su tristeza; deseaba consolarla, pero lo único que podía hacer era mirarla. Ella puso las manos alrededor de mi cara. Era muy agradable sentir su contacto en mi pelaje.

—Te quiero, Molly. Oh, Molly, lo siento, oh, Molly, oh, Molly —decía.

De repente, ya no la podía ver y oía su voz muy distante.

—¡Molly! —volvió a gritar.

Sabía qué estaba sucediendo. Notaba la oscuridad invadiéndolo todo a mi alrededor. Recordé haber estado con Hannah, el último día que me llamé Chico. Y, mientras me iba, pensé en Clarity de pequeña y deseé que encontrara un perro que cuidara de ella.

Entonces, con un sobresalto, me di cuenta de una cosa: yo había sido ese perro.

19

*L*as otras veces, siempre que las cálidas y suaves oleadas me mecían y arrastraban lejos mi dolor, me había dejado llevar por la corriente, flotando sin dirección. Y cada renacimiento había sido una sorpresa para mí, pues siempre creía que ya había cumplido mi misión, que ya había realizado mi propósito de vida.

Pero esta vez no fue así. Mi chica tenía problemas y yo debía regresar con ella. Cuando las oleadas aparecieron y dejé de sentir las patas y el pelaje, hice un esfuerzo consciente para que mis patas volvieran a responderme. Quería renacer.

Así pues, cuando recuperé la conciencia, sentí un gran alivio. Tenía la sensación de haber estado dormido durante menos tiempo que las otras veces, lo cual era bueno. Ahora solamente debía hacerme lo bastante alto y fuerte para encontrar de nuevo a C. J. y ser su perro.

Mi madre era de un color marrón claro, al igual que mis dos hermanas, que ya buscaban con determinación alimentarse. Cuando empecé a distinguir los sonidos, lo primero que oí fueron ladridos de perro. De muchos perros.

Me encontraba, otra vez, en un lugar lleno de perros que

ladraban. Al cabo de un rato, el escándalo pasó a formar parte del paisaje sonoro y dejé de oírlo.

Mientras la luz todavía fuera borrosa y mis miembros fueran débiles, lo único que podía hacer era dormir y comer. Pero recordaba qué era lo que debía hacer, sabía cómo avanzar hasta mi madre y que debía frenar la impaciencia que producía mi debilidad.

Había dos mujeres cuyas voces oía de vez en cuando, cuya presencia también notaba a veces. Y siempre que venían, el cuerpo de mi madre se ponía a temblar con el movimiento de su cola: lo notaba mientras mamaba de ella.

Sin embargo, cuando mi visión se hizo más clara y pude ver a una de esas mujeres, me quedé conmocionada. La que se agachaba sobre nosotros era una mujer gigantesca.

—Qué monadas —dijo—. Buena perra, Daisy.

Mi madre movió la cola, pero yo miraba fijamente a esa enorme mujer, parpadeando para poder verla bien. Ella acercó la mano para acariciar a mi madre y me encogí de miedo: esa mano era terriblemente grande, más grande que yo, más grande que la cabeza de mi madre.

Mientras crecía, me limitaba a observar a mis hermanas cuando se afanaban por saludar a la mujer gigante cada vez que ella se acercaba a la jaula. Yo me quedaba a un lado, temeroso; ni siquiera seguía a mi madre cuando se acercaba para recibir caricias. ¿Por qué mis hermanas no tenían miedo?

Un día, la mujer me cogió. Sus manos me cubrían por completo; le gruñí, a pesar de que sus fuertes dedos me hacían sentir atrapado.

—Hola, Max. ¿Eres un perro fiero? ¿Vas a ser un perro guardián?

Entonces otra mujer gigante se acercó para verme. También le gruñí.

—Puede que el padre sea un yorkshire terrier —dijo.

—Desde luego, parece una mezcla de chihuahua y yorkshire —repuso la mujer, que me sostenía entre las manos.

Pronto supe que se llamaba Gail. Era la persona que más tiempo pasaba conmigo de entre todas las que había en ese lugar.

Me llamaron Max; mis hermanas eran Abby y Annie. Siempre que jugaba con ellas tenía la sensación de que tendría que estar buscando a C. J. Pero las otras veces había sido ella la que me había venido a buscar a mí cuando yo estaba en un lugar lleno de perros, así que, probablemente, no me quedaba otra que esperar. Y ella aparecería. Mi chica siempre aparecía.

Cierto día, nos llevaron a Abby, a Annie y a mí a un pequeño cercado donde había más perros. Todos eran cachorros, y corrieron a saludarnos. Eran demasiado jóvenes para saber que no se deben tocar los hocicos directamente ni se debe saltar encima de otro perro sin parar. Desdeñoso, me aparté de uno de ellos, que me estaba acosando. Intenté no hacer caso de su lengua y me moví para demostrarle que lo primero que había que hacer era olisquearnos educada y mutuamente los genitales.

Me di cuenta de que había más perros en otros cercados; cuando miré hacia ellos, me llevé una sorpresa: ¡también eran enormes! ¿Qué lugar era ese en que los perros y las personas eran monstruos gigantescos? Me acerqué a la valla que nos separaba para oler a un perro blanco que era diez veces más grande que mi madre. El perro bajó la cabeza. Nos olisqueamos a través de la valla y luego me aparté, ladrando, para hacerle saber que no tenía miedo (aunque, por supuesto, sí lo tenía).

—No pasa nada, Max. Ve a jugar —me dijo Gail, la gigante.

Aparte de cuando estábamos en el cercado, no íbamos nunca sin correa. Un día, me llevaban de vuelta a mi jaula por un pasillo repleto de jaulas con perros cuando vi a uno que se parecía un poco a Rocky: el mismo gesto ansioso de la cabeza, las mismas patas delgadas. Sabía que no era Rocky, pero el parecido era tan notable que me detuve. Pero ese perro, al igual que muchos de los que había en ese lugar, era gigantesco.

Y entonces fue cuando se me ocurrió: no era que las personas y los perros fueran enormes, sino que yo era muy pequeño. ¡Me había convertido en un perro diminuto!

Por supuesto, ya me había encontrado con perros diminutos antes, pero nunca había pensado en cómo resultaría ser uno de ellos. Siempre había sido un perro grande, porque las personas siempre necesitan la protección que un perro grande les puede dar. ¡Y, desde luego, C. J. la necesitaba! Recordé la vez en que me encontraba en el coche con ella y ese hombre intentó entrar y golpeó la ventanilla con un palo y yo lo ahuyenté gruñéndole. ¿Un perro diminuto podría hacer eso?

Decidí que sí. Si volvía a suceder, podría gruñir para que el hombre supiera que, si abría la puerta, lo mordería. Luchar con perros diminutos me había enseñado que tienen los dientes muy afilados. Solo debería convencer a los hombres malos de que estaría dispuesto a clavarles los míos en las manos. Eso impediría que entraran en el coche.

De vuelta en el cercado, observé a Abby y a Annie jugar. Ellas me miraban. Naturalmente, buscaban el liderazgo en mí, pues era evidente que yo era el perro con mayor experiencia. O, por lo menos, eso es lo que deberían haber hecho cuando quise unirme a su juego. Pero, en lugar de someterse, ellas se unieron contra mí. Y esa era otra de las cosas que había aprendido con el tiempo: normalmente, los perros pequeños acababan tumbados de espaldas e inmovilizados. Debería esforzarme mucho para demostrar que, aunque fuera pequeño, no me iba a dejar pisotear por los demás.

Así que, la siguiente vez que nos llevaron a los cercados, puse en práctica mi decisión. Les iba a dejar claro que, fuera cual fuera su tamaño, yo era el perro de referencia. Por tanto, cuando un perro negro y marrón cuyas patas y orejas eran más grandes que él —y que, por tanto, algún día sería tan grande como Rocky— intentó vencerme con la superioridad de su peso, me colé por entre sus patas delanteras y lo perseguí amenazándolo con mis afilados dientes hasta que se tumbó de espaldas y se rindió sumisamente.

—Sé bueno, Max —me dijo Gail.

Sí, me llamaba Max, y era un perro al que había que tener en cuenta.

Un día, después de mamar, nos pusieron en unas jaulas y nos llevaron a dar un paseo en coche hasta unos cercados exteriores. Dejaron a nuestra madre en una caseta separada de nosotros, lo cual intranquilizó a Abby y a Annie, pero no a mí. Yo sabía lo que iba a suceder. Era el momento en que venían personas y los cachorros se iban a casa con ellas.

Los cercados no tenían suelo, estaban directamente sobre la tierra. Deseaba revolcarme por la hierba y disfrutar del sol. Pero me quedé perplejo al percibir los olores y los sonidos. Había un ruido constante; no eran ladridos, sino una especie de rugido mecánico y unos chirridos que yo ya había sufrido el día en que C. J. me puso en el transportín de plástico, después de recogerme del lugar en que los perros ladraban tanto, al lado del mar. Y los olores: coches, perros, personas, agua, hojas, hierba y, por encima de todo eso, comida. Enormes ráfagas de olores me envolvían. Esa cantidad de estímulos nos dejaron deslumbrados tanto a Abby y a Annie como a mí. Nos quedamos quietos, con los hocicos al viento, recibiendo todos esos aromas.

Muchas personas vinieron a vernos al cercado. Algunas se quedaban un buen rato jugando con los cachorros.

—¡Mira qué cachorros! —decían al vernos a mis hermanas y a mí.

Abby y Annie corrían hacia ellas con gran entusiasmo y amor, pero yo siempre me apartaba. Estaba esperando a C. J.

Dos hombres se arrodillaron a nuestro lado y pusieron los dedos a través de la valla. Gail se acercó para hablar con ellos.

—Creemos que tienen algo de yorkshire. Su madre es la chihuahua que está ahí.

Gail abrió la verja. Abby y Annie salieron atropelladamente. Los dos hombres rieron, encantados. Yo me quedé al fondo del cercado con la cabeza gacha.

Esa fue la última vez que vi a mis hermanas. Me alegró que esos dos hombres —que, evidentemente, eran muy buenos amigos— se las llevaran juntas. Así Abby y Annie podrían verse, igual que en su momento nos había pasado a Rocky y a mí.

—No te preocupes, Max. Encontrarás un hogar —me dijo Gail.

Unos días después regresamos a ese mismo lugar. Y, en esa ocasión, mi madre y otro perros se fueron con otras personas. La puerta de mi cercado se abrió tres veces. Y las tres veces yo me agaché en el suelo y gruñí cuando intentaron cogerme.

—¿Qué le pasa? ¿Recibió malos tratos? —le preguntó un hombre a Gail.

—No, nació en el centro. No lo sé. Max es… poco sociable. Tampoco juega con los demás perros. Creo que es como quien se queda en casa y no recibe muchas visitas.

—Bueno, pues no es como yo —dijo el hombre soltando una carcajada.

El hombre, al final, se fue con un perro blanco.

Al cabo de un rato, otro hombre se acercó a Gail.

—¿Ha habido alguien interesado en Max? —preguntó.

Lo miré con actitud de súplica, pero él no hizo ningún gesto de abrir la puerta para que yo pudiera ir en busca de C. J.

—Me temo que no —respondió Gail.

—Tendremos que ponerlo en la lista, pues.

—Lo sé.

Me estaban mirando. Con un suspiro, me tumbé sobre la hierba. Supongo que tendría que esperar un poco más.

—Bueno, quizá tengamos suerte. Al menos eso espero —dijo el hombre.

—Yo también —repuso Gail.

Parecía triste. La miré un momento antes de apoyar la cabeza sobre las patas.

Y entonces, en esa tarde despejada y cálida, en medio del estruendo de los coches y de las máquinas que vibraban, en mitad de los olores de innumerables perros y personas, vi a una mujer que caminaba por la calle. Me puse en pie para verla mejor. Había algo en su actitud, en la manera de caminar, en el pelo y en la piel…

Caminaba deprisa con un perro enorme al lado. No era enorme porque lo comparara conmigo, sino porque era el más grande que había visto jamás. Me recordó al asno que vivía en la granja, tantos años atrás: era igual de grande, con un cuerpo delgado y una cabeza enorme. Cuando la mujer se acercó, el viento me trajo su olor.

Por supuesto, era C. J.

Me puse a ladrar. Mis ladridos resultaban frustrantemente débiles en medio de todo aquel ruido. Conseguí que el perro gigante me mirara un momento, pero C. J. ni siquiera dirigió la mirada en mi dirección. Frustrado, la observé alejarse por la calle hasta desaparecer.

¿Por qué no se había detenido a mirarme?

Al cabo de unos días, estaba otra vez en el cercado, en la misma zona de hierba. Y precisamente a la misma hora, apareció C. J., otra vez con el mismo perro. Ladré y ladré, pero ella no me vio.

—¿Por qué ladras, Max? ¿Qué has visto? —me preguntó Gail.

Meneé la cola. ¡Sí, déjame salir, debo correr tras C. J.!

El mismo hombre se acercó a Gail, pero yo estaba concentrado en C. J., que se alejaba.

—¿Qué tal va Max? —preguntó.

—No muy bien, me temo. Esta mañana le ha dado un mordisco a una niña.

—Me parece que, aunque lo diéramos en adopción, no creo que haya nadie sea capaz de manejarlo —dijo el hombre.

—Eso no lo sabemos. Si se le ofrece un entorno mejor, quizá esté bien.

—Bueno, a pesar de todo, Gail, ya sabes lo que pienso.

—Ya.

—Si no le aplicamos la eutanasia, acabaremos con un montón de perros inadoptables y no podremos hacer nada por ellos.

—¡No ha mordido a nadie!

—Has dicho que ha dado un mordisco.

—Lo sé, pero... Es muy dulce, quiero decir que, en el fondo, creo que es un perro fantástico.

Me pregunté qué significaba que C. J. tuviera un perro al lado. ¿Era su perro? Todo el mundo necesita un perro. Y sobre todo ella, pero ¿por qué necesita a un perro tan grande? La verdad era que allí había mucha más gente que en cualquier otra parte en que habíamos vivido, así que quizá necesitara un perro grande como ese para que la protegiera en caso de que alguien intentara entrar en su coche en medio de la lluvia nocturna. Pero estaba claro que ese perro no sería capaz de proteger a mi chica tan bien como yo. Solo yo conocía a C. J. desde que era niña.

—Te diré lo que vamos a hacer —le dijo el hombre a Gail—. Le daremos otra oportunidad a Max en la próxima feria de adopción. ¿Cuándo es? ¿El martes? Pues una más. Quizá tengamos suerte. Pero sabes que ya se ha rebasado el tiempo establecido.

—Sí —exclamó Gail—. Pobre Max.

Esa noche pensé en C. J. Había crecido y llevaba el pelo más corto. Aun así, la reconocía. Uno no se pasa horas y horas mirando a una persona para, luego, olvidar qué aspecto tiene, aunque haya cambiado un poco. Además, a pesar de que en ese lugar estaba envuelta en un montón de aromas, todavía podía detectar su olor.

La siguiente vez que me llevaron a ese cercado al aire libre, hacía un día nublado. Gail se puso al otro lado de la valla y se inclinó para hablar conmigo.

—Ya está, Max. Es tu último día. Lo siento mucho, pequeño. No tengo ni idea de qué debe de haberte pasado para que seas tan agresivo. Sigo creyendo que eres genial, pero no puedo tener perros en mi apartamento. Ni siquiera un cachorro tan pequeño como tú. Lo siento mucho mucho.

No esperaba ver a C. J. hasta el final del día; sin embargo, al cabo de media hora de estar allí, la vi. Llevaba dos bolsas y caminaba sola, sin ningún perro grande al lado. Al verla, ladré. Ella se giró y me vio. ¡Me miró directamente a los ojos! Pareció que aminoraba el paso un segundo para echar un vistazo a las jaulas y a la gente desde el otro lado del cristal. Pero entonces, inexplicablemente, continuó andando.

¡Me había mirado directamente a los ojos! Me puse a gemir y luego a llorar mientras rascaba la valla. Gail se acercó.

—Max, ¿qué sucede?

Yo continuaba mirando a C. J. y ladraba con todas mis

fuerzas. No podía reprimir el dolor. Me sentía tan frustrado. Oí que se abría la puerta de la jaula y Gail se inclinó hacia mí y me puso la correa.

—Ven, Max —dijo.

Lancé una dentellada hacia ella, tan cerca de sus dedos que casi pude notar el sabor de su piel. Gail reprimió una exclamación y se apartó, dejando caer la correa. Salí por la puerta abierta y corrí tras C. J. arrastrando la correa por el suelo.

¡Qué alegría estar por fin al aire libre corriendo tras mi chica! ¡Qué día tan fantástico!

La vi cruzar la calle, así que pasé a toda velocidad por delante de los coches. Se oyó un potente chirrido y un camión enorme y muy alto se detuvo justo delante de mí, pero fui capaz de salir de debajo de esa mole sin siquiera tener que agacharme. Esquivé otro coche y conseguí llegar al otro lado. C. J. estaba a unos cuantos metros de mí y giraba por una calle.

Aceleré todo lo que pude. Un hombre abrió la puerta de un edificio muy alto y C. J. entró. Arrastrar la correa me hacía ir un poco más despacio, pero giré la esquina y conseguí cruzar la puerta de cristal antes de que se cerrara.

—¡Eh! —gritó el hombre.

Me encontraba en una habitación grande con el suelo resbaladizo. Esquivé al tipo, buscando a C. J. Y la vi: estaba de pie dentro de una cosa que parecía un armario con una luz arriba. Feliz, corrí hacia ella haciendo ruido con las uñas al rascar el suelo.

C. J. bajó la mirada y me vio. Las puertas de esa cosa empezaron a juntarse. De un salto, me metí dentro y apoyé las patas delanteras en sus piernas, lloriqueando.

La había encontrado, había encontrado a mi chica.

—¡Oh, Dios mío! —dijo C. J.

De repente, noté un tirón de la correa.

—¡Estás atrapado! ¡Oh, Dios! —gritó.

Dejó caer las bolsas. Al impactar contra el suelo, hicieron mucho ruido y desprendieron un fuerte olor de comida. C. J. quería cogerme, pero yo no podía llegar hasta ella. La correa tiraba de mí hacia atrás.

—¡Oh, no! —chilló C. J.

20

C. J. se tiró al suelo y empezó a buscar con las manos en mi cuello mientras yo iba resbalando hacia atrás sin poder hacer nada.

El collar me apretaba tanto que me impedía respirar. Ella estaba aterrorizada y gritaba:

—¡No! ¡No!

La correa tiraba de mí irremediablemente y me encontré apretado contra la pared que tenía a las espaldas. Entonces oí un chasquido y el collar se me soltó. Caí al suelo y oí un chirrido. De repente, hubo un temblor y las puertas se abrieron un poco. El collar desapareció.

—Oh, cachorrito —exclamó C. J. Me cogió en brazos y yo le lamí la cara. Era maravilloso sentirme entre sus brazos otra vez, sentir el sabor de su piel y oler su familiar aroma—. ¡Hubieras podido morir delante de mí!

También percibí el olor de perros y de un gato. Y, por supuesto, el fuerte olor de los líquidos que goteaban de las bolsas que había dejado caer al suelo.

Cuando las puertas se abrieron, la seguí por un pasillo enmoquetado. A medida que avanzábamos, el olor de perro se hizo más fuerte. Al final, nos detuvimos ante una puerta. C. J. metió algo en ella y la abrió.

—¡Duke! —llamó mientras le daba un empujón a la puerta con la cadera para cerrarla.

Oí al perro antes de verlo: era el enorme perro que ya había visto caminando con C. J. Era blanco y gris, con unas manchas negras en el pecho que, juntas, eran más grandes que mi madre. Al verme, se detuvo en seco con la cola levantada.

Puesto que yo estaba ahí para cuidar de C. J., fui directamente hacia él. El perro bajó la cabeza y yo le gruñí. No pensaba ceder ni un milímetro.

—Sé amable —dijo C. J.

Ni siquiera podía elevarme lo suficiente para olisquearle como era debido. Él intentó hacerlo conmigo, pero lancé una dentellada al aire a modo de advertencia.

C. J. estuvo unos minutos en la cocina mientras el perro gigante y yo dábamos vueltas el uno alrededor del otro, tensos. Yo notaba olor a gato y sabía que había uno viviendo allí, pero no lo veía por ninguna parte. Al final, C. J. salió de la cocina limpiándose las manos con un trapo y me cogió en brazos.

—Vale, cachorro, vamos a ver si averiguamos de quién eres.

Bajé la vista, con desdén, hacia el perro grande, que me miraba con expresión desolada. Quizá él se fuera de paseo con C. J., pero ella nunca lo cogería en brazos para abrazarlo.

Salimos fuera y fuimos hasta la misma habitación pequeña en que nos habíamos encontrado; luego me llevó por un pasillo hasta unas puertas de cristal que daban fuera. El hombre que me había gritado antes estaba allí.

—Hola, señorita Mahoney. ¿Este perro es suyo? —preguntó.

—¡No! Pero casi se estrangula en el ascensor. David, me temo que he dejado caer una botella de vino para salvar a este pequeño; se ha vertido un poco en el suelo del ascensor.

—Me ocuparé de ello ahora mismo.

El hombre alargó una mano enguantada hacia mí, pero yo le solté un gruñido de advertencia, pues no sabía si quería tocarme a mí o a C. J. Y nadie tocaría a C. J. mientras yo estuviera a su lado. Él apartó la mano dando un respingo.

—Valiente —dijo.

Me llamaba Max, no Valiente. Lo ignoré.

C. J. me llevó calle abajo. Alarmado, empecé a notar los olores de los cercados exteriores de los perros. Me retorcí entre sus brazos, intentando escapar.

—Hola, creo que es uno de sus perros —dijo mi chica mientras yo le apoyaba la cabeza en el hombro y le lamía la oreja.

—¡Es Max! —exclamó Gail a mis espaldas.

—Max —dijo C. J.—. Es un encanto. Corrió hasta el ascensor de mi edificio como si viviera allí. La correa se enganchó en las puertas y temí que acabara estrangulado.

Ella me estaba acariciando. Y yo metí la cabeza en el hueco de su cuello. No quería regresar a ese sitio de perros ladradores. Quería estar justo donde estaba en ese preciso momento.

—Es un amor de perro —dijo C. J.

—Nadie ha dicho nunca que Max es un amor de perro —dijo Gail.

Le di un lametón a C. J. en la cara y miré de reojo a Gail, meneando un poco la cola para que supiera que ahora estaba contento y que ella podía continuar cuidando de los otros perros.

—¿Qué raza es?

—Su madre es chihuahua. Creemos que el padre es yorkshire.

—¡Max, eres un *chorkshire*! —C. J. me sonrió—. Bueno. ¿Dónde se lo dejo?

Gail me miraba. Luego levantó la vista hacia C. J. y dijo:

—¿La verdad? No quiero que lo ponga en ninguna parte.

—¿Perdón?

—¿Tiene perro?

—¿Qué? No, no puedo. Quiero decir, soy cuidadora de perros.

—Así que le gustan los perros.

C. J. se rio.

—Bueno, claro. ¿A quién no le gustan los perros?

—Se sorprendería de saberlo.

—La verdad, ahora que lo dice, sí conocí a una persona a la que no le gustaban los perros.

C. J. empezó a apartarme con suavidad de su cuello, contra el cual me había apretado con toda mi fuerza.

—Es evidente que Max está encantado con usted —señaló Gail.

—Es un encanto.

—Le van a practicar la eutanasia mañana por la mañana.

—¿Qué?

Noté que los dedos de C. J. se crispaban sobre mi cuerpo a causa de una sorpresa. Dio un paso hacia atrás.

—Lo siento. Sé que…, sé que suena brutal. En este centro no matamos a los animales.

—¡Eso es horrible!

—Sí, desde luego que lo es. Hacemos todo lo que podemos para darlos en adopción y no tener que matarlos. Pero están a tope, estamos a tope, y cada día llegan perros nuevos. Normalmente podemos colocar a los cachorros, pero Max nunca ha sido cariñoso con nadie y ya ha pasado el tiempo asignado. Necesitamos el espacio.

C. J. me apartó un poco y me miró. Tenía los ojos húmedos.

—Pero… —empezó a decir.

—Hay otros perros que necesitan ayuda. La ayuda que prestamos es como un río: debe continuar fluyendo. Si no, morirían muchos más perros.

—No lo sabía.

—Max nunca ha sido cariñoso con nadie, excepto con usted. Esta mañana quiso darme un mordisco. Y yo soy quien le da de comer. Es como si la hubiera elegido a usted de entre todas las personas de Nueva York. ¿No se lo puede quedar? Por favor. Se le dispensaría el pago.

—Justo hace dos semanas que me quedé con un gato.

—Normalmente, los gatos y los perros que crecen juntos se llevan bien. Le salvaría la vida.

—No puedo, yo… ahora mismo estoy cuidando un perro, quiero decir, soy actriz, pero trabajo cuidando perros. Y todos son grandes.

—Max se apaña con los perros grandes.

—Lo siento.

—¿Seguro? Él solo necesita una oportunidad. Usted es su oportunidad.

—Lo siento mucho.

—Bueno, pues mañana morirá.

—Oh, Dios.

—Mírelo —dijo Gail.

C. J. me miró y sentí un enorme placer al recibir su atención. Ella me levantó un poco, así que le di un lametón en la barbilla.

—Vale —dijo C. J.—. No me puedo creer que esté haciendo esto.

Cuando nos fuimos del lugar de las jaulas de perros, nos dirigimos a un sitio que estaba lleno del ruido de los pájaros y del olor de unos animales que yo nunca había olido. C. J. me puso un collar y le enganchó una correa. Después, con la cabeza alta, caminé al lado de sus tobillos, contento de volver a estar protegiéndola.

Pronto llegamos al pequeño armario donde, antes, por fin había conseguido reunirme con C. J. El líquido que había caído al suelo desde las bolsas ya no estaba, pero todavía se percibía un aroma residual dulce del líquido. Caminé con seguridad a su lado por el pasillo; sin embargo, cuando llegamos a la puerta, C. J. me cogió en brazos.

—¿Duke? —llamó.

Se oyó el ruido como el de un caballo corriendo; aquel enorme perro se abalanzó sobre nosotros. Le enseñé los dientes.

—Duke, Max va a vivir con nosotros ahora —dijo C. J.

Duke levantó el hocico hacia mí, pero C. J. me puso en alto. Lancé un gruñido de advertencia. El perro agachó un poco las orejas y meneó la cola, pero C. J. no me dejó en el suelo.

—¿Sneakers? —llamó C. J.

Me llevó hasta el dormitorio. Duke nos siguió. Vi un gato joven tumbado en la cama. Al verme, abrió mucho los ojos.

—Sneakers, este es Max. Es un *chorkshire*.

C. J. me dejó encima de la cama. Yo creía que sabía cómo manejar a los gatos: solo había que hacerles saber que no les harías daño, siempre y cuando ellos no cruzaran el límite. Troté directamente hasta Sneakers, pero antes de que pudiera ponerle una pata encima, el gato me bufó y me arañó en la cara con sus diminutas y afiladas uñas. ¡Me hicieron daño! Retrocedí, demasiado conmocionado para hacer nada que no fuera gemir, y me caí de la cama. Duke bajó su enorme cabeza y me lamió. Su lengua tenía el tamaño de mi cara.

Ese fue mi primer encuentro con esos seres, ninguno de los cuales pareció reconocer la importancia de mi llegada ni lo fundamental que yo era para C. J.

Esa noche, C. J. estuvo cocinando unas cosas buenísimas; el aroma de la carne llenó el apartamento. Duke la seguía por todas partes y apoyaba la cabeza en la encimera de la cocina para ver lo que estaba haciendo.

—No, Duke —le dijo C. J., apartándolo. Por mi parte, solo

205

podía levantar las patas delanteras y rascar las pantorrillas de C. J. buscando su atención—. Vale, Max, eres un buen perro —me dijo.

Yo era un buen perro. Y Duke era «no, Duke». Eso fue lo que comprendí de esa situación. Por desgracia, Sneakers se encontraba en el dormitorio y se perdió la información de que yo era la mascota favorita.

Mientras cocinaba, C. J. estuvo jugando con su cabello y sus ropas, aunque no era un juego en el que pudiera participar un perro. Se puso unos zapatos que, por el olor, parecía que debían de tener buen sabor. Cuando caminaba por la cocina, hacía mucho ruido.

Al cabo de poco rato, se oyó un ruido en la puerta. C. J. me cogió en brazos y la abrió.

—Hola, cariño —dijo C. J. a un hombre que apareció en la puerta.

Era un hombre fornido y sin pelo; olía a algo tostado y a cacahuetes, así como a algún tipo de especia muy fuerte.

—Vaya, ¿quién es este? —preguntó el hombre.

Me puso los dedos de la mano en la cara; yo le gruñí y le enseñé los dientes.

—¡Max! —dijo C. J.—. Entra. Es Max, es como... mi perro nuevo.

—¿Como tu perro nuevo?

El hombre entró y C. J. cerró la puerta.

—Estaba en el corredor de la muerte. Lo iban a sacrificar mañana mismo. No fui capaz de abandonarlo. Es tan mimoso.

El hombre se estaba acercando demasiado a C. J., así que le enseñé los dientes de nuevo.

—Sí, mimoso. ¿Qué dirá Barry cuando regrese y vea que tienes un perro nuevo en su apartamento?

—Ya me dejó tener a Sneakers. Max no es más grande.

Duke estaba intentando meter su estúpida cabeza debajo

de la mano del hombre, que lo apartó. C. J. me dejó en el suelo y miró mal al hombre: todavía no sabía si él representaba algún peligro. Además, debido a mi tamaño, no me podía permitir el lujo de bajar la guardia hasta que estuviera seguro.

—Estoy cocinando un poco de carne con brócoli —dijo C. J.—. ¿Quieres abrir el vino, Gregg?

—Eh, ven aquí.

C. J. y el hombre se abrazaron y luego se fueron por el pasillo. Yo los seguí, pero era demasiado pequeño para subirme a la cama con ellos. Duke hubiera podido subir con facilidad, pero Sneakers salió por la puerta en cuanto C. J. y el hombre entraron. Y Duke se mostró más interesado en seguir al gato. Sneakers se metió debajo del sofá. Yo hubiera podido meterme ahí debajo fácilmente, pero decidí dejar pasar la oportunidad de que el gato me arañara otra vez. Duke, por el contrario, fue tan tonto que creyó que podría meterse ahí si se esforzaba lo suficiente. Bufando y gimiendo, apretó la cabeza contra el sofá hasta que consiguió moverlo. Me preguntaba cuánto rato toleraría eso Sneakers antes de demostrarle a Duke para qué servían sus uñas.

Al cabo de un rato, C. J. y el hombre salieron de la habitación.

—¡Bueno! —dijo C. J. soltando una carcajada. Menos mal que apagué las placas de calefacción—. Hola, Max. ¿Te has divertido con Duke? —Duke y yo la miramos al oír que pronunciaba nuestros nombres—. ¿Te apetece abrir el vino?

El hombre estaba de pie al lado de la mesa, con las manos en los bolsillos. C. J. salió de la cocina, que todavía estaba repleta de tentadores aromas.

—¿Qué sucede?

—No me puedo quedar, nena.

—¿Qué? Pero dijiste...

—Lo sé, pero ha surgido una cosa.

207

—Ha surgido una cosa. ¿Y qué cosa es, exactamente, Gregg?

—Eh. Yo nunca te he mentido acerca de mi situación.

—¿Te refieres a la situación que dijiste que terminaría?

—Es complicado —repuso él.

—Ya, sí, supongo que lo es. ¿Por qué no me pones al día de cómo está ahora mismo «la situación»? Porque creí que en el proceso de «no mentirme nunca» fuiste muy claro con que la situación casi había terminado.

C. J. parecía enojada. Duke bajó la cabeza, asustado, pero yo estaba tieso y alerta. El hombre se llamaba Gregg y estaba haciendo enfadar a mi chica.

—Debo irme.

—¿Así que esto ha sido una parada para repostar? ¿Un revolcón?

—Nena.

208   —¡Para! ¡No soy una nena!

Sentí que Gregg también se estaba empezando a enfadar. Aquello se estaba desmadrando. Corrí hacia él y di un mordisco a la pernera de su pantalón.

—¡Eh! —gritó él, y soltó una patada que no me tocó por muy poco.

—¡No! —gritó C. J., cogiéndome en brazos—. Ni se te ocurra darle una patada a mi perro.

—El perro ha intentado morderme —dijo Gregg.

—Solo está defendiéndome. Creció en un centro de acogida.

—Debes educarlo o algo.

—Vale, eso es: cambiemos completamente de tema. Sí, eso, hablemos del perro.

—¡No sé qué es lo que quieres! —gritó Gregg—. Estoy llegando tarde.

Dio unos rápidos pasos hasta la puerta, la abrió con gesto enérgico y se giró un momento.

—Esto tampoco es fácil para mí. Por lo menos, podrías demostrar cierta comprensión al respecto.

—Desde luego, te concedo que no es fácil.

—No necesito esto —dijo el hombre, que cerró la puerta con fuerza.

C. J. se sentó en el sofá y se cubrió el rostro con las manos. No podía subir al sofá para consolarla. Duke se acercó y apoyó la gigantesca cabeza en su regazo, como si eso pudiera ayudarla de alguna forma.

C. J. se quitó los zapatos y los tiró al suelo, sollozando. Decidí que eran unos zapatos malos.

Al cabo de unos minutos, C. J. se fue a la cocina, sacó dos sartenes, las colocó encima de la mesa y se puso a comer directamente de ellas. Comió y comió y comió, mientras Duke la observaba con atención.

Yo estaba seguro de lo que iba a pasar después. Y así fue: al cabo de media hora, C. J. estaba en el baño vomitando. Me cerró la puerta, así que me senté en el suelo, sollozando y deseando poder ayudarla a soportar el dolor. Mi objetivo era cuidar a C. J., y en ese momento sentía que no estaba haciendo un buen trabajo.

21

Al día siguiente, fuimos todos a pasear, excepto Sneakers. Había visto gatos por la calle, pero jamás pasean con las personas; normalmente van por ahí solos. Pero casi siempre que un perro pasea, lo hace al lado de una persona. Este es uno de los muchos aspectos en que un perro es mejor que un gato.

Duke y yo llevábamos la correa puesta. Por mi parte, me sentía mejor predispuesto hacia él que la primera vez que lo vi, pues hasta el momento se había mostrado sumiso: cuando jugábamos, siempre se tumbaba en el suelo y me permitía trepar a su cuello y mordisqueárselo. Pero caminar con él resultaba muy irritante. No dejaba de tirar de la correa a derecha e izquierda, distraído por un olor u otro, haciendo que C. J. perdiera el equilibrio y cortándome el paso.

—Duke… Duke… —decía ella.

Nunca tenía que decir «Max… Max…», pues yo trotaba a sus pies como un buen perro. De vez en cuando soltaba un ladrido, porque si no lo hacía no estaba seguro de que la gente me viera: siempre miraban a Duke, seguramente asombrados de que ese perro caminara tan mal.

Me alegraba que mi chica hubiera encontrado otro perro

después de que yo la dejara cuando era Molly. Sin embargo, ahora que nos habíamos reunido, estaba claro que yo estaría al mando, puesto que Duke no tenía ni idea de nada.

Por todas partes había olor de comida, latas de basura y papeles para oler, pero yo me veía obligado a mover las patas tan deprisa que esas delicias me pasaban de largo sin tener tiempo de disfrutarlas. Subimos por unos escalones de ladrillo. C. J. llamó a una puerta con los nudillos. Esta se abrió y, de inmediato, me asaltó el olor de personas, de un perro y de comida. Una mujer apareció al otro lado de la puerta.

—Oh —dijo—. ¿Ya es la hora?

Noté que C. J. estaba incómoda.

—Eh…, sí, llego en punto —respondió.

Detecté el olor de un perro desconocido en una maceta y me agaché para marcarla.

—¡Mis plantas! —exclamó la mujer.

—¡Oh! —C. J. me cogió en brazos—. Lo siento, solo es un cachorro.

C. J. se había incomodado. Y todo había sido por culpa de esa mujer, así que cuando ella se agachó para observarme, le gruñí. La mujer se apartó de un respingo.

—Ladra, pero no muerde —dijo C. J.

—Voy a buscar a Pepper —respondió ella.

Nos dejó ante la puerta de la entrada un momento y luego regresó con una perra de color canela que era mucho más grande que yo, pero mucho más pequeña que Duke. La llevaba atada y le dio la correa a C. J. La perra me olisqueó y yo le gruñí para dejarle claro que yo estaba allí para proteger a C. J.

Me di cuenta de que Pepper era el nombre de la perra de color canela. Nos fuimos a pasear y nos detuvimos en otros sitios. Al cabo de poco rato, íbamos con una perra marrón que se llamaba Sally y con un perro fornido y peludo que se

211

llamaba Beevis. Íbamos todos atados a nuestras correas formando una familia canina totalmente artificial.

Eso no era como estar con Rocky ni como estar con Annie y con Abby. Aquello era una amalgama de perros que se sentían muy tensos por culpa de las correas, que nos mantenían atados demasiado cerca los unos de los otros. Durante casi todo el tiempo hicimos un esfuerzo por ignorarnos entre nosotros, a pesar de que Duke intentó jugar con Sally sin tener en cuenta que íbamos de paseo.

Sin embargo, lo que resultaba todavía más extraño que esa manada de perros era la obsesión de C. J. por ir recogiendo nuestras deposiciones. En la granja, me había acostumbrado a hacer mis necesidades en el bosque de alrededor; cuando era Molly, lo había hecho en un rincón del patio, que un hombre limpiaba a menudo. A veces, cuando estábamos en la propiedad de alguna otra persona, C. J. las recogía; pero nunca lo había hecho como lo hacía ahora: ahora estaba recogiendo metódicamente las deposiciones de cada uno de nosotros; incluso las de Duke, que eran enormes. Las llevaba un rato dentro de unas pequeñas bolsas. Al final las dejaba en unos contenedores que había en la calle, lo cual resultaba todavía más desconcertante: ¿por qué se tomaba tanto trabajo en recogerlas y transportarlas para no quedárselas luego?

A veces, los humanos hacen cosas que los perros no podemos comprender. Casi siempre damos por sentado que los seres humanos, puesto que tienen vidas complejas, cumplen un propósito mayor que el nuestro. Sin embargo, en ese momento, no estaba seguro de ello.

A pesar de que yo era el perro líder, intentaba mostrarme educado con los demás. Pero no le caí bien a Beevis, y él no me cayó bien a mí. En cuanto me olió, se le erizó todo el pelaje y me dio un empujón con el lomo. Era más grande que yo, aunque no mucho: de no haber sido por mí, habría sido el perro más pequeño del grupo. Al verlo, C. J. le dio un tirón con la correa: su cara quedó delante de la mía, cosa que aproveché para darle una dentellada. Él intentó devolvérmela, pero la dio en el aire.

—¡Basta! ¡Max! ¡Beevis!

C. J. se había enfadado. Le meneé la cola, esperando que comprendiera que nada de eso era culpa mía.

C. J. nos llevó a un parque para perros. ¡Era un lugar fantástico! Y me alegró tanto estar libre de la correa que me lancé a correr. Duke y Sally me siguieron, aunque yo era capaz de hacer los giros más deprisa; así, pronto me encontré corriendo solo otra vez. En el parque también había otros perros con sus dueños; algunos de ellos perseguían pelotas y otros jugaban a luchar. Pronto, un perro blanco de orejas caídas se unió a la carrera con Duke y Sally. ¡Era tan divertido correr con esos perros detrás!

De repente, vi que Beevis se agachaba; cuando pasé por su lado, se lanzó sobre mí. Yo lo esquivé y él se puso a perseguirme, gruñendo. Hice un giro muy cerrado, y él me cerró el paso. Parecía que no tenía otra opción que morderlo, pero Duke —que llegaba a toda velocidad— chocó contra los dos. Con Duke, mucho más alto, Beevis se mostró menos hostil, así que corrí hasta el banco en que C. J. se había sentado. Intenté subirme a su lado, pero no conseguía llegar. Riendo, ella me cogió y pude sentarme, orgulloso, en su regazo a mirar a los perros y a disfrutar de los exóticos olores mientras ella me acariciaba. Todo eso me encantó.

Cuando nos fuimos del parque para perros, hicimos el mismo camino de antes pero a la inversa y fuimos dejando a todos los perros que habíamos recogido antes. Al final, solamente quedamos Duke y yo. Entonces regresamos a casa de C. J. Me sentía exhausto, así que después de un rápido aperitivo, me quedé dormido a los pies de C. J.

Durante ese verano, Beevis y yo aprendimos a ignorar-

213

nos mutuamente. A pesar de ello, él todavía me gruñía cuando yo me ponía a correr. No era capaz de darme alcance, pero era muy hábil cortándome el paso. A menudo, cuando estaba disfrutando de una fantástica carrera con todo el grupo, él, de repente, entraba a la carrera contra nosotros para desafiarme. En ese momento, todos los perros se detenían en seco desordenadamente. No sé si a los demás les parecía tan irritante como a mí.

En casa, asumí la responsabilidad de ayudar a Duke a tener un comportamiento más educado. No comprendía que mi cuenco de comida estaba fuera de sus límites, así que me vi obligado a amenazarle un par de veces para que lo captara de una vez. En realidad, él nunca se comía mi comida; la mayoría de las veces ni siquiera se comía toda la suya. Pero no me gustaba que ese enorme hocico se metiera en mi cuenco a olisquear mi comida. Además, era un perezoso: cuando llamaban a la puerta, nunca ladraba hasta que yo no empezaba a hacerlo. No tenía en cuenta que él y yo éramos la única protección que C. J. tenía en el mundo. Por tanto, debía mostrarme supervigilante y ladrar ante el más tenue sonido procedente del pasillo.

Sabía que debía ladrar porque C. J. siempre se enfadaba cuando llamaban a la puerta.

—¡Eh! ¡Para! ¡Cállate! ¡Basta! —gritaba.

No comprendía esas palabras, pero el significado quedaba claro: estaba molesta porque llamaban a la puerta, así que debíamos continuar ladrando.

Cada vez que Duke ladraba, Sneakers salía corriendo y se metía debajo de la cama. Pero, en general, el gato ya no tenía tanto miedo. Incluso después de varios intentos de olisquearme, empezó a jugar conmigo. Jugábamos a luchar y, aunque no era exactamente lo mismo que hacerlo con un perro (ya que Sneakers me cogía con las patas), era más fácil que intentar jugar con Duke, que era ridículamente grande y tenía que tirarse al suelo para que yo pudiera inmovilizarlo.

Las únicas veces en que había paz entre Sneakers y Duke era cuando C. J. ponía en marcha una máquina que arrastraba por el suelo y que hacía mucho ruido. Esa máquina aterrorizaba a Duke, y Sneakers también huía de ella. A mí no me molestaba, porque ya había visto otras máquinas como esa en mis vidas. Normalmente, después de guardar la máquina, C. J. se tumbaba con nosotros y Duke. Entonces Sneakers y yo nos enroscábamos con ella para recuperarnos del trauma sufrido.

Ya sabía que era su favorito, pero C. J. lo demostró una tarde en que me sujetó la correa al collar y me llevó (a mí y solo a mí) a dar una vuelta. Duke nos siguió hasta la puerta, pero ella le dijo que era un buen perro y que debía quedarse allí. Así que fuimos solamente nosotros dos.

Ya me había acostumbrado tanto al ruido de la calle que casi ni lo notaba. Pero los olores todavía me resultaban cautivadores. Las hojas empezaban a caer de algunos árboles y la brisa fresca las empujaba por el suelo. Se acercaba el final de la tarde y dejamos unos cuantos bloques de edificios atrás. Por la calle había mucha gente con perros, así que yo me mantenía alerta.

Finalmente, llegamos ante una puerta. C. J. tocó una cosa que había en la pared y dijo:

—¡Soy C. J.!

Entonces se oyó un zumbido y entramos en el edificio. Mi chica me llevó por un tramo de escaleras hasta un pasillo, al final del cual se abrió una puerta y un hombre salió por ella.

—¡Hola! —dijo.

Al acercarnos, pude olerlo y me di cuenta de que era ¡Trent!

Me quedé perplejo, pues no había contemplado la posibilidad de volver a verlo. Sin embargo, los humanos pueden hacer que suceda cualquier cosa que deseen. Por eso C. J. siempre conseguía encontrarme cuando me necesitaba.

Trent y C. J. se dieron un abrazo. Apoyé las patas delanteras en él. Trent se rio y me cogió en brazos.

—Cuidado... —le advirtió C. J.

—¿Cómo se llama? —preguntó, riéndose de alegría mientras yo le lamía la cara. ¡Estaba tan contento de verlo! Me retorcí de placer en sus brazos, buscando que me apretara con más fuerza.

—Se llama Max. No puedo creer lo que está haciendo. Nunca se comporta así. En general, no le gusta la gente.

—Es un encanto. ¿Qué raza es?

—Un *chorkshire*, medio chihuahua y medio yorkshire. Eso es lo más probable. ¡Vaya, me encanta lo que has hecho en tu apartamento!

Trent se rio y me dejó en el suelo. Vivía en la mejor casa del mundo: no había ni un mueble. Pude correr por todas partes sin encontrar ni un obstáculo.

—Me tienen que traer cosas —dijo Trent—. ¿Abrimos un poco de vino? ¡Dios, me alegro tanto de verte!

Mientras charlaban, me dediqué a explorar la casa. Había dos habitaciones más, vacías también. De repente, noté el olor de Rocky, pero él no estaba por ninguna parte. Mi hermano ya no debía de estar vivo; me pregunté por qué Trent no tendría otro perro. ¿Es que la gente no necesita tener un perro?

—¿Y qué tal el nuevo trabajo? —preguntó C. J.

—Es una empresa fantástica. Ya estaba realizando algo de cofinanciación con ellos cuando estaba en San Francisco, así que todo ha encajado. ¿Qué me cuentas de ti? ¿Qué tal el teatro?

—He hecho un par de talleres. Me encanta. Estar en el escenario tiene algo. Que todo el mundo me escuche, se ría con mi texto, me aplauda... es lo mejor.

—Qué extraño que la hija de Gloria quiera actuar para que todo el mundo le preste atención —dijo Trent—. ¿Quién lo hubiera dicho?

—Y qué interesante que un banquero inversor quiera hacerme psicoterapia gratis.

Trent se rio. El sonido de su risa era tal como lo recordaba.

—Tienes razón. Perdona. He estado haciendo terapia: si vives en California, es obligatorio. Pero me ayudó con algunas cosas.

—Siento lo de Rocky.

Al oír el nombre de mi hermano me detuve y los miré un momento. Luego continué con la exploración.

—Sí. Rocky. Era un perro muy bueno. Torsión gástrica. El veterinario dijo que les pasa mucho a los perros grandes.

Percibí que Trent se ponía triste, así que corrí y salté a su regazo. Él me cogió y me dio un beso en la cabeza.

—¿Y él?

—Mi casa queda cerca de un centro de adopción de Central Park.

—Un momento, ¿vives cerca del parque? El teatro te debe de ir muy bien.

—Bueno, no. Quiero decir… Sí, vivo en un lugar fabuloso, pero estoy cuidando al perro de ese chico, Barry. Representa a un tipo que boxea y que está entrenando para un combate en África.

—Este cachorro es lo más precioso del mundo —dijo Trent.

—Sí, ¿verdad? Desde luego, tú le has gustado.

—Eh, pidamos algo de comida. Solo verte me ha dado hambre.

—¿Qué se supone que significa eso? —replicó C. J.

Salté del regazo de Trent y fui hasta ella.

—Estás muy delgada, C. J.

217

—Hola, soy actriz…

—Sí, pero…

—Déjalo, Trent.

Él suspiró.

—Antes confiábamos el uno en el otro —dijo al cabo de un momento.

—Lo tengo todo controlado. Eso es lo único que debes saber.

—Solo permites que me acerque a ti hasta cierto punto, C. J.

—¿Más terapia?

—Venga. Te echo de menos. Añoro nuestras conversaciones.

—Yo también —dijo ella, más amablemente—. Pero hay cosas de las que no quiero hablar con nadie.

Se quedaron callados un minuto. Puse las patas delanteras sobre las piernas de C. J., que me cogió y me dio un beso en el hocico. Meneé la cola.

Después de que charlaran un rato más, llegó un hombre con bolsas llenas de comida. Nos sentamos juntos en el suelo y comimos de las bolsas. Me dieron un trocito de pollo, lo devoré; un poco de verdura, la escupí.

—¿Cómo se llama? —preguntó C. J.

—Liesl.

—Un momento: ¿Liesl? ¿Estás saliendo con una de las de Von Trapp? —C. J. se rio.

—Es alemana. Es decir, vive en Tribeca, pero vino de Europa cuando tenía nueve años.

—Tribeca. Mmm. ¿Así que has venido a Nueva York y no me has llamado?

—Alguna vez.

—Decidido. Ataca, Max. Ve directo a la garganta.

Oí que pronunciaba mi nombre, pero no comprendí qué se suponía que debía hacer. C. J. hacía unos gestos señalando a Trent, así que me acerqué a él. Trent se agachó y le lamí la cara. Él se rio.

Cuando nos íbamos, Trent le dio un largo abrazo a C. J. Entre ambos había amor. Justo en ese momento me di cuenta de que sería mejor para C. J. que dejáramos a Sneakers y a Duke y de que nos viniéramos a vivir aquí, a este sitio tan divertido sin ningún mueble, para que ella y Trent se pudieran querer. C. J. necesitaba un compañero, igual que Ethan necesitaba a Hannah. Además, Trent necesitaba un perro.

Y pensé que si, a pesar de todo, las otras dos mascotas debían venir con nosotros, por lo menos necesitaríamos un sofá para que el gato tuviera un lugar debajo del cual esconderse.

—Me alegro tanto tanto de verte —dijo Trent.

—Yo también.

—Bueno, ahora que me traslado aquí, haremos esto a menudo. Lo prometo.

—¿En serio? ¿Nos sentaremos en el suelo a cenar?

—Quizá nos podamos encontrar los cuatro. Quiero decir con Liesl y Gregg.

—Claro —dijo C. J.

Trent se apartó un momento y la miró.

—¿Qué sucede?

—No es nada. Es que… Gregg no… Su situación familiar no está del todo resuelta todavía.

—¿Bromeas? —preguntó Trent levantando la voz.

—Basta.

—No me estarás diciendo…

C. J. le tapó la boca con la mano.

—No. Lo hemos pasado muy bien. Por favor. ¿Por favor? Sé que te preocupas por mí, Trent. Pero no puedo soportar tus juicios.

—Yo nunca te he juzgado, C. J.

—Bueno, pues así es como me hace sentir.

219

—Vale —dijo Trent—. Vale.

Mi chica se quedó un poco triste. Nos fuimos del apartamento y regresamos a casa.

Después de esa noche, pensé que veríamos a Trent cada día. Lo que no me imaginé era lo que sucedería con Beevis al día siguiente.

22

*E*stábamos en el parque, como siempre. Duke y Sally olis-
queaban a un gran perro blanco que se llamaba Trae La Pelota Tony. Trae La Pelota Tony parecía más interesado en subirse encima de la grupa de Sally que en prestar atención a
su dueño. Por mi parte, intentaba sumar al juego a un perro
macho que tenía mi tamaño y que se parecía mucho a mi
madre, con los mismos colores en la cara; finalmente, lo
convencí de que me persiguiera. Así que, por supuesto, Beevis vino corriendo y gruñendo, enseñando los dientes y las
orejas aplastadas. Mi compañero de juego enseguida se sin-
tió intimidado y se apartó, pero yo me giré y lancé un mordisco al aire en dirección a Beevis para que supiera que me
estaba agobiando demasiado. Pero él, en lugar de alejarse,
fue a por mí.

Oí que C. J. gritaba:

—¡No!

Beevis levantó las patas delanteras y yo hice lo mismo.
Intentaba herirme con los dientes, así que yo le respondí de
la misma manera. Al hacerlo, le atrapé un pliegue de piel entre los dientes, pero en ese momento mi chica se puso entre
los dos.

—¡No! —volvió a gritar. Me cogió en brazos y yo continué gruñendo y lanzando dentelladas al aire, pues Beevis intentaba alcanzarme. C. J. se giró para cerrarle el paso con su cuerpo.

—¡Basta, Beevis! ¡No, Max, no!

Entonces, al oír el nerviosismo en el tono de voz de C. J., apareció Duke. Estaba claro que él no comprendía lo que estaba pasando, pero su sola presencia hizo que Beevis retrocediera.

—Oh, Max, tu oreja —dijo C. J.

Percibí su ansiedad. No apartaba la mirada de Beevis, que daba vueltas con impaciencia. Noté olor de sangre. No me di cuenta de que era la mía hasta que sentí un agudo dolor en el momento en que C. J. me tocó la oreja. Sacó un poco de papel de su bolso y lo apretó contra el costado de la oreja.

Mientras llevábamos a los perros a sus casas, C. J. me paseaba en brazos. En casa de Sally tuvimos que esperar un poco a que llegara ella.

—Lo siento mucho. Ha habido una pelea. ¿Te va bien si te dejo a Sally un poco antes? —le preguntó C. J.

Cuando llegamos a casas de Beevis, un hombre abrió la puerta y C. J. le dijo:

—Lo siento, pero no podré sacar a pasear a Beevis más. Se pelea con los otros perros.

—No es verdad —dijo el hombre—. No, a no ser que el otro perro empiece.

Noté que C. J. se enfadaba y, aunque me dolía la oreja, le solté un gruñido dirigido a ese tipo. Beevis, por su parte, estaba contento de haber llegado a casa y meneaba la cola. Luego entró sin mirar hacia atrás ni siquiera un momento.

Al llegar a casa, C. J. hizo pasar a Duke, pero me mantuvo a mí en brazos sin dejar de apretarme la oreja. Fuimos al veterinario: yo sabía que estábamos en el veterinario porque me pusieron encima de una mesa metálica y me acariciaron; la ropa del hombre tenía el olor de muchos perros. Noté un pinchazo en la oreja y unos pequeños tirones. C. J. estuvo mirando todo el rato.

—No es nada grave. Has hecho bien en mantener presionada la herida. Este tipo de heridas sangran mucho —dijo el veterinario.

—Oh, Max. ¿Por qué le gruñes a todo el mundo? —preguntó C. J.

—¿Quieres que, ya que estáis aquí, lo esterilicemos?

—Bueno, sí, supongo que sí. ¿Max tendrá que quedarse a pasar la noche?

—Sí, pero lo podrás venir a buscar por la mañana.

—De acuerdo. Vale, Max, esta noche vas a quedarte aquí.

Oí mi nombre y percibí cierta tristeza en C. J., así que meneé la cola.

C. J. se fue, lo que no me gustó en absoluto, pero el veterinario me acarició y me sumí en un sueño tan profundo que perdí la noción del tiempo. Cuando desperté, ya era la mañana siguiente y estaba en una jaula. Llevaba puesto un estúpido collar que me rodeaba toda la cara y que amplificaba los sonidos y los olores. «Otra vez», pensé. Ya hacía tiempo que había desistido de intentar comprender por qué a las personas les gustaba poner a sus perros en una situación tan ridícula.

Cuando C. J. llegó, el veterinario me sacó de la jaula y me puso en sus brazos. Me sentía cansado: lo único que quería era quedarme dormido allí mismo. Al irnos, nos paramos un momento para hablar con una señora que olía a limón. La mujer le dijo algo a C. J.

—¿Qué? No..., no tengo tanto —dijo C. J.

Estaba preocupada, así que le dirigí un gruñido a la señora de los limones.

—Aceptamos tarjetas de crédito.

—No me queda tanto crédito en mi tarjeta. Ahora le puedo dar cuarenta... ¿y el resto cuando cobre?

223

—El pago debe realizarse en el momento del servicio.

Percibí una tristeza en el interior de C. J. que pugnaba por expresarse. Le lamí la cara.

—Eso es todo lo que llevo encima ahora mismo —dijo C. J. en voz baja.

Fuera lo que fuera lo que estuviera entristeciendo a mi chica, sin duda era culpa de Beevis. C. J. dio unos papeles a la señora de los limones, y esta le devolvió a cambio otros. Luego, nos fuimos del veterinario. Empecé a retorcerme porque quería bajar al suelo, pero C. J. me sujetaba con fuerza.

Tanto Duke como Sneakers quisieron olisquearme el estúpido collar y meterme el hocico en la oreja. Notaba que ahí llevaba puesto algo. Le gruñí un poco a Duke, pero Sneakers me ronroneó, así que le permití que me oliera. Resultaba muy extraño tener la cara de un gato dentro del pequeño espacio de ese estúpido collar.

224 Durante unos cuantos días no se me permitió salir a pasear con Duke; eso me entristeció. Pero Sneakers estaba encantado: salía de debajo de la cama para jugar conmigo; y cuando yo me tumbaba al sol, se enroscaba a mi lado y se ponía a ronronear. Me gustaba dormir con Sneakers, pero llevar puesto ese estúpido collar y no poder salir de paseo me hacía sentir como un perro malo.

Una mañana, C. J. me quitó el collar, me limpió la oreja y, luego, después de ponerle la correa a Duke, me la puso a mí también. ¡Iba a salir de paseo! Fuimos a buscar a los perros de siempre, pero ni Sally ni Beevis aparecieron más. No eché de menos a Beevis, pero Duke parecía triste sin Sally.

Había días en que C. J. no salía de la cama para ir a pasear a los perros, así que Duke y yo la despertábamos. Luego, tampoco es que fuera a pasear a los perros, aunque sí que nos llevaba de paseo a Duke y a mí. Esos eran mis días favoritos: ojalá pudieran ser todos los días así. Una mañana, C. J. aplicó un líquido que tenía un fuerte olor químico en los muebles y en el suelo, y puso en marcha la máquina que hacía que Duke se pusiera a ladrar y que Sneakers se escondiera. Cuando terminó y hubo guardado la máquina, Duke empezó a correr por el salón como si lo acabaran de soltar de una jaula.

Y yo, al verlo, no tuve más opción que ponerme a perseguirlo. Excitado, Duke bajaba la cabeza delante de mí, provocándome para luchar. Le trepé encima y estuvimos jugando un rato. De repente, se abrió la puerta de la casa. Me puse a ladrar, igual que aquel perro tan grande. Un hombre entró y gritó:

—¡Duke!

Con él venían otros dos tipos que dejaron unas maletas en el suelo y se fueron. Corrí hasta el desconocido, gruñendo, mientras Duke meneaba la cola y le olía las manos.

—¡Max! —llamó C. J.

Me cogió justo en el momento en que yo pensaba agarrar el pantalón de ese hombre con los dientes, pues me estaba ignorando y solo acariciaba a Duke. Duke le estaba dando la bienvenida, a pesar de que había entrado en casa de C. J. sin permiso. Aquel perro no comprendía qué significaba el concepto de «protección». Menos mal que yo estaba ahí.

—Bienvenido a casa, Barry.

—Hola, C. J. Eh, Duke, ¿me has echado de menos? ¿Me has echado de menos, chico? —Se arrodilló y abrazó a Duke, que le meneó la cola. Pero luego, Duke se acercó a C. J. y la olisqueó, pues se sentía celoso siempre que ella me cogía en brazos—. No parece que me haya echado de menos en absoluto —dijo el hombre.

Olía a aceite y a fruta. Me miró a los ojos. Le gruñí.

—Has estado fuera mucho tiempo —dijo C. J.—. Siete meses son muchos para un perro.

—Vale, pero lo hubiera podido llevar a un centro para perros. Pagué para que una persona se quedara con él en esta casa.

—Él no lo sabe, Barry.

—¿Y este quién es? Creí que me dijiste que era un gatito.

—Sí. Este es Max. Es una larga historia. Max, sé bueno.

Aunque yo desconfiaba de ese hombre, C. J. parecía estar bien con él, así que cuando me dejó en el suelo, me fui directamente a jugar con Duke.

—Bueno, ¿tu chico ganó? —preguntó C. J.

—¿Qué?

—Tu chico. Lo del boxeo.

Duke se tumbó de espaldas y yo le sujeté un pliegue del cuello y le di un suave tirón.

—Mira que eres bobo, ¿eh? —dijo el hombre.

—¿Qué?

—No, no ganó.

—Oh, lo siento, Barry. ¿Por eso has regresado dos meses antes?

—Sí, bueno, cuando tu luchador pierde, no haces gira mundial con la prensa, ¿verdad? ¿Qué... está haciendo Duke?

—¿Duke? —dijo C. J.

Al oír su nombre, el perro se quedó inmóvil con las patas abiertas en el aire y la lengua fuera. Yo le tiraba del pelaje con suavidad.

—Solo están jugando.

—¡Duke! ¡Basta! —gritó el hombre, enfadado.

El perro se puso en pie de inmediato y me tumbó al suelo al hacerlo. Se acercó a C. J. con las orejas gachas. Por mi parte, me quedé tumbado en el suelo, jadeando.

—¿Qué sucede, Barry?

—Has convertido a mi perro en un pelele.

—¿Qué? No, se lo pasan muy bien jugando juntos.

—No quiero que «juegue» así con un perro que parece una rata.

—Max no es una rata, Barry.

Decidí que el hombre debía de llamarse Barry.

—Vale, bueno… No recuerdo haberte dado permiso para tener un perro y, desde luego, no me gusta el comportamiento de Duke. Te contraté porque dijiste que tenías mucha experiencia. Así que, bueno, ahora ya he regresado. Vuelve a tu casa y podré relajarme y reconocer a mi perro otra vez.

C. J. se quedó callada un momento. Yo la miré, percibiendo su tristeza. Se había sentido herida.

—Pero… no tengo casa, Barry.

—¿Qué?

—Dijiste entre ocho y diez meses. No tenía sentido que mantuviera un apartamento si iba a pasarme aquí ocho meses.

—Entonces qué, ¿vas a quedarte conmigo? —preguntó Barry.

—¡No! Quiero decir, dormiré en el sofá y mañana buscaré algún lugar.

—Espera, no. Olvídalo. Estoy… estresado. He estado un año trabajando en esto y va y lo tumban en el segundo *round*. Puedes quedarte aquí. De todas maneras, solo he venido a dejar mis cosas. Me voy a casa de Samantha. Nos vamos a Hawái. Así pues, bueno, tienes dos semanas para encontrar un apartamento. ¿Te va bien? Ya buscaré a alguien que cuide de Duke cuando esté en la ciudad.

—¿Así que estoy despedida?

—Es lo mejor.

—Sí, claro, lo entiendo.

—El sarcasmo no es necesario. Te he pagado muy bien y has tenido un piso gratis. Soy el cliente y no he quedado satisfecho.

—Todo eso es cierto —dijo C. J.

Al cabo de poco, Barry se fue.

—Adiós, Duke —dijo Barry al salir.

Duke meneó la cola al oír su nombre, pero me di cuenta de que estaba aliviado (igual que yo) de que Barry se fuera.

Así C. J. ya no estaría tensa, aunque, de todos modos, mi chica parecía un poco tensa.

Al día siguiente, después de pasear con los perros habituales, C. J. nos dejó solos en casa y estuvo fuera mucho rato. Yo estuve jugando a pelear con Duke, pero al final me irrité con él porque su cabeza era tan grande y fuerte que me tumbaba todo el tiempo.

Me dormí. De repente oí un largo y fuerte gemido procedente del dormitorio. Fui a investigar. Duke estaba muy excitado. Tenía la cola tiesa y daba latigazos en el aire con ella. Tenía la cabeza metida debajo de la cama. Jadeaba. El gemido procedía de Sneakers, que estaba totalmente aterrorizado. Duke era tan fuerte que estaba consiguiendo mover toda la cama al intentar meterse debajo de ella para llegar hasta donde estaba Sneakers.

Corrí directamente hasta Duke y empecé a ladrarle. Él temblaba de la emoción de sentir que se estaba aproximando mucho a Sneakers. El gato había retrocedido hasta la pared y tenía las orejas aplastadas contra la cabeza. Duke no hizo caso de mis ladridos, así que me lancé contra él y le clavé los dientes.

Eso consiguió llamar su atención. Retrocedió y la cama cayó al suelo dando un golpe. Le continué gruñendo y provocando hasta que conseguí sacarlo de la habitación; luego regresé para ver cómo estaba Sneakers.

Yo era pequeño y podía meterme bajo la cama si quería, pero decidí dejar solo a Sneakers. Sabía que todavía estaba aterrorizado y, por lo que sabía sobre el comportamiento de los gatos, cuando tienen miedo utilizan las uñas.

C. J. nos dejaba solos cada día, y cada día Duke interpretaba su marcha como la señal de que había llegado la hora de acosar a Sneakers. Hasta el punto de que, en cuanto la puerta se cerraba tras C. J., Sneakers salía disparado de donde estuviera y se escondía debajo de la cama. Si Duke le veía pasar corriendo, corría tras él como fuera de sí, chocando contra las paredes cada vez que giraba demasiado deprisa por el pasillo. Yo también corría. Cuando llegaba a la cama, me metía debajo de ella y me enfrentaba al hocico húmedo y tembloroso de Duke, gruñéndole y mostrándole los dientes. Él gemía de frustración y, a veces, incluso ladraba. Sus ladridos resultaban ensordecedores en ese espacio cerrado, pero yo sabía que no debía retroceder. Al final, él perdía el interés y regresaba al salón para echar una cabezada.

Sin embargo, cierto día, aquel hábito cambió. Salimos a dar el paseo habitual, pero, cuando regresamos, C. J. trajo una caja con una puerta y metió a Sneakers dentro, con cuidado. Esa caja me recordó el transportín en que estuve cuando era Molly, ese que se movía de un lado a otro y que acabó en aquel lugar con tantos coches y tanto ruido. A Sneakers no le gustó estar ahí dentro. De hecho, no se acercó cuando yo aplasté el hocico a la reja para oler. Luego Duke se acercó y bufó con fuerza por la nariz; Sneakers retrocedió hasta el fondo de la caja.

—Duke —dijo C. J. con tono de advertencia.

El perro se acercó a ella para ver si iba a darle una chuche.

C. J. cogió la caja con Sneakers dentro y nos dejó solos a los dos. Aquello resultaba completamente desconcertante: ¿adónde se llevaba a Sneakers, y por qué no íbamos también nosotros? No sabíamos qué hacer, así que nos tumbamos en el suelo y nos pusimos a mordisquear unos juguetes de goma.

Cuando mi chica regresó, Sneakers ya no estaba con ella.

¿Dónde se había metido?

23

*D*urante dos días, C. J. nos sacó a pasear y luego nos dejó solos, sin Sneakers. Duke y yo intentamos sacar el máximo partido de la situación; en realidad, al no tener un gato en casa, parte de la tensión que había entre nosotros se difuminó y pudimos jugar con mayor libertad y durante más tiempo, hasta el punto de que a veces acabábamos durmiendo el uno encima del otro.

Al tercer día, cuando regresamos del paseo, vimos que una mujer nos esperaba delante de la puerta de casa. Duke, por supuesto, meneó la cola y le apoyó la cabeza encima. Pero yo retrocedí hasta los pies de C. J. y esperé, tieso, a comprobar que esa mujer no fuera una amenaza.

C. J. llamaba «Marcia» a esa mujer. Después de estar dentro de casa durante media hora, Marcia me alargó la mano con cuidado y yo se la olisqueé. C. J. había dicho «con suavidad, Max». La mano le olía a chocolate y a perros, así como a alguna cosa dulce que no pude identificar.

Duke y yo estuvimos mordisqueándonos perezosamente mientras C. J. y Marcia charlaban.

—Vale, creo que ya está todo —dijo C. J. al fin, poniéndose en pie.

Duke y yo también nos pusimos en pie. ¿Paseo?

—Bueno, Duke, supongo que esto es un adiós. Marcia cuidará de ti, a partir de ahora —dijo C. J.

De repente, una repentina tristeza la embargó. Me acerqué y le apoyé las patas delanteras mientras ella se agachaba ante el sofá y le cogía la cabeza a Duke entre las manos. Duke sabía que ella estaba triste, pues bajó las orejas y meneó la cola de un modo que no me pasó desapercibido. Me pregunté si sabía qué era lo que estaba pasando, pues yo desde luego no lo comprendía.

—Voy a echarte de menos, chicarrón —susurró C. J.

Intenté subirme a su regazo, pero no lo conseguí.

—Oh, Dios, me siento fatal —dijo Marcia.

—No te sientas mal. Barry está en su derecho, es su perro.

—Sí, pero…, es decir, Duke cree que es tu perro. Eso es evidente. No es justo que os impidan veros.

—Oh, Duke, lo siento mucho —dijo C. J. en un tono que expresaba mucha tristeza.

—Quizá podría llamarte para encontrarnos en algún lugar —ofreció Marcia.

C. J. negó con la cabeza.

—No quiero meterte en problemas. Barry te despediría inmediatamente. Créeme, tengo experiencia con estas cosas.

Duke, triste, apoyó la cabeza en el regazo de C. J., compartiendo esa misteriosa tristeza. Envidié su tamaño, pues lo único que podía hacer era arañar sus piernas con la esperanza de que se diera cuenta de que estaba allí.

—Bueno. —C. J. suspiró—. Me alegro de haberte conocido, Marcia. Vamos, Max.

C. J. me cogió en brazos. Bajé la vista para mirar a Duke. C. J. me enganchó la correa al collar, pero no hizo lo mismo con Duke. Nos fuimos hasta la puerta.

—Adiós —dijo C. J. en voz baja.

Abrió la puerta y Duke la siguió fuera del apartamento

arrastrando a Marcia, que se esforzaba por retenerlo suje-
tándolo por el collar. C. J., todavía conmigo en brazos, le bloqueó el paso.

—No, Duke. Tú te quedas, lo siento.

Entre las dos, consiguieron cerrar la puerta. C. J. me dejó
en el suelo y me sacudí, dispuesto a hacer lo que fuera que
íbamos a hacer. Dentro de casa, Duke se puso a rascar la
puerta.

Mientras nos alejábamos por el pasillo oía los ladridos
tristes y dolidos de Duke. Y, otra vez, me pregunté qué estaría pasando. ¿Por qué no venía Duke con nosotros? ¡Estaba
claro que quería venir!

Mi chica lloraba. A pesar de que la empecé a mirar preocupado, no me dijo nada. Dimos un paseo muy largo, primero por las calles llenas de olores y de ruidos, y luego subimos por unas escaleras muy largas. C. J. abrió una puerta y,
de inmediato, olí a Sneakers.

—Bienvenido a casa, Max —dijo C. J.

Estábamos en una cocina pequeña; el cuenco de la comida
de Sneakers estaba en el suelo, así que fui directamente a
olerlo. En la cocina también había una cama, y allí estaba
Sneakers, tumbado encima de un cojín. En cuanto me vio, se
puso en pie y arqueó la espalda.

¡Sneakers tenía su propia casa! No comprendía por qué,
pero pensé que quizá tendría algo que ver con el hecho de
que Duke no parara de perseguirlo cuando C. J. nos dejaba a
los tres solos en casa. Quizá, para proteger a Sneakers, C. J.
había encontrado esa nueva casa arriba de todo de esas largas
escaleras; un lugar seguro para el gato. Y ahora me estaba
enseñando que ahí era donde Sneakers vivía; pronto volverí-
amos a casa con Duke, que notaría el olor de Sneakers en mi
pelaje. ¡Me pregunté qué conclusión sacaría de eso! ¿Se ima-
ginaría que C. J. y yo habíamos ido a casa de Sneakers?

Las personas hacen lo que quieren, pero, en mi opinión,

los gatos ya comen mejor comida que los perros, así que darle una casa a un gato me parece demasiado.

Sneakers se puso a ronronear y a caminar a mi alrededor, frotándose contra mí. Estuvimos jugando un rato. Parecía terriblemente contento de verme allí sin Duke. Yo noté el olor de otra persona en su pelaje; era un olor fuerte y floral que me recordó un poco a Gloria.

Esa noche no fuimos a casa. C. J. durmió en la pequeña cama; por mi parte, me enrosqué a sus pies. Sneakers estuvo dando vueltas un rato por la casa. Al final, subió para intentar enroscarse conmigo, pero era muy incómodo para los dos. Cuando C. J. movió las piernas, el gato saltó al suelo y ya no intentó volver a subir.

A la mañana siguiente, Sneakers se puso delante de la puerta a maullar.

—Vale, ¿quieres ir a ver a la señora Minnick? —dijo C. J.—. Vamos a ver si está en casa.

Salimos al pasillo y llamamos a la puerta de al lado. La mujer que nos abrió desprendía los mismos fuertes olores que había notado en Sneakers, así que supe que el gato y ella habían pasado tiempo juntos. De hecho, Sneakers entró directamente en la casa, como si viviera allí.

—Oh, hola, Sneakers —dijo la mujer, haciendo un ruido extraño con los labios al hablar.

Permanecí tieso, pero no gruñí, pues estaba claro que esa mujer era débil y no representaba ninguna amenaza.

A partir de ese momento, Sneakers pareció creer que cada vez que se abría la puerta era la oportunidad de salir corriendo y esperar a que lo dejaran entrar en casa de la señora Minnick. No sabía a qué se debía esa atracción, pero estaba claro que a él le gustaba estar ahí. Por mi parte, no me había formado una opinión sobre la señora Minnick, más allá de darme cuenta de que hacía un ruido extraño cada vez que hablaba.

Continuábamos yendo a pasear con los perros, pero ahora teníamos que hacer un largo recorrido para recoger al primero de ellos, que se llamaba Katie, y en el grupo ya no venían ni Sally, ni Duke ni Beevis.

Yo no echaba de menos a Beevis en absoluto.

Un día en que estaba lloviendo e íbamos a recoger a Katie, sentí tanto frío que iba temblando.

—Oh, Max, lo siento —me dijo C. J.

Ese día, ella me cogió en brazos hasta que entré en calor de nuevo. Y, la siguiente vez en que el viento era frío, me puso una manta encima.

—¿Te gusta tu jersey, Max? ¡Estás guapísimo con tu jersey!

Me encantaba la sensación de tener ese jersey sujeto a todas las partes de mi cuerpo; además, me mantenía caliente. Y lo llevaba con orgullo, porque me parecía que era una demostración de que C. J. me quería más a mí que a Sneakers, que ni siquiera llevaba collar.

—¡Estás tan guapo con tu jersey, Max! ¡Eres mi perro con jersey! —me decía C. J. con cariño.

Yo meneaba la cola, encantado de ser el centro de su mundo.

Cada vez que me quitaba el jersey, este hacía un ruido como de algo que se rasgara. Al final, asocié ese sonido con el final del paseo y el inicio de la siesta.

No sabía por qué nunca regresamos a casa ni por qué Duke ya no venía con nosotros de paseo. Suponía que, seguramente, Sneakers no echaba de menos a Duke, pero resultó que yo sí lo extrañaba. Por irritante que pudiera resultar a veces, era un perro grande y bobo: era divertido jugar con él. Y me dejaba ser el líder. Además, me daba cuenta de que la gente iba con cuidado cuando C. J. iba protegida por nosotros dos. Él había formado parte de nuestra familia.

Así iban las personas por el mundo. Un día podían decidir que se iban a vivir a otra parte y que dejaban de jugar con ciertos perros.

A veces, C. J. se sentaba en el único mueble que había al lado de la cama, un taburete de madera, y tiraba una pequeña pelota que rebotaba por toda la cocina. Yo me ponía a perseguirla, resbalando por el suelo.

—Oh, Max, siento mucho que este espacio sea tan pequeño —me dijo un día, tirándome la pelota.

Me encantaba ese juego y, ahora que ya me había acostumbrado, me gustaba más la nueva casa que la anterior, puesto que aquí podía estar más cerca de C. J.

La pelota rebotó sobre la cama y di un salto para ir a por ella. Y me sorprendió ver que podía subir a la cama, porque hasta ese momento nunca antes lo había hecho. Sneakers también se sorprendió, porque se puso en pie de un salto, abriendo mucho los ojos y erizando todo el pelaje.

—¡Max! —exclamo C. J., encantada.

Cada vez que se ponía esos zapatos que olían tan bien y se pasaba un rato jugando con su cabello, yo sabía que Gregg estaba a punto de llegar. Y en esa ocasión tampoco me equivoqué, puesto que pronto oímos que llamaban a la puerta. Corrí hasta ella y Sneakers salió huyendo. Olí a Gregg al otro lado de la puerta, así que seguí ladrando. C. J. me cogió en brazos.

—Max, sé amable —me dijo mientras abría la puerta.

Gregg entró y le dio un beso a C. J. en la cara mientras ella me apartaba un poco. Gruñí.

—Tan simpático como siempre, por lo que veo —dijo Gregg.

—Max, sé amable. Amable, Max.

Yo pensaba que «amable» significaba «no muerdas», pero continué fulminando a Gregg con la mirada para que supiera que no debía intentar nada malo.

—Bonito lugar —dijo Gregg, mirando a su alrededor.

C. J. me dejó en el suelo y me acerqué a oler el pantalón de Gregg, que olía a hojas.

—Sí, permite que te haga una visita guiada. No te alejes de mí para no perderte —dijo C. J. riendo—. Esta es la cocina-comedor-dormitorio.

—Bueno, tengo una sorpresa.

—¿De verdad? ¿Cuál?

—Nos vamos. Al norte. Tres días.

—¡Bromeas! —C. J. dio una palmada y yo la miré con curiosidad—. ¿Cuándo?

—Ahora.

—¿Disculpa?

—Ahora, vámonos ahora. Puedo estar fuera un par de días más.

—¿Y qué…?

Gregg hizo un gesto con la mano.

—Hay una especie de acuerdo sobre una propiedad; ha tenido que irse de la ciudad.

C. J. se quedó muy quieta, mirándolo.

—No era eso a lo que me refería. Lo que quería decir es que no puedo irme justo ahora, Gregg. No en este mismo instante.

—¿Por qué no?

—Tengo clientes. Debo encontrar a alguien que me sustituya. No puedo irme así.

—Tus clientes son perros —dijo Gregg.

Percibí cierto enojo en el tono de su voz y le dirigí una mirada amenazadora que él ignoró.

—Ellos cuentan conmigo. Si no estoy, debo encontrar a alguien que me cubra.

—¡Dios! —Gregg miró a su alrededor—. Ni siquiera hay un sitio para sentarse a hablar de esto.

—Bueno, sí, quiero decir que podemos sentarnos en la cama —dijo C. J.

—Vale, buena idea.

Gregg y C. J. se fueron a la cama a abrazarse. Sneakers bajó de la cama y yo subí para lamerle la cara a C. J.

—¡Max! —exclamó ella, riendo.

Pero Gregg no se reía.

—Esto... —empezó.

—Vamos, Max —dijo C. J. cogiéndome en brazos.

Me llevó al baño y Sneakers nos siguió, metiéndose entre las piernas de C. J.

—Quédate aquí —me dijo.

Cerró la puerta. Sneakers y yo nos miramos, entristecidos.

—¿Quedarnos?

Sneakers se acercó y me olisqueó un poco, buscando consuelo. Luego se puso delante de la puerta y se sentó, con actitud expectante, como si esta fuera a abrirse de inmediato. Estuve un buen rato rascando la puerta, gimiendo, pero al final desistí y me enrosqué a esperar en el suelo.

237

Al cabo de un rato, C. J. abrió la puerta y me puse a correr por la cocina, emocionado de estar fuera del baño. ¡Era tan divertido! C. J. iba descalza, pero volvió a ponerse esos zapatos que olían tan bien. Apoyé las patas delanteras en sus piernas y ella me sonrió.

—Hola, Max. Buen perro.

Meneé la cola al oír que era un buen perro.

—Bueno, pues vale —dijo Gregg—. Si no puedes, no puedes.

—Lo siento, pero necesito saberlo con un poco de antelación. Aunque sea uno o dos días. Hay un chico en el parque que pasea perros. Supongo que podría sustituirme, pero no sé cómo ponerme en contacto con él.

—Este tipo de cosas no las podemos saber con antelación.

—Bueno, pero dentro de poco eso ya no importará, ¿verdad? Quiero decir que dijiste que era cuestión de unos cuantos meses más.

Gregg miró a su alrededor y dijo:

—Vaya, este sitio es pequeño incluso tratándose de Nueva York, ¿sabes?

—¿Gregg? Dijiste que unos cuantos meses más. ¿Verdad? ¿Verdad?

Gregg se pasó una mano por el cabello.

—Debo ser sincero, C. J. Esto no funciona para mí.

—¿El qué?

—Quiero decir… —Gregg dejó vagar la mirada por la cocina—. Esto no es conveniente.

—Oh. Vale. Porque, por encima de todo, yo soy conveniente.

C. J. parecía enfadada.

—¿Sabes qué? Ese es el tono insultante que siempre utilizas conmigo —dijo Gregg.

—¿Insultante? ¿En serio?

—Ya sabes qué quiero decir.

—No, en realidad, no lo sé. ¿Qué quieres decir?

—Mira, antes eras comprensiva, y ahora tienes todas esas exigencias. Yo venía con ese fantástico viaje planeado, pero tú… no puedes. Y desde el principio has sabido con qué me enfrento en casa. Es solo… que lo he estado pensando y…

—Oh, Dios mío, Gregg, ¿estás haciendo esto ahora? Es decir, ¿no podías haber dicho algo antes? O quizá eso no hubiera sido conveniente para ti.

—Has sido tú quien ha sacado el tema. Yo estaba feliz con irnos de viaje y todo, pero tú has tenido que empezar a presionar.

—A presionar. Vaya.

—Creo que necesitamos un poco de distancia durante un tiempo, para ver cómo nos sentimos.

—Lo que siento es que tú has sido el mayor error que he cometido en toda mi vida.

—Vale, pues ya está. No pienso tolerar más insultos tuyos.

—¡Fuera de aquí, Gregg!

—¿Sabes qué? ¡Nada de esto es culpa mía! —gritó Gregg.

Ahora me daba cuenta de que Gregg estaba haciendo enfadar a C. J., así que me lancé contra él gruñendo, directo a sus tobillos. Él se apartó de un salto. C. J. me cogió en brazos.

—Si ese perro hace eso otra vez, lo mando al espacio de una patada —dijo Gregg.

Él también estaba enojado. Me debatía en los brazos de C. J. para que me dejara bajar, pero ella me sujetaba con fuerza.

—Vete. Ahora. Y no vuelvas —dijo C. J., cortante.

—Es poco probable que lo haga —replicó Gregg.

Cuando se hubo marchado, C. J. se sentó a la mesa y se puso a llorar. Yo lloriqueé un poco. Ella me cogió en brazos. Intenté lamerle la cara, pero ella me obligó a quedarme quieto en su regazo.

—Soy tan tonta, tan tonta —decía una y otra vez.

No comprendía nada de lo que estaba diciendo, pero por cómo se sentía pensé que había sido un mal perro. C. J. se quitó los zapatos y, al cabo de un rato, se fue al refrigerador y sacó un poco de helado.

Después de eso, no volví a ver esos zapatos durante mucho tiempo. Casi todos los días dábamos paseos con los perros, y muchas veces íbamos al parque. Allí siempre buscaba el olor de Duke. Pero nunca lo encontré, a pesar de que allí había innumerables rastros de muchos muchos perros. Sneakers dividía su tiempo entre la casa de la señora Minnick y la nuestra, lo cual estaba bien porque eso significaba que yo disponía de más tiempo para estar a solas con C. J. Los días se fueron haciendo más fríos y yo empecé a salir siempre con el jersey puesto.

El día en que los zapatos, por fin, volvieron a aparecer, me

239

preparé para tener otro encuentro con Gregg. Pero me llevé una agradable sorpresa cuando, después de lanzarme a ladrar contra la puerta cuando llamaron, me di cuenta de que era otra persona: ¡Trent!

—¡Hola, desconocido! —exclamó C. J. al abrir la puerta.

De repente, me invadió una oleada de aromas florales: Trent llevaba flores en los brazos. Se abrazaron. Luego, él se agachó para saludarme y noté, por encima del olor de las flores, que sus manos desprendían un olor de jabón y de algo aceitoso. Meneé la cola y me retorcí de placer al sentir el contacto de sus manos.

—No puedo creer cómo se comporta Max contigo —dijo C. J. mientras le hacía pasar y dejaba las flores.

Toda la casa se llenó de su olor al instante.

—¿Sabes? Este sitio es mucho mejor que el último —dijo Trent.

—Ya, cállate. ¿Puedes creer que me dijeron que tenía cocina? Le dije a la mujer: oye, una cocina tiene más de un quemador. Esto es un hornillo.

Trent se sentó en la encimera, cosa que no me gustó, porque significaba que no podía llegar hasta él.

—Supongo que este alquiler es mucho más barato que el del ático.

—Bueno, sí, pero ya conoces Nueva York. Tampoco es barato. Y lo de pasear perros no me está yendo muy bien. Resulta que cuando pierdes a un cliente famoso, también pierdes un montón de clientes no tan famosos.

—Pero estás bien, ¿supongo?

—Sí, bien.

Trent la miró.

—¿Qué sucede? —preguntó ella.

—Estás muy delgada, C. J.

—Vamos, Trent, por favor.

Se quedaron en silencio un momento.

—Bueno, eh, tengo novedades —dijo Trent al fin.

—¿Te han puesto al mando del sistema financiero mundial?

—Bueno, por supuesto, pero eso fue la semana pasada. No, es, esto…, Liesl.

—¿Qué?

—Este fin de semana voy a pedirle que se case conmigo.

Percibí que C. J. se sobresaltaba con sorpresa. Se sentó en el taburete y yo me acerqué a ella, preocupado.

—Vaya —dijo, al fin—. Eso es…

—Sí, lo sé. Las cosas estaban un poco tensas entre nosotros, creo que ya te hablé de eso. Pero, últimamente, no sé. Simplemente, parece que todo está bien, ¿sabes? Hace un año y medio que estamos juntos. Y esa es la conversación que nunca hemos tenido entre nosotros, así que pensé que había llegado el momento de hablarlo. ¿Quieres ver el anillo?

—Claro —dijo C. J. en voz baja.

Trent se metió la mano en el bolsillo, sacó un juguete y se lo dio a C. J. Ella no me dejó olerlo, así que me imaginé que no debía de ser muy divertido.

—¿Qué pasa, C. J.?

—Es que me parece…, no sé, rápido… o algo. Es decir, somos tan jóvenes. ¿Casados?

—¿Rápido?

—No, olvídalo. El anillo es precioso.

Al cabo de poco rato, C. J. y Trent se marcharon. Cuando ella regresó, olía deliciosamente a comida. Pero estaba sola. Me sentí decepcionado, puesto que tenía la esperanza de que Trent se quedara para jugar, tal como había hecho siempre cuando tenía a Rocky. Me pregunté si el hecho de que no tuviera un perro era el motivo por el que ya no venía tanto como antes. Y, no por primera vez, pensé que Trent, sin lugar a dudas, necesitaba un perro.

C. J. parecía triste. Se tumbó en la cama y dejó caer los zapatos al suelo. Oí que lloraba. Sneakers subió a la cama, pero yo no me podía imaginar que un gato pudiera ofrecer tanto consuelo como un perro. Cuando estás triste, necesitas un perro. Tomé carrerilla y salté. C. J. me abrazó con fuerza.

—Mi vida no es nada —dijo.

Había una gran tristeza en sus palabras, aunque yo no sabía qué era lo que decía o si me hablaba a mí o a Sneakers.

Al cabo de un rato, mi chica se quedó dormida, a pesar de que llevaba puesta la misma ropa que cuando se había marchado con Trent. Bajé de la cama y di unas vueltas por la habitación, agitado a causa de su tristeza.

Seguramente a causa de mi preocupación y de que intentaba comprender qué era lo que sucedía, pensé algo que no se me había ocurrido pensar antes: cada vez que C. J. se ponía esos zapatos que olían tan bien, se ponía triste. Quizá tuvieran un olor maravilloso, pero eran unos zapatos muy muy tristes.

Supe lo que debía hacer.

$\mathcal{P}$ ensé que si mordisqueaba esos zapatos tristes, mi chica ya no volvería a estar así nunca más. Pero cuando se despertó y vio los trozos de zapato esparcidos por el suelo, no se puso contenta.

—¡Oh, no! —gritó—. ¡Malo, Max! ¡Malo, Max!

Yo era un perro malo. No debería haber mordisqueado los zapatos.

Me acerqué a ella con la cabeza gacha y las orejas aplastadas contra la cabeza, lamiéndome el hocico con nerviosismo. C. J. se arrodilló y se puso a llorar con la cara entre las manos. Sneakers se asomó al borde de la cama para mirarnos. Yo apoyé, ansioso, las patas delanteras en mi chica, aunque al principio no pareció que eso fuera de ninguna ayuda. Pero al final, ella me cogió en brazos y me apretó con fuerza. Su tristeza fluyó mientras lloraba.

—Estoy sola en el mundo, Max —me dijo C. J.

No meneé la cola porque había pronunciado mi nombre con mucha tristeza.

Al final, C. J. tiró los trozos de zapato. A partir de aquella mañana, parecía que se movía más despacio, que sus gestos eran melancólicos. Continuábamos yendo a pasear con los otros perros casi cada día, pero C. J. no se animaba al verlos.

Y cuando cayó la primera nieve, se sentó a mirarnos jugar a mí y a Katie en el parque para perros sin reírse ni un momento.

Yo deseaba que Trent volviera, porque C. J. siempre estaba alegre cuando Trent estaba cerca. Pero no lo hizo, y mi chica no volvió a pronunciar el nombre de Trent en el teléfono.

Aunque, un día, sí pronunció el nombre de Gloria. C. J. estaba sentada en el taburete, hablando. Y tenía el teléfono en la cara.

—¿Cómo estás, Gloria? —dijo.

Yo había estado jugando con Sneakers en la habitación, pero ahora entré en la cocina, curioso. Gloria no estaba allí. C. J. solo decía:

—Ajá... Ajá... Ajá.

—¿Hawái? Eso suena muy bien —dijo C. J. mientras yo bostezaba y daba vueltas sobre el cojín para ponerme cómodo.

Sneakers se acercó y saltó sobre la encimera, fingiendo que no le importaba que yo estuviera allí.

—Ajá. Qué bien —dijo C. J.—. Escucha, Gloria, tengo que preguntarte... si me podrías prestar un poco de dinero. Es solo... que voy un poco justa. Estoy buscando trabajo, y también estoy intentando encontrar más clientes para pasear perros, pero no me salen... Ajá. Bueno, claro, comprendo, eso debe de haber sido caro... Claro, lo pillo, no podías ir con unas maletas viejas... No, no lo estoy, solo estoy escuchando lo que me dices... Vale, solo te lo quería preguntar, Gloria, no quiero que esto se convierta en una discusión.

Al final, Sneakers perdió la paciencia y bajó de un salto. Se acercó a mí, ronroneando, pero puesto que yo no me moví, él se enroscó a mi lado, encima del cojín. Suspiré.

C. J. dio un fuerte golpe con el teléfono. Estaba muy enfadada con él, pero yo ya sabía —desde el episodio con los zapatos— que eso no significaba que quisiera que yo hiciera algo al respecto. No obstante, los teléfonos no me parecían buenos juguetes. C. J. se fue hasta el refrigerador, lo abrió y se quedó de pie mirando dentro durante un buen rato. Luego me miró:

—Vamos a dar un paseo, Max —me dijo.

Hacía mucho frío, pero no me quejé. Al final, C. J. me cogió en brazos mientras caminaba. Al no tener ya las patas sobre el suelo húmedo, volví a estar caliente y cómodo.

Una tarde, al cabo de varios días, llamaron suavemente a la puerta y ladré con fuerza. C. J. se había pasado casi todo el día en la cama, allí, tumbada, y yo había estado con ella casi todo el tiempo. Pero al oír que llamaban, se levantó mientras yo pegaba la nariz a la rendija de la puerta, meneando la cola: ¡Trent!

—¿Quién es, Max? ¿Hola? —dijo mi chica en voz alta.

—C. J., soy yo.

—Oh.

C. J. miró a su alrededor, se pasó una mano por el pelo y abrió la puerta.

—Hola, Trent.

—Dios, he estado preocupado por ti. ¿Por qué tienes apagado el teléfono?

—Oh. Esto, solo, una tontería. Debo hablar con ellos.

—¿Puedo entrar?

—Claro.

Trent entró y golpeó el suelo con los pies para sacudirse la nieve. Llevaba el abrigo mojado, y lo puso en el mismo colgador en el que estaba mi correa. Yo di vueltas alrededor de sus tobillos hasta que, al fin, él se arrodilló para recibir mis lametones.

—Hola, Max, ¿cómo estás, chico? —dijo Trent, riendo. Luego se puso en pie y, mirando a C. J., preguntó—: Eh, ¿estás bien?

—Claro.

—Pareces… ¿Estás enferma?

—No —respondió C. J.—. Solo estaba echando una cabezada.

—No has respondido mis mensajes. Los de antes, quiero decir los de cuando el teléfono todavía te funcionaba. ¿Estás enfadada conmigo?

—No. Lo siento, Trent. Sé que es difícil que te lo creas, pero últimamente he estado un poco ocupada y no he podido responder a todo el mundo.

Trent permaneció callado un momento.

—Lo siento.

—No, no pasa nada.

—Mira, ¿quieres que vayamos a comer algo?

Me di cuenta de que C. J. se enfadaba un poco. Se cruzó de brazos y preguntó:

—¿Por qué?

Me acerqué a ella y me senté a sus pies por si acaso me necesitaba.

—Esto… No lo sé, ¿porque es la hora de cenar?

—¿Así que has venido a alimentarme? ¿Qué te parece si abro la boca y tú regurgitas dentro?

—¿Qué? C. J., ¿qué estás diciendo? He venido a ver cómo estás.

—Has venido a controlar cómo estoy. Para ver si no me salto ninguna comida.

—Yo no he dicho eso.

—Bueno, pues no puedo. Tengo una cita.

Trent parpadeó, sorprendido.

—Oh.

—Debo arreglarme.

—Vale. Mira, lo siento si…

—No hace falta que te disculpes. Siento haberme enfadado. Pero deberías irte.

Trent asintió con la cabeza. Cogió el abrigo y la correa se meció en el colgador tentadoramente. Miré a C. J., pero no tenía pinta de que fuéramos a dar un paseo. Trent se puso el abrigo, miró a C. J. y le dijo:

—Te echo de menos.

—He estado muy ocupada.

—¿Tú también me echas de menos?

C. J. apartó la mirada.

—Por supuesto.

Entonces, la tristeza embargó a Trent.

—Bueno, ¿cómo me puedo poner en contacto contigo?

—Cuando recupere el teléfono, te llamaré.

—Tomaremos… café… o algo.

—Claro —dijo C. J.

Se dieron un abrazo. C. J. también estaba triste. La tristeza los embargaba a ambos. No comprendía por qué se sentían tan tristes, pero a veces suceden cosas entre las personas que los perros no comprenden.

Trent se fue y Sneakers salió de debajo de la cama. Deseé que no se hubiera escondido; no había ningún motivo para esconderse de él: Trent era bueno.

Al cabo de unos días, cuando regresamos de pasear con los perros, encontramos a una mujer en la puerta de entrada. Llevaba un papel en la mano. C. J. jadeaba un poco después de haber subido las escaleras. Yo me puse a ladrar.

—¡Lidia! —dijo C. J.

Se agachó y me cogió en brazos. Paré de ladrar.

—Solo estaba dejando un aviso —dijo la mujer.

—Un aviso —repitió C. J.

La mujer suspiró.

—Vas muy retrasada, cariño. ¿Podrías pagar algo del alquiler hoy?

—¿Hoy? No, yo… cobro el viernes. Quizá podría hacer casi todo el pago entonces.

Mi chica tenía miedo. Me puse a gruñirle a esa mujer, porque llegué a la conclusión de que ella era la causa de la agitación de C. J.

—Calla, Max —dijo C. J., poniéndome una mano sobre el hocico.

Pero continué gruñendo a pesar de su mano.

—El viernes ya deberás otro pago. Por eso estoy aquí. Lo siento, C. J., pero debo decirte que, o bien te pones al día, o tendrás que irte. Yo también tengo que pagar un alquiler y encargarme de las facturas.

—No, lo comprendo. Sí, claro —dijo C. J.

Se pasó un mano por los ojos.

—¿Tienes familia? ¿Alguien a quien puedas recurrir?

C. J. me sujetó el hocico con más fuerza, así que dejé de enseñarle los dientes a la mujer. Me di cuenta de que mi chica necesitaba más mi consuelo que mi protección.

—No, mi padre murió en un accidente de avión cuando yo era pequeña.

—Oh, lo siento.

—Me mudaré. Gracias por... toda tu paciencia. Prometo que te pagaré el dinero que te debo. Estoy buscando un trabajo mejor.

—Cuídate, cariño. Parece que no hayas comido desde hace una semana.

La mujer se marchó. C. J. entró en el apartamento con el papel que la mujer le había dado. Se sentó en la cama. Yo me puse a gimotear, así que me cogió y me subió también, y fui a ponerme en su regazo. La tristeza y el miedo la embargaban.

—Me he convertido en mi madre —susurró.

Al cabo de un rato, se puso en pie y empezó a poner su ropa en una maleta. Me dio un poco de queso y algo de la comida que Sneakers se había negado a comer. En otras circunstancias, me habría sentido encantado con ese magnífico banquete, pero la manera en que me lo dio era un tanto extraña. Su actitud mostraba una pesadumbre fría que le quitó toda la alegría.

C. J. sacó el transportín de Sneakers y puso todos sus juguetes dentro; también su lecho. Sneakers lo observaba todo, inexpresivo, pero yo daba vueltas alrededor de C. J. con ansiedad. Sin embargo, me sentí mejor cuando me enganchó la correa, cogió a Sneakers y el transportín y se fue hasta la puerta de la casa de la señora Minnick.

—Hola, señora Minnick —dijo C. J.

La señora Minnick alargó los brazos para coger a Sneakers, que se había puesto a ronronear.

—Hola, C. J. —dijo.

—Necesito pedirle un favor enorme. Yo... debo mudarme. Y al sitio al que voy no aceptan animales de compañía. Así que me preguntaba si usted podría cuidar a Sneakers durante un tiempo. Quizá ¿para siempre? Él es tan feliz aquí.

La señora Minnick sonrió ampliamente.

—¿Estás segura? —Y sujetando a Sneakers en el aire, preguntó—: ¿Sneakers?

Sneakers dejó de ronronear porque no le gustaba que lo sujetaran de esa manera. Puse una pata sobre la pierna de C. J., impaciente por ir a pasear. La señora Minnick retrocedió un poco y C. J. dejó el transportín en el suelo, dentro de la casa.

—Todas sus cosas están ahí dentro. También hay unas latas de comida, pero últimamente no come mucho.

—Bueno, yo le he estado dando comida.

—Me lo imaginaba. Muchas gracias otra vez.

C. J. dio un paso hacia la señora Minnick, que todavía tenía al gato en brazos.

—Sneakers. Eres un buen gato —dijo C. J., recostando el rostro sobre el pelaje del gato. Él frotó la cabeza contra ella, ronroneando—. Vale —susurró C. J.

Gimoteé, ansioso al sentir la tristeza de mi chica.

La señora Minnick miraba a C. J.

—¿De verdad que estás bien?

—Oh, sí. Sneakers, tú eres mi gato favorito, sé bueno.

—¿Vendrás a vernos? —preguntó la señora Minnick.

—Por supuesto. Tan pronto como esté instalada en el sitio nuevo, vendré. ¿De acuerdo? Ahora debo irme. Adiós, Sneakers. Te quiero. Adiós.

El gato saltó de los brazos de la señora Minnick y entró en la casa. Sneakers era, en general, un gato bueno, pero ahora había puesto triste a mi chica y eso no me gustó.

Después de que dejáramos a Sneakers con la señora Minnick, fuimos a dar un paseo muy raro. Primero hice mis necesidades en la nieve; luego C. J. me cogió en brazos y caminamos y caminamos y caminamos. Me encantaba notar su calor y sentirme seguro en sus brazos. Pero ella parecía verdaderamente cansada y triste. Me pregunté adónde íbamos.

Finalmente, se detuvo y me dejó en el suelo. Olisqueé un poco la nieve, pero no reconocí ninguno de los olores. C. J. se arrodilló y se inclinó ante mí.

—Max.

Le lamí la cara. Eso la hizo sentir triste otra vez: no tenía ningún sentido para mí. Normalmente, se alegraba cuando la lamía.

—Has sido un perro muy muy bueno, ¿me entiendes? Has sido el mejor perro que una chica puede querer. Te quiero, Max. Me crees, ¿verdad? No importa lo que suceda, no olvides cuánto te quiero, porque es verdad.

C. J. se estaba pasando la mano por la cara y tenía las manos llenas de lágrimas. Su tristeza era tan terrible que sentí miedo.

Al cabo de un momento, se puso en pie y respiró profundamente.

—Vale —dijo.

Me llevó un poco más adelante. Entonces reconocí algunos

olores. Supe que íbamos a ver a Trent. Me sentí aliviado: Trent ayudaría a C. J. Fuera lo que fuera lo que estaba pasando, un perro no lo podía entender. Pero él sabría qué hacer.

Trent abrió la puerta.

—Dios, ¿qué ha pasado? —preguntó—. Entra.

—No puedo —dijo C. J., de pie en la entrada—. Debo irme. Tengo que ir al aeropuerto. Me dejó en el suelo y yo corrí hasta Trent dando saltos y meneando la cola.

—¿Al aeropuerto?

—Es Gloria, está muy enferma. Debo estar ahí.

—Iré contigo —dijo Trent.

—No, no, lo que necesito es… ¿Puedes quedarte con Max? ¿Por favor? Eres la única persona en el mundo que le cae bien.

—Claro —dijo Trent—. ¿Max? ¿Quieres quedarte aquí unos cuantos días?

—Debo irme —dijo mi chica.

No parecía estar más feliz ahora, ahí con Trent.

—¿Quieres que te lleve en coche al aeropuerto?

—No, no hace falta.

—Pareces muy preocupada, C. J.

Ella respiró profundamente, temblorosa.

—No, estoy bien. Supongo que tengo cosas… inconclusas con Gloria. No pasa nada. Debo irme.

—¿A qué hora tienes el vuelo?

—Trent, por favor, estoy bien, ¿vale? Déjame marchar.

—Vale —dijo Trent en voz baja—. Di adiós, Max.

—Ya nos hemos… —C. J. meneó la cabeza—. Vale, claro. Adiós, Max. —Se arrodilló y dijo—: Te quiero. Nos vemos pronto, ¿vale? Adiós, Max. —Se puso en pie—. Adiós, Trent.

Se dieron un fuerte abrazo. Cuando se separaron, me di cuenta de que Trent sentía un poco de miedo. Miré a mi alrededor, pero no vi ninguna amenaza.

—¿C. J.? —susurró.

Ella negó con la cabeza, pero no le miró a los ojos.

—Debo irme —dijo.

Se dio la vuelta. Quise seguirla, pero la correa me lo impidió. Ladré, pero C. J. no miró hacia atrás. Se fue directamente a la pequeña habitación con la doble puerta y, cuando esta se abrió, entró y se giró. Entonces, por un instante eterno, me miró. Me miró a los ojos y luego miró a Trent. Con una pequeña sonrisa, le dijo adiós con la mano. Incluso desde ahí vi sus lágrimas, brillantes bajo la dura luz del techo de esa pequeña habitación. Volví a ladrar. Entonces, las puertas se cerraron.

Trent me cogió y me miró.

—¿Qué está pasando aquí, eh, Max? —susurró—. Esto no me gusta. No me gusta nada de nada.

25

$\mathcal{A}$hora las cosas eran totalmente distintas. Yo vivía en casa de Trent, que era más grande que la casa en que vivía con C. J. Todavía iba de paseo con perros: una mujer que se llamaba Annie venía cada día con un perro gordo y feliz llamado Harvey y me llevaba de paseo con ella. Me resultaba extraño que se llamara Annie, puesto que mis hermanas, en ese sitio en que los perros ladraban, se llamaban Abby y Annie. Llegué a la conclusión de que algunas personas querían tanto a los perros que se ponían nombre de perro. Annie olía a muchos gatos y perros diferentes, lo cual parecía confirmar mi teoría. La primera vez que vino, fui corriendo hasta ella ladrando fieramente para que supiera que no me sentía intimidado por Harvey, pero Trent estaba allí y me cogió en brazos. Luego Annie también me acunó y no supe qué hacer. Normalmente, cuando gruñía, las personas no me daban abrazos. Pero ella me acarició y me estrechó: bajé la guardia por completo. C. J. no estaba allí y no necesitaba mi protección, así que quizá estaba bien si dejaba que Annie se tomara ciertas libertades.

Annie, Harvey y yo íbamos de paseo con otros perros, pero Annie lo hacía mal: no nos parábamos a recoger a Katie de camino, aunque sí nos deteníamos a recoger a un perro que se llamaba Zen, que era grande pero tenía las patas cortas y unas orejas muy grandes que casi le llegaban al suelo. Se parecía mucho a Barney, el perro que vivía con Jennifer cuando Rocky y yo éramos cachorros. Al ver a Zen le gruñí; él se tumbó de espaldas al suelo y permitió que le olisqueara todo el cuerpo. No tendría ningún problema con él. Pero había un perro que se llamaba Jazzy, con el pelo rizado, que se mostraba menos dispuesto a cooperar. Jazzy no jugaba conmigo.

Trent solo venía a casa por la noche; normalmente traía una bolsa con comida que ingería en silencio y de pie en la cocina. Parecía muy cansado y triste. Cuando me acercaba las manos, notaba el olor de muchas cosas diferentes, pero nunca el olor de mi chica.

—Oh, Max, la echas de menos, ¿verdad? —me dijo Trent en voz baja.

Meneé la cola para demostrarle que había oído mi nombre y que me gustaba que me acariciara la cabeza.

Lo apreciaba y me apenaba mucho que no tuviera perro, pero yo necesitaba estar con C. J. ¿Dónde estaba? ¿Por qué me había dejado allí? A veces soñaba que estaba a mi lado; sin embargo, cuando abría los ojos, volvía a estar en casa de Trent, solo.

¿Habría regresado C. J. a vivir con Sneakers? ¿Por eso estaba tan triste? Había percibido el mismo tipo de tristeza en Hannah la vez en que, cuando yo era Chico, me habían llevado al veterinario por última vez. Era una especie de tristeza de despedida. Pero C. J. me necesitaba en su vida; por eso siempre venía a buscarme cuando era un cachorro. Nada podía cambiar eso. Así pues, fuera lo que fuera lo que me mantenía separado de ella, tenía que ser algo temporal.

Una tarde, cuando Annie y Harvey me llevaron de vuelta a casa de Trent, él estaba sentado en el salón.

—¡Oh, hola! —dijo Annie—. ¿Este es el día?

—Sí —dijo Trent.

Harvey se había sentado en la entrada, esperando a que le dijeran que podía entrar. Era uno de esos perros que siempre están esperando el permiso de las personas para hacer las cosas. Yo podría ser ese tipo de perro, pero C. J. nunca me pedía que lo fuera.

—Vale, Harvey —dijo Annie.

Él entró y se acercó a mi cuenco para ver si le había dejado algo de comida. Jamás hacía tal cosa, pero, igualmente, él siempre tenía que comprobarlo.

Annie se detuvo y alargó los brazos hacia mí. Me acerqué para que me abrazara mientras Harvey le pegaba el enorme hocico en la cara para recibir un abrazo.

—Hoy has tenido un buen día, Max.

Cuando Annie se fue, Harvey se fue con ella sin mirar atrás ni una vez.

—Mira lo que tengo aquí para ti, Max —dijo Trent.

Era como un transportín, pero los laterales eran suaves. Trent parecía muy emocionado de enseñármelo. Lo olisqueé detenidamente. Cuando era Molly, el transportín era mucho más grande; pero, claro, yo también lo era.

Pensar en ser Molly y en ese viaje que hice en un transportín hizo que me preguntara si íbamos a ver a C. J. Trent me cogió para meterme dentro del transportín. No me quejé, a pesar de que no podía ver casi nada de fuera. Trent cogió el transportín; aquello me desconcertó. Fue muy diferente a cuando las personas me cogían en brazos y me levantaban del suelo.

Fuimos a dar un paseo en coche, los dos en el asiento trasero. Me sentía un poco frustrado por que Trent no me dejara salir del transportín para ladrar a todos los perros de la calle. No obstante, allí dentro hacía un agradable calor, lo cual resultaba reconfortante, comparado con el aire frío y húmedo que había notado cuando Trent y yo salimos del edificio.

Fuimos a otro edificio. No pude evitar sentirme inquieto: era un lugar silencioso, muy silencioso, a pesar de que noté el olor de varias personas y de productos químicos. Apenas veía nada metido allí dentro. Además, la forma en que Trent movía el transportín al caminar me mareaba un poco. Luego entramos en una pequeña habitación y él dejó el transportín en el suelo.

—Eh —dijo en voz baja. Oí un crujido.

—Hola —dijo alguien con voz débil y entrecortada.

—He traído a alguien —dijo Trent.

Metió los dedos entre el suave material del transportín y yo le lamí los dedos, ansioso por que me dejara salir. Por fin, metió las manos dentro y me cogió. Me levantó en el aire y vi a una mujer tumbada en una cama.

—¡Max! —exclamó ella.

Y entonces me di cuenta de que era C. J. Su olor era raro: ácido y de productos químicos, pero la reconocí. Me debatí un poco para saltar de los brazos de Trent, pero él me sujetó con fuerza.

—Debes ser suave, Max. Suave —dijo Trent.

Me acercó a C. J. Ella alargó sus manos calientes y maravillosas hacia mí. Me apreté contra ella, gimiendo y lloriqueando un poco: no pude evitarlo. Estaba muy contento de ver a mi chica.

—Vale, tranquilo, Max. ¿Vale? Tranquilo —decía Trent.

—No pasa nada. Me has echado de menos, ¿verdad, Max? Sí, pequeño —dijo ella.

Me pregunté por qué su voz era tan débil y entrecortada. Sonaba completamente diferente. De su brazo colgaba una correa de plástico. Además, en la habitación se oía un pitido que resultaba muy desagradable.

—¿Cómo te sientes hoy? —preguntó Trent.

—Todavía me duele la garganta, por lo del tubo, pero estoy mejorando. Eso sí, aún tengo náuseas —dijo C. J.

Quería olerle todo el cuerpo para explorar todos esos extraños olores, pero sus manos me sujetaban con una rara tensión y me obligaban a quedarme quieto. Hice lo que ella quería.

—Sé que crees que tienes un aspecto muy malo, pero, comparado a cómo estabas en la UCI, es como si estuvieras lista para correr una maratón. Has recuperado el color en las mejillas —dijo Trent—. Y tienes los ojos limpios.

—Seguro que estoy fabulosa —respondió C. J.

Una mujer entró en la habitación; solté un gruñido profundo para hacerle saber que C. J. estaba protegida.

—¡No, Max! —dijo C. J.

—Max, no —dijo Trent.

Se acercó y también me puso las manos encima, así que me encontré totalmente inmovilizado cuando la mujer le dio a C. J. una cosa inodora para comer, así como un pequeño vaso de agua. La verdad era que resultaba muy agradable que los dos me estuvieran tocando, así que me quedé quieto.

—¿Cómo se llama? —preguntó la mujer.

—Max —dijeron Trent y C. J. al mismo tiempo.

Meneé la cola.

—No debería estar aquí. No se permite la entrada a los perros.

Trent se acercó un poco a la mujer y le dijo:

—Es un perro muy pequeño y no ladra ni nada. ¿No puede quedarse un minuto?

—Me encantan los perros. No se lo voy a decir a nadie, pero, si os pillan, no os atreváis a decir que yo lo sabía —respondió la mujer.

Cuando la mujer se marchó, Trent y C. J. dijeron «buen perro» al mismo tiempo, y yo volví a menear la cola.

Percibía un montón de oscuras emociones en mi chica: una mezcla de tristeza y de desesperanza. Que me apretara contra ella no pareció animarla. También estaba cansada; ex-

257

hausta, incluso. Al cabo de poco rato, sus manos ya no me sujetaban, sino que descansaban encima de mí, reposando con el peso de la gravedad.

Me sentía confundido. No podía entender por qué C. J. estaba en esa habitación. Sin embargo, lo más desconcertante e inquietante fue el hecho de que Trent, al cabo de poco, me llamó y me apartó de C. J.

—Vendremos dentro de unos cuantos días, Max —dijo Trent.

Oí mi nombre, pero no comprendí lo que me decía.

—Buen chico, Max. Vete con Trent. No, no lo traigas otra vez, no quiero enfrentarme con los médicos —dijo C. J.

Meneé la cola al saber que era un buen chico.

—Volveré mañana. Duerme bien, ¿vale? Y llámame a cualquier hora si no puedes dormir. Me encantará hablar —dijo Trent.

—No tienes por qué venir cada día, Trent.

—Ya lo sé.

Regresamos a casa. Durante los días siguientes, Annie continuó viniendo para llevarme de paseo con Harvey, Jazzy y Zen, pero ahora, cuando Trent regresaba a casa por la noche, yo notaba el olor de C. J. en sus manos, además de todos aquellos extraños olores.

Al cabo de uno o dos días, regresamos a esa pequeña habitación. C. J. continuaba en la misma cama, pero su olor era un poco más agradable. Cuando Trent me sacó del transportín, la encontré sentada en la cama.

—¡Max! —exclamó con alegría.

Salté a sus brazos y me abrazó. Ahora ya no llevaba una correa en el brazo y tampoco se oía el pitido.

—Cierra la puerta, Trent, no quiero que Max tenga problemas.

Mientras charlaban, me enrosqué debajo de su brazo, procurando reclamar para mí ese trecho de cama, por si

Trent, al irse, no me llevaba con él. Estaba durmiéndome cuando oí una voz de mujer:

—¡Oh, Dios mío!

Al momento, la reconocí.

Gloria.

Entró en la habitación con unas flores que le dio a Trent mientras se acercaba a la cama de C. J. Olía a todas esas flores, además de a muchas otras cosas dulces, lo cual me hizo llorar los ojos.

—Estás horrible —dijo Gloria.

—Yo también me alegro de verte, Gloria.

—¿Te están dando de comer? ¿Qué sitio es este?

—Esto es un hospital —dijo C. J.—. ¿Te acuerdas de Trent?

—Hola, señora Mahoney —dijo él.

—Bueno, claro que sé que es un hospital, no me refería a eso. Hola, Trent. —Gloria acercó su cara a la de Trent y luego se giró hacia su hija—. Nunca había estado tan preocupada en toda mi vida. ¡La conmoción casi me mata!

—Lo siento —dijo C. J.

—Cariño, ¿crees que yo no he tenido malas épocas? Pero siempre he encontrado la fuerza para continuar. Eres un fracaso solo si te ves como un fracaso; ya te lo he dicho en otras ocasiones. Pero que pasara esto… Estuve a punto de desmayarme. He venido en cuanto me he enterado.

—Bueno, diez días —dijo Trent.

Gloria lo miró:

—¿Disculpa?

—La llamé hace diez días. Así que no ha sido exactamente en cuanto se ha enterado.

—Bueno…, no tenía sentido que viniera mientras ella estaba en coma —dijo Gloria frunciendo el ceño.

—Por supuesto —respondió Trent.

—Lo que dice tiene cierto sentido —apuntó C. J.

Ella y Trent se sonrieron.

—No soporto los hospitales. Los detesto profundamente —dijo Gloria.

—En eso eres única —dijo C. J.—. La gente los adora.

Esta vez, Trent se rio.

—Bueno, Trent, ¿crees que una madre podría hablar con su hija a solas? —preguntó Gloria con frialdad.

—Claro —respondió Trent, que se apartó de la pared en que estaba apoyado.

—Llévate también a tu perro —le dijo Gloria.

Al oír la palabra «perro», miré a C. J.

—Es mi perro. Se llama Max —respondió C. J.

—Llámame si necesitas cualquier cosa —dijo Trent mientras salía por la puerta.

Gloria se acercó a la cama y se sentó en la silla.

—Bueno, este sitio es realmente deprimente. ¿Así que Trent ha regresado a la escena?

—No. Trent nunca ha estado «en la escena», Gloria. Es mi mejor amigo.

—De acuerdo, llámalo como quieras. Su madre, que, naturalmente, no pudo evitar llamarme en cuanto se enteró de que mi hija se había tomado pastillas con anticongelante, dice que es vicepresidente de un banco. No le creas cuando se comporte como si fuera un tipo importante: en los bancos dan cargos a todo el mundo. Así es como evitan pagarles un salario decente.

—Es inversor. Y sí: tiene mucho éxito —respondió C. J., irritada.

—Hablando de inversiones, tengo noticias muy importantes.

—Dime.

—Carl me va a proponer matrimonio.

—Carl.

—Ya te he hablado de Carl. Hizo una fortuna vendiendo

fichas, eso que se pone en las máquinas, como en las secadoras de las lavanderías. ¡Tiene una casa en Florida y un velero de veinte metros! También tiene un apartamento en Vancouver y es el dueño de un hotel en Vail, donde podemos ir cada vez que queramos. ¡Vail! Siempre había querido ir allí, pero nunca había encontrado a la persona adecuada. Dicen que Vail es como Aspen, pero sin todos esos locales que lo destrozan.

—¿Así que te vas a casar?

—Sí. Me lo va a pedir el mes que viene, cuando nos vayamos al Caribe. Ahí es donde propuso matrimonio a sus dos esposas. Así que, ya sabes, sumé dos y dos. ¿Quieres ver una foto suya?

—Claro.

Levanté la vista, bostezando, mientras Gloria le daba una cosa. C. J. soltó una carcajada.

—¿Este es Carl? ¿Es un veterano de la guerra civil?

—¿A qué te refieres?

—Tiene como mil años.

—No es verdad, es un hombre muy distinguido. Te pediría que no seas maleducada. Va a ser tu padrastro.

—Oh, señor. ¿Cuántas veces he oído esto? ¿Qué me dices del que pagó la hipoteca, a quien tú me hacías llamar «papá»?

—No se puede confiar en la mayoría de los hombres. Carl es diferente.

—¿Porque es viejo?

—No, porque todavía conserva la amistad con sus exesposas. Eso dice algo.

—Desde luego que sí. —C. J. me puso una mano sobre la cabeza; al sentir su cálido y amoroso contacto, me entró sueño y me dormí.

Pero, de repente, me desperté al sentir que C. J. estaba enfadada.

—¿Qué quieres decir con que no piensas hablar de ello?
—le preguntó C. J. a Gloria.

—Esa familia fue horrible conmigo. No tendremos ninguna relación con ellos.

—Pero eso no es justo para mí. Yo tengo un vínculo de sangre con ellos. Quiero conocerlos, saber de dónde provengo.

—Yo te crie sola, sin la ayuda de nadie.

Percibí que un sentimiento de tristeza empezaba a embargar a C. J., pero continuaba enfadada.

—Recuerdo muy pocas cosas de cuando era pequeña y papá me llevaba allí. Recuerdo… que había un caballo. Y a mi abuela. Eso es lo único que tengo: fragmentos de cuando debía de tener unos cinco años.

—Así es como tiene que ser.

—¡No eres tú quien ha de decidir eso!

—Basta. Escúchame. —Gloria se había puesto en pie. También ella parecía de mal humor—. Ya no vas al instituto y no pienso permitir que te comportes como una niña mimada. Si vas a vivir en mi casa, seguirás mis normas. ¿Entendido?

—No, no lo hará —dijo Trent con calma desde la puerta.

Ambas se giraron mientras él entraba en la habitación.

—Esto no es asunto tuyo, Trent —dijo Gloria.

—Es asunto mío. C. J. no necesita esto ahora mismo. Se supone que debe evitar el estrés. Y no se va a ir a casa contigo. Su carrera como actriz está aquí.

—Bueno, no creo que nunca llegue a ser actriz —dijo C. J.

—Exacto —coincidió Gloria.

—Pues serás alguna cosa. Puedes hacer lo que tú quieras. No es que te hayas quedado inútil, C. J. Todo depende de ti —dijo Trent.

—¿De qué estás hablando? —preguntó Gloria con frialdad.

—Me crees, ¿verdad, C. J.? —preguntó él.

—No…, no puedo quedarme, Trent. No me lo puedo permitir.

—En mi casa hay espacio de sobra. Puedes instalarte en la habitación que no uso hasta que encuentres tu camino.

—¿Y qué hay de Liesl?

—Oh. Liesl. —Se rio—. Hemos roto otra vez. Creo que es definitivo: no pienso suplicarle que vuelva conmigo. Me he dado cuenta de que lo que le gusta es el drama de romper, volver a estar juntos, romper… Es como una adicción.

—¿Cuándo fue?

—La noche antes de que tú… me dejaras a Max.

Meneé la cola.

—Siento no haber sido mejor amiga. Ni siquiera te pregunté por ello —dijo C. J.

—No pasa nada, has estado un poco distraída —bromeó Trent.

—¿Podemos, por favor, retomar el tema? —exigió Gloria.

—Quieres decir el tema del que tú quieres hablar —replicó C. J.

—No, no es eso lo que quiero decir en absoluto. Quiero decir que el miércoles me voy. Ya está todo listo —dijo Gloria con firmeza.

—Debes estar con alguien que crea en ti. Yo creo en ti. Siempre he creído en ti —intervino Trent.

Noté que Gloria estaba más y más enfadada.

—Nadie puede acusarme de no «creer en mi hija». He soportado este ridículo traslado a Nueva York, ¿no es así?

—¿Soportado? —repuso C. J.

—No le haces bien, Gloria. Necesita ponerse buena. Y tú eres la última persona que la puedes ayudar en eso —dijo Trent.

—Yo soy su madre —repuso Gloria con frialdad.

—Bueno, sí, tú la trajiste a este mundo. Eso no lo voy a

negar. Pero ella es mayor. Cuando un niño es mayor, el trabajo del padre termina.

—¿C. J.? —dijo Gloria.

Miré a Gloria, que miraba a su hija; observé a Trent, que miraba a Gloria; y, finalmente, miré a C. J., que movía la cabeza de uno a otro. Gloria apoyó las manos en las caderas.

—Nunca me has dado las gracias. Tantos sacrificios… —dijo con amargura. Se dio la vuelta con intención de marcharse. Al llegar a la puerta se giró y fulminó a su hija con la mirada—: Mañana regresaré. Y pasado mañana nos iremos, tal como está previsto. No hay nada más que decir. —Miró a Trent y añadió—: Nadie tiene nada más que decir.

Al ver que Gloria se iba, meneé la cola. Siempre me sentía un poco menos estresado cuando se iba.

Esa noche, cuando Trent y yo regresamos a su casa, me pregunté si esa era la nueva rutina: dormir en su casa y luego irnos a la nueva habitación de C. J., que tenía ese suelo tan resbaladizo. Parecía que a mi chica cada vez le gustaba vivir en sitios más pequeños.

Trent me lanzó un juguete de goma que rebotó salvajemente por toda la cocina. Lo perseguí y se lo llevé de nuevo. Se rio y me dijo que era un buen perro.

Más tarde, mientras me estaba poniendo un poco de comida en lata encima del pienso que había en mi cuenco, noté un inconfundible olor metálico en su aliento. Eso me sorprendió, pero hice lo que me habían entrenado para hacer tanto tiempo atrás.

Aquella señal.

26

*U*nos días después de la visita de Gloria, C. J. vino a vivir a casa de Trent. Colocó sus cosas en una habitación; algunas de sus piezas de ropa aún tenían el olor de Sneakers. El traslado parecía haberla fatigado. De hecho, se pasó un montón de tiempo en la cama, triste, débil y con dolor casi todo el rato. Intenté animarla dándole juguetes para mordisquear, que Trent me traía a casa dentro de unas pequeñas bolsas; sin embargo, aparte de sujetarlas débilmente para que yo las mordisqueara, C. J. no se mostraba muy interesada en aquel juego.

Trent regresaba a casa una vez al día, por lo menos, para sacarme a la calle.

—No pasa nada, estaré a la vuelta de la esquina.

—Quizá mañana me sienta con ánimos de sacar a pasear a Max —dijo C. J.

—Tómate el tiempo que necesites —respondió Trent.

Les gustaba un juego en el que Trent se sentaba a su lado y le envolvía el brazo con un jersey como el mío; entonces Trent apretaba una pelota pequeña. Se oía un siseo muy raro, y C. J. y Trent se quedaban muy quietos.

—Bien, la tensión está bien —solía decir Trent.

Y cuando le quitaba ese jersey, hacía el mismo ruido que el mío.

No se me permitía jugar con esa pelota, pues creo que era la favorita de Trent.

Era él quien me daba de comer. Aprendí que, para que me diera de comer, debía hacer la señal cuando notaba el olor metálico en su aliento, cosa que sucedía casi siempre.

—Ponte a rezar, Max —me decía a veces.

Yo hacía la señal y él me decía:

—Buen chico, Max.

Y, como premio, me daba de comer.

—Max se pone a rezar antes de la comida —le dijo Trent a C. J. un día.

Yo estaba correteando por la habitación para quemar un poco de energía, pero al oír mi nombre y la palabra «comida» me quedé inmóvil. Ya había comido, pero no pondría objeción alguna a que Trent me diera una chuche.

—¿Qué quieres decir? —preguntó C. J. riendo.

—Te lo juro. Baja la cabeza y pone las patas juntas así, como si estuviera rezando. Es muy divertido.

—Nunca le he visto hacer eso —dijo C. J.

—¡Reza, Max! —me dijo Trent.

Me di cuenta de que se suponía que debía hacer algo, así que me senté y solté un ladrido. Ambos se rieron, pero no me dieron comida, así que parecía ser que lo había hecho mal.

Cuando, al fin, C. J. se levantó de la cama y se fue al sofá, lo hizo muy muy despacio y empujando una cosa que parecía una silla mientras se sujetaba a ella con mucha fuerza. Esa especie de silla tenía unas pelotas de tenis, pero ella no me las tiró para que fuera a buscarlas. Correteé alrededor de sus pies, contento de que se hubiera levantado, pero ella respiraba con fuerza y no parecía muy contenta.

Sin embargo, Trent parecía encantado.

—¡Has conseguido llegar al sofá!

—Sí, solo he tardado una hora.

—Eso es realmente fantástico, C. J.

—Desde luego que sí. —Ella apartó la mirada y suspiró.

Salté sobre el sofá y le di un golpe en la mano con el hocico para que se sintiera mejor.

Después de eso, C. J. se levantaba cada día de la cama y caminaba un poco por el apartamento, siempre empujando esa cosa de las pelotas de tenis. Cierto día, empezamos a dar paseos fuera de casa. La primera vez que lo hicimos, la nieve se estaba derritiendo; los neumáticos de los coches hacían mucho ruido sobre el pavimento. Solamente caminamos unos cuantos metros por la acera; las pelotas de tenis de esa especie de silla de C. J. se mojaron. Unos días después, había vuelto a nevar, por lo que solamente dimos unos cuantos pasos antes de regresar a casa. Al otro día, el sol salió, el tiempo era más cálido y la nieve empezaba a derretirse; se olía la hierba tierna debajo de ella.

Nuestra casa tenía una habitación exterior que se llamaba «balcón». Trent puso allí una caja con una alfombra gruesa dentro y me llamó.

—Aquí puedes hacer tus necesidades, Max. Es tu orinal especial.

Esa alfombra era más suave que el cemento del suelo del balcón. Me encantaba tumbarme encima de ella cuando hacía un poco de brisa y recibir todos los olores de la calle. A veces olía a la señora Warren, la mujer que muchas veces salía al balcón de al lado.

—Hola, Max —me decía.

Y yo meneaba la cola.

—No debes tumbarte ahí dentro, Max —me dijo Trent.

C. J. se rio, encantada.

No sabía qué estaba pasando, pero decidí que si eso hacía tan feliz a mi chica, me tumbaría encima de esa alfombra siempre que pudiera.

A medida que los días se tornaron más calurosos, C. J. salía con aquella especie de silla y caminaba cada vez más lejos, aunque siempre iba muy despacio. Durante uno de esos paseos, nos detuvimos a buscar a Katie y a otros perros.

Al final, me familiaricé con esa ruta y me iba parando en los parterres de flores del camino. Había un perro al que no había visto nunca y que siempre marcaba las plantas. Yo lo olisqueaba detenidamente antes de marcar la misma zona.

—A Max le encanta pararse aquí para oler las flores —le dijo C. J. a Trent un día en que habían salido juntos a pasearme.

—Buen perro, Max. Párate y huele las rosas —dijo Trent.

Lo oí, pero estaba muy concentrado en el olor de ese perro.

Algunos días eran mejores que otros para C. J. En uno de esos días malos, se encontraba tumbada en la cama cuando oí unos ruidos al otro lado de la puerta de entrada, así que corrí hasta ella ladrando. Cuando se abrió, me asombró oler con quien estaba Trent.

¡Duke!

Duke entró corriendo en la habitación, lleno de esa energía enloquecida. Apoyé las patas sobre su cara y le lamí los labios: me alegraba muchísimo de verlo. Duke sacó su enorme lengua y me la pasó por la cara una y otra vez mientras gemía y temblaba de felicidad por estar conmigo. Luego se tumbó de espaldas para que pudiera trepar encima de él. Nos lo pasamos en grande jugando a pelear.

—Vamos, chicos —dijo Trent.

Fuimos a la habitación de C. J., que se sentó en la cama.

—¡Duke! —exclamó.

El perro estaba tan emocionado de verla que saltó sobre la cama. C. J. soltó una exclamación de dolor.

—¡Eh! —gritó Trent.

La lámpara que había al lado de C. J. cayó al suelo y hubo un destello: la habitación quedó más oscura. Duke, jadeando, empezó a dar vueltas y a chocar contra cosas, y luego volvió a saltar sobre la cama.

—¡Fuera, Duke! —dijo C. J., enfadada.

Con un gruñido, le di un mordisco a Duke en las patas, y él se encogió en el suelo con las orejas gachas.

En ese momento me di cuenta de que lo que mi chica necesitaba era calma y tranquilidad. Duke no debía saltar encima de ella. Además, todo el escándalo que había montado había hecho que C. J. y Trent se enfadaran.

En esa casa, para ser un buen perro había que hacer menos ruido y moverse menos. C. J. necesitaba silencio.

Cuando Duke estuvo un poco más bajo control, C. J. le acercó la cabeza a la suya y le rascó las orejas.

—Vale, Trent, ¿cómo has conseguido esto? —preguntó.

—No fue difícil localizar a Barry. Pero, bueno, la cosa es que le llamé a la oficina y le expliqué qué quería. No se podía negar —dijo Trent.

C. J. dejó de rascar las orejas de Duke y lo miró.

—Quieres decir que no te iba a decir que no a ti.

—Exacto. Bueno…

—Oh, Duke, estoy tan contenta de verte —le dijo C. J. al perro.

Salté con agilidad sobre la cama y fui directo a la zona donde se daban todas las caricias. Seguro que C. J. también querría tenerme allí a mí. Al fin y al cabo, yo era el perro más importante.

Después de que Duke se fuera, C. J. y Trent cenaron en la mesa, en lugar de en la habitación. Yo prefería que comieran en la cama, pues entonces solían darme pequeños trozos de comida. Sin embargo, en ese momento y por algún motivo que desconocía, ambos parecían muy contentos de estar sentados solamente con las piernas al alcance de mi hocico. Me senté a sus pies, esperando pacientemente a que me cayera algo de comida.

—Quizás una diálisis no estaría tan mal —dijo Trent.

269

—Oh, Dios, Trent.

—Solo quiero decir que, si tiene que pasar, lo manejaremos.

—Si me sucede a mí, ¿nosotros lo manejaremos? —replicó C. J. con dureza.

Durante unos momentos, solamente se oyó el sonido de los tenedores sobre los platos.

—Lo siento —dijo C. J. en voz baja—. Aprecio mucho todo lo que estás haciendo por mí. Dios, eso ha sido propio de Gloria.

—No, has sufrido mucho, te duele y una diálisis asusta. Es natural que te enfades conmigo por sugerir que, de alguna manera, esto también es cosa mía. Lo que quería decir… Bueno, te apoyaré en todo: cueste lo que cueste. Solo es eso.

—Gracias, Trent. No merezco un amigo como tú —respondió C. J.

Cuando terminaron de comer, él me puso comida en el cuenco. Me encantaba el sonido que hacía la comida al caer al interior de mi cuenco de metal. Di vueltas a su alrededor esperando a que terminara.

—Ahora, mira. Reza, Max, reza.

Trent mantenía el cuenco alejado de mí, pero estaba inclinado y noté ese olor en su aliento.

Sabía lo que quería, así que hice la señal.

—¿Lo ves? —dijo Trent, riendo.

—Es extraño. Nunca le había visto hacer eso antes —dijo C. J.

—Está rezando una oración —dijo Trent.

A medida que el tiempo se hizo más cálido, C. J. y yo nos íbamos más lejos durante nuestros paseos. Al final, ella dejó de empujar esa especie de silla con las bolas de tenis, pero se apoyaba sobre un palo mientras caminábamos despacio por la acera. Yo había aprendido a ser muy paciente: caminaba a su lado al ritmo que ella quisiera. En ese momento, protegerla significaba asegurarme de que no se cayera o de que no sintiera dolor por caminar demasiado deprisa. A veces, Trent llegaba a casa en mitad del día y salía de paseo con nosotros. Él también caminaba despacio.

Hacía mucho tiempo que no iba a dar una vuelta en coche. Aunque en la calle había muchos autos, ya casi había abandonado la idea de volver a estar en el asiento delantero otra vez. Por eso me sorprendió el día en que me pusieron en un transportín, uno que tenía los laterales duros y mucho más espacio que el transportín blando, y Trent me sacó del edificio. Me metió en el asiento trasero de un coche grande.

—Ata el transportín —dijo C. J.—. Es mucho más seguro con el cinturón.

Cuando el coche se alejó con Trent al volante, lloriqueé un poco. ¿Se habían olvidado de que yo estaba allí?

—Oh, Max, lo sé, pero nosotros vamos delante. Tú estás más seguro detrás —dijo C. J.

No comprendí nada de lo que me decía, pero percibí el tono amoroso de C. J. ¿Cuál debía ser mi reacción? Tenía ganas de continuar ladrando hasta que me sacaran del transportín, pero recordé la vez en que, siendo Molly, nos fuimos del mar y dimos ese largo paseo con un perro que ladraba todo el rato: pero nadie lo sacó de su cajetín y sus ladridos me resultaron irritantes. Yo no quería irritar a C. J. Ahora cuidaba de ella procurando que nada la molestase. Así pues, me tumbé y solté un suspiro largo y triste.

—Es la primera vez que salgo de Nueva York en agosto. Siempre envidiaba a todo el mundo que lo hacía. Aquí el calor es criminal —dijo C. J.

Fue un largo paseo en coche.

—¿No vas a decirme adónde vamos? ¿Ni siquiera ahora? —preguntó C. J. al cabo de un rato.

—Ya te darás cuenta —respondió Trent—. Quiero mantener la sorpresa tanto tiempo como sea posible.

W. BRUCE CAMERON

Hacía mucho calor fuera del auto, pero pasamos la noche en un lugar tan fresco que dormí debajo de la colcha con C. J. Trent tenía una habitación distinta, pero olía de manera muy parecida a la nuestra.

Mientras me quedaba dormido, pensé en el último largo paseo en coche que había hecho, cuando fuimos al mar. ¿Estábamos yendo allí?

El segundo día, tras horas y horas en la carretera, después de que C. J. se pasara la mayoría del tiempo durmiendo, se despertó de repente y completamente emocionada preguntó:

—¿Estamos yendo donde creo que estamos?

—Sí —repuso Trent.

—¿Cómo lo encontraste?

—No fue difícil. En el Registro. Ethan y Hannah Montgomery. Llamé y les dije que querías ir a visitarlos.

Al oír los nombres de Ethan y Hannah, meneé la cola.

—No fue difícil para ti. ¿Cómo es posible que sepas hacer todas estas cosas? Siempre he sido mucho más lista que tú —dijo C. J.

—Ah, claro, así que tú eres más lista. Ni siquiera puedo responder a eso sin que se me fundan los plomos del cerebro.

Se rieron.

—¿Saben que vamos? —preguntó C. J.

—Oh, sí. Están muy contentos.

—Estoy impaciente. ¡Esto es genial!

Me quedé dormido, acunado por el zumbido constante del coche.

Al despertar, los olores que entraban en el coche me marearon ligeramente. Sabía dónde estábamos. De hecho, en cuanto el coche se detuvo me puse a ladrar para que me dejaran salir.

—Vale, Max —dijo Trent.

Sentí el cálido aire de la tarde cuando me abrió la puerta del transportín y cogió mi correa. Salté al suelo cubierto de hierba.

En realidad, no debería haberme sorprendido: al final, todo el mundo regresaba a la granja.

Varias personas salieron de la casa y corrieron a verme. Y también a C. J.

—¿Tía Rachel? —preguntó C. J. sin estar muy segura.

—¡Mírate! —exclamó la mujer, abrazando a C. J. mientras los demás las rodeaban.

Había tres mujeres, dos hombres y una niña pequeña. Reconocí los olores de todos menos el de la niña.

—Soy tu tía Cindy —dijo otra mujer.

Se agachó y me ofreció la mano para que la oliera, pero Trent me apartó tirando de la correa.

—Esto, es Max, pero no es muy amable —dijo Trent.

Yo meneaba la cola, contento de ver a todo el mundo y de estar de nuevo en casa. ¿Íbamos a vivir ahí, ahora? Eso me hubiera parecido muy bien.

—Parece simpático —dijo Cindy.

Tiré hacia delante y conseguí lamerle la mano. Trent se rio. Pronto, Cindy me cogió en brazos y estuve a la altura de la nariz de toda la familia.

—Vamos dentro —dijo Cindy.

Le dio la correa a la niña pequeña, que se llamaba Gracie.

Fue un gran placer subir otra vez por esos escalones de madera, a pesar de que me había costado menos esfuerzo cuando era un perro grande. Orgulloso de conocer el camino, me abrí paso para cruzar la puerta y noté que Gracie dejaba caer la correa al suelo.

En el salón había una mujer sentada en una silla. Era mayor, pero yo hubiera reconocido su olor en cualquier parte. Crucé la habitación corriendo y le salté al regazo. Era Hannah, la compañera de Ethan.

—Dios santo —se rio ella, mientras yo le lamía la cara y me retorcía de felicidad.

—¡Max! —me llamó Trent.

Parecía serio, así que salté del regazo de Hannah y corrí a ver en qué lío me había metido. Él cogió la correa.

—¿Abuela? —dijo C. J.

Hannah se puso en pie despacio y C. J. se acercó a ella. Ambas se estuvieron abrazando un buen rato. Las dos lloraban, pero el amor y la felicidad que sentían llegó a todo el mundo que las estaba mirando.

27

No nos quedamos a vivir en la granja, pero pasamos más de una semana allí. Me encantaba corretear por todas partes con el hocico pegado al suelo, siguiendo olores familiares. Había patos en el lago (una familia entera, como siempre); sin embargo, aunque me quedé a mirarlos un rato, no me molesté en perseguirlos. No solo es que nunca conseguía nada con eso, sino que los dos más grandes eran tan grandes como yo. Era la primera vez en mucho tiempo que pensaba sobre lo pequeño que era siendo Max. No me parecía bien que un perro tuviera el mismo tamaño que un pato.

En el establo había un fuerte olor a caballo, pero no vi a ninguno allí dentro, lo cual me pareció una suerte. Si C. J. se hubiera metido allí, me hubiera vuelto a enfrentar a ese caballo, pero la perspectiva de hacerlo siendo Max, y no Molly, me hacía sentir un tanto temeroso.

C. J. se pasó gran parte del tiempo caminando y charlando con Hannah, que se desplazaba con la misma lentitud que mi chica. Yo iba a su lado, orgulloso de protegerlas a las dos.

—Nunca abandoné la esperanza —dijo Hannah en cierta ocasión—. Sabía que este día llegaría, Clarity. Quiero decir, C. J. Perdona.

—No importa —dijo C. J.—. Tú me puedes llamar así.

—Casi me pongo a chillar como una adolescente cuando tu novio me telefoneó.

—¿Oh, Trent? No, no es mi novio.

—¿Ah, no?

—No. Es mi mejor amigo desde siempre, pero nunca hemos sido pareja.

—Interesante —dijo Hannah.

—¿Qué? ¿Por qué me miras así?

—Nada. Es solo que me alegra que estés aquí, eso es todo.

Una tarde, me pareció que el rugido de la lluvia cayendo sobre el tejado era tan fuerte como el ruido de los coches cuando lo oía desde mi alfombra especial en el balcón, solo que aquí no llegaba el ruido de ningún claxon. Las ventanas estaban abiertas y la habitación se había llenado con el olor de la tierra húmeda. Yo me encontraba perezosamente tumbado a los pies de C. J. mientras ella y Hannah comían galletas sin darme ninguna.

—Me siento culpable de no haberme esforzado más —le dijo Hannah a C. J.

—No, abuela, no digas eso. Si Gloria te mandó esa carta del abogado…

—No fue solamente eso. Tu madre se trasladó muchas veces después de que Henry…, después de que se estrellara el avión. Y en la vida nos ocupamos con tantas cosas que uno no se da cuenta de lo deprisa que pasa el tiempo. A pesar de ello, hubiera podido hacer algo, quizá buscarme un abogado.

—¿Bromeas? Conozco a Gloria. He crecido con ella. Si te dijo que te llevaría a juicio, lo decía en serio.

Mi chica se acercó a Hannah y se dieron un abrazo. Suspiré, pues todavía podía oler las migas de galleta en el plato. A veces las personas dejan un plato en el suelo para que el perro lo pueda lamer, pero casi siempre se olvidan de hacerlo.

—Pero tengo una cosa para ti —dijo Hannah—. ¿Ves esa caja que hay en el estante, la que tiene las flores rosas? Mira dentro.

C. J. cruzó la habitación. Me puse en pie, pero ella se limitó a coger una caja y a traerla de vuelta. No desprendía ningún olor interesante.

C. J. se puso la caja en el regazo.

—¿Qué son? —preguntó.

Fuera lo que fuera lo que había dentro, olía a papeles.

—Tarjetas de cumpleaños. Cada año te compraba una tarjeta y te contaba lo que había sucedido desde tu cumpleaños anterior. Bodas, nacimientos... Todo está ahí. Cuando empecé a hacerlo no pensé en la cantidad de tarjetas que acabaría escribiendo. Al final tuve que buscar una caja más grande. Nadie espera vivir hasta los noventa —bromeó Hannah.

C. J. estaba jugando con los papeles de la caja, totalmente ajena a la evidente conexión entre las migas de galleta y su fiel Max.

—Oh, abuela, es el regalo más maravilloso que me han hecho nunca.

A la hora de cenar, siempre me tumbaba debajo de la mesa. Rachel, Cindy y otras personas se sentaban con C. J. y charlaban y reían. Todo el mundo parecía feliz. Así que me sorprendió cuando, un día, Trent empezó a sacar maletas de la casa y a meterlas en el coche: por muy feliz que estuviera C. J., nos íbamos.

Los humanos hacen estas cosas: aunque sería mucho más divertido quedarse en la granja, o en un parque para perros, deciden marcharse y ya está, se van. Y un perro debe marcharse con ellos una vez que ha marcado toda la zona con su olor.

Yo estaba en mi transportín, en el coche. Mi chica se había olvidado por completo de que era un perro de asiento delantero.

—Es como si la abuela me hubiera dado todos los recuerdos de mi vida, la vida que he perdido. Todos mis recuerdos en una caja —dijo C. J. mientras íbamos en coche.

Lloraba y yo me puse a gimotear, deseando reconfortarla, a pesar de que no podía verla.

—No pasa nada, Max —me dijo C. J.

Meneé la cola al oír mi nombre.

Después de muchas horas, me senté por segunda vez en el interior del transportín: los olores me resultaban muy familiares. Al final, el coche se detuvo y yo esperé pacientemente en el transportín a que me sacaran. Pero C. J. y Trent se quedaron sentados en los asientos.

—¿Estás bien? —dijo Trent.

—No lo sé. No sé si quiero verla.

—Vale.

—No —dijo C. J.—. Quiero decir que cada vez que la veo acabo sintiéndome mal conmigo misma. ¿No es terrible? Es mi madre.

—Pues te sentirás como debas sentirte.

—No creo que pueda hacerlo.

—Vale entonces —dijo Trent.

Bueno, ya había aguantado todo lo que podía aguantar, así que solté un quejido de frustración.

—Sé un perro bueno, Max —dijo C. J.

Meneé la cola por ser un perro bueno.

—Bueno, ¿estás segura? ¿Quieres que nos marchemos? —preguntó Trent.

—Sí. ¡No! No, debería entrar. Quiero decir, ya que estamos aquí... Espera, ¿vale? Iré a ver de qué humor la encuentro.

—Claro. Max y yo no nos moveremos.

Meneé la cola. La puerta del coche se abrió y oí que C. J. bajaba del coche. Cuando la puerta se cerró esperé, ansioso, pero ella no vino para sacarme de allí.

—No pasa nada —Max.

Gimoteé. ¿Dónde estaba mi chica? Trent alargó un brazo y metió los dedos por las rejas del transportín y se los lamí.

Al poco rato, la puerta del coche se abrió y C. J. subió haciendo tambalear el coche. Meneé la cola, esperando que me dejara salir para celebrar su regreso, pero ella se limitó a cerrar la puerta.

—No te lo vas a creer.

—¿Qué?

—Se ha trasladado. La mujer que me respondió dice que lleva un año viviendo aquí. Dice que le compró la casa a un hombre mayor.

—Estás bromeando. Creí que ese novio que tenía, uno cuyo padre era senador, pagó la hipoteca para que pudiera tener la casa para siempre —dijo Trent.

—Exacto, pero parece que la ha vendido de todos modos.

—Bueno…, ¿quieres llamarla? Probablemente tenga el mismo número de teléfono.

—No, ¿sabes qué? Voy a tomarme esto como una señal. Es como ese chiste en el que tus padres se trasladan y no te dicen cuál es su nueva dirección… Bueno, pues eso es lo que Gloria me ha hecho. Vámonos.

El coche se puso en marcha otra vez. Con un suspiro, me tumbé.

—¿Quieres que vayamos hasta tu antigua casa? —preguntó C. J.

—No, no pasa nada. Este viaje era para ti. Yo tengo un montón de buenos recuerdos de esa casa, pero después de que mamá muriera y la vendiéramos… Prefiero dejar los recuerdos tal como están, mejor no ver los cambios, ¿sabes?

Estuvimos en el coche un buen rato sin que nadie hiciera ningún ruido. Yo estaba medio dormido, pero me desperté al oír la voz de C. J., pues su tono era un poco temeroso.

—¿Trent?

—¿Qué?

—Es verdad, ¿no? Este viaje era para mí. Todo lo que has hecho desde que he estado en el hospital ha sido para mí.

—No, yo también me lo he pasado bien.

—Todo. Buscar a mi familia. Dar ese rodeo para que pudiera ver a Gloria, a pesar de que los dos sabíamos que quizá yo sería una gallina cuando llegara el último minuto.

Ladeé la cabeza. ¿Gallina?

—Desde que éramos niños, has estado dispuesto a apoyarme. ¿Sabes una cosa? Tú eres mi roca.

Me di la vuelta en el transportín y me tumbé.

—Pero no es por eso por lo que te quiero, Trent. Te quiero porque eres el mejor hombre del mundo.

Trent se quedó callado un momento.

—Yo también te quiero, C. J. —dijo.

Entonces noté que el coche daba un giro y se detenía. Me puse en pie y me sacudí.

—Creo que necesito dejar de conducir un minuto —dijo Trent.

Esperé pacientemente a que me sacaran de allí, pero lo único que pude oír fueron susurros y un sonido como de comer. ¿Se estaban comiendo la gallina? A pesar de que yo no olía ninguna gallina, pensar en eso me puso ansioso. Finalmente, solté un ladrido.

C. J. se rio.

—¡Max! Nos habíamos olvidado de ti.

Meneé la cola.

Resultó que esa no fue la última vez que vimos a Hannah y a toda la familia. No mucho tiempo después de regresar a casa, me llevaron a una gran habitación llena de personas que estaban sentadas sobre unas sillas dispuestas en hilera. Era como si fuéramos a jugar al juego que Andi me había enseñado cuando yo era Molly. Trent me sujetaba con fuerza, pero yo me revolví en sus brazos en cuanto olí a Cindy, a Rachel y a Hannah. Rachel se rio y me cogió en brazos; luego me cogió Hannah y le lamí la cara. Procuré que mis movimientos fueran suaves, no como los de Duke, pues parecía frágil y siempre había alguien sujetándola por el brazo.

¡Estaba tan feliz de verlas! C. J. también estaba contenta, tan contenta como nunca antes en su vida. El amor y la alegría llenaban el ambiente y fluían entre las personas que estaban en las sillas. Y también entre mi chica y Trent. No puede evitar ponerme a ladrar. C. J. me cogió y me acarició.

—Calla, Max —me susurró, dándome un beso en el hocico.

Yo llevaba una cosa suave en la espalda; caminé con C. J. entre esas personas hasta donde se encontraba Trent. Me senté allí con ellos mientras charlaban; luego se besaron y todo el mundo empezó a chillar y yo ladré con fuerza.

Fue un día maravilloso. Todas las mesas tenían una tela encima, de tal manera que debajo de las mesas quedaban unas pequeñas habitaciones llenas de piernas y de trozos de carne y pescado. Las flores y las plantas llenaban el lugar de olores tan fantásticos como los del parque para perros. Jugué con niños que reían y me perseguían; cuando Trent me cogió para llevarme fuera a hacer mis necesidades, estaba impaciente por regresar.

C. J. llevaba un vestido muy largo; debajo de él quedaba un poco de espacio, aunque no había nada de comida allí: solo piernas. Cada vez que me metía ahí debajo, mi chica se reía y me sacaba.

—Oh, Max, ¿te estás divirtiendo? —preguntó C. J. una de las veces.

Me cogió en brazos y me dio un beso en la cabeza.

—Ha estado todo el rato corriendo por ahí como un loco —dijo Trent—. Esta noche dormirá bien.

—Bueno…, eso es bueno —dijo C. J., y los dos se rieron.

—Es un día perfecto. Te quiero, C. J.

281

—Yo también te quiero, Trent.

—Eres la novia más guapa de toda la historia de las bodas.

—Tú tampoco estás nada mal. No puedo creer que esté casada contigo.

—Por todo el tiempo que quieras. Para siempre. Tú eres mi mujer para siempre.

Se besaron, cosa que habían estado haciendo a menudo últimamente. Meneé la cola.

—Tengo un mensaje de Gloria —dijo C. J cuando me dejó en el suelo.

—¡Ah, sí? ¿Nos ha lanzado la maldición de los siete infiernos a nosotros y a nuestras tierras?

C. J. se rio.

—No, en realidad, fue bastante bonito teniendo en cuenta que venía de ella. Dijo que sentía tener que boicotear nuestra boda, pero que sabía que comprenderíamos cuáles eran sus motivos.

—Pues yo no los comprendo —repuso Trent.

—No pasa nada. Me dijo que estaba orgullosa de mí y que tú eras un buen partido. Nos deseaba que fuera una boda estupenda, a pesar de que ella no podía acudir. También dijo que lo que más lamentaba era que siempre pensó que cantaría el día de mi boda.

—Bueno, pues no es eso lo que yo más lamento —dijo Trent.

Al final del día, me sentía tan lleno y estaba tan agotado que lo único que podía hacer cuando la gente venía a darme besos y a hablarme era menear la cola. Hannah me tomó en brazos y le lamí la cara; noté que tenía algo dulce en los labios: sentía el corazón lleno de amor por ella.

—Adiós, Max, eres un perrito muy dulce —me dijo Hannah—. Un perro muy muy bueno.

Me encantaba que Hannah pronunciara esas palabras.

Ese invierno, C. J. pudo empezar a dar paseos más largos y a paso más rápido. Trent continuaba jugando cada día con su pelota de goma, sentándose al lado de ella y haciendo esos siseos. Nunca comprenderé cómo es posible que no se le ocurriera lanzarme esa pelota ni una sola vez.

—La tensión está bien —solía decir Trent—. ¿Te estás tomando los aminoácidos?

—Estoy harta de esa dieta baja en proteínas. Quiero una hamburguesa con un bistec encima —dijo C. J.

Ese año no celebramos el Día de Acción de Gracias, aunque un día yo lo olí en todo el edificio. Trent y C. J. me habían dejado solo durante unas horas; cuando llegaron a casa, trajeron ese maravilloso olor de Acción de Gracias pegado a la ropa y las manos. Los olisqueé con sospecha. ¿Era posible que las personas celebraran Acción de Gracias sin su perro? No lo creía.

Pero sí celebramos la Navidad. Trent construyó una cosa en el salón que olía igual que mi alfombra del balcón y le colgó unos gatitos de juguete. Cuando empezamos a desgarrar los envoltorios de los paquetes, descubrí que en el mío había un maravilloso juguete para mordisquear.

283

Después de Navidad, C. J. empezó a dejarme solo la mayor parte del día y varios días a la semana, pero nunca traía con ella el olor de otros perros, así que sabía que no se había ido con ellos sin mí.

—¿Qué tal han ido las clases hoy? —le preguntaba Trent muchas veces.

Ella parecía contenta de dejarme solo, lo cual no tenía ningún sentido. En mi opinión, estar sin un perro debería entristecer a la gente.

No obstante, sí me di cuenta de que a veces se sentía muy débil y cansada.

—¡Mira lo hinchada que tengo la cara! —se quejaba.

—Quizá deberíamos hablar con tu médico para que te aumente los diuréticos.

—Pero si ya me paso todo el día en el lavabo —repuso ella con amargura.

Le di un golpe en la mano con el hocico, pero ella no disfrutó tanto de ese contacto como yo. Quería que sintiera el mismo placer, pero las personas son seres más complicados que los perros. Nosotros siempre los amamos con alegría, pero a veces ellos se enfadan con nosotros, como cuando mordisqueé esos zapatos tristes.

Un día en que mi chica estaba muy triste, Trent llegó mientras ella se encontraba sentada en el salón, conmigo en el regazo, mirando por la ventana.

—¿Qué sucede? —preguntó él.

C. J. volvió a ponerse a llorar.

—Son los riñones —le dijo—. Me han dicho que es demasiado peligroso que tengamos hijos.

Trent la rodeó con los brazos y se abrazaron. Apreté el hocico entre los dos para que también me acariciaran. Trent también estaba triste.

—Podríamos adoptar. Adoptamos a Max, ¿no es así? Mira lo bien que nos ha salido.

Meneé la cola al oír mi nombre, pero C. J. apartó a Trent.

—¡No lo puedes arreglar todo, Trent! Yo lo jodí todo. Este es el precio que todos debemos pagar, ¿vale? No necesito que me digas que todo está bien.

C. J. se puso en pie, me dejó caer al suelo y se fue. Corrí tras ella, pero, al llegar al final del pasillo, me cerró la puerta en las narices. Al cabo de un minuto regresé con Trent y salté a su regazo, porque ahora era yo quien necesitaba que lo reconfortaran.

A veces las personas se enfadan las unas con las otras…, y no tiene nada que ver con zapatos. Eso siempre queda más allá de la capacidad de comprensión de los perros. Pero de lo que no tenía duda era del amor que había entre mi chica y Trent. Se pasaban muchos días abrazados en el sofá y en la cama. A menudo, se sentaban con las cabezas casi tocándose.

—Eres el amor de mi vida, C. J. —solía decir él.

—Yo también te quiero, Trent —respondía ella.

En momentos como ese, la adoración que se profesaban me hacía retorcer de placer.

Por mucho que me gustara llevar puesto mi jersey, me gustaba más cuando el aire era cálido y húmedo. Pero, ese año, C. J. se sentaba en el balcón con una manta encima. Me daba cuenta de que tenía frío por la manera que tenía de abrazarme. También percibía que ella iba perdiendo fuerzas, que cada vez estaba más y más cansada.

La señora Warren solía salir a su balcón para jugar con las plantas.

—Hola, señora Warren —decía C. J.

—¿Cómo te encuentras hoy, C. J.? ¿Un poco mejor? —respondía la señora Warren.

—Un poco.

285

Nunca vi a la señora Warren en otro sitio que no fuera su balcón, a pesar de que a veces la olía en el pasillo. Ella no tenía ningún perro.

—Mira mis muñecas, están hinchadas —le dijo C. J. a Trent una tarde, cuando él llegó a casa.

—Cariño, ¿has estado ahí fuera todo el día? ¿Al sol? —preguntó él.

—Estoy helada.

—¿No has ido a clase?

—¿Qué? ¿Qué día es hoy?

—Oh, C. J. Estoy preocupado por ti. Deja que te mire la tensión.

Trent sacó esa pelota especial y la miró con atención mientras la apretaba; quizá pensaba que había llegado el momento de darme la oportunidad de jugar con ella.

—Creo que quizá sea hora de que hablemos de un tratamiento más permanente.

—¡No quiero diálisis, Trent!

—Cariño, eres el centro de mi universo. Me moriría si te pasara algo. Por favor, C. J., vamos al médico. Por favor.

Esa noche, C. J. se fue a la cama temprano. Trent no me dio la orden de rezar cuando me dio la comida, pero el olor en su aliento era tan fuerte que yo lo hice de todas maneras.

—Buen perro —dijo Trent, sin ni siquiera mirarme, tal y como suele hacer la gente con los perros.

A la mañana siguiente, justo después de que Trent se marchara, C. J. se cayó en la cocina. Estaba yendo desde el balcón para llenar una lata de agua cuando cayó al suelo. Sentí la vibración del golpe en los dedos de los pies y corrí hasta ella. Le lamí la cara, pero no reaccionaba.

Gemí y luego me puse a ladrar. Ella no se movía. Respiraba suavemente y su aliento tenía un olor ligeramente agrio.

Me puse frenético. Corrí hasta la puerta de entrada, pero no oí que hubiera nadie al otro lado. Ladré. Luego salí corriendo al balcón.

La señora Warren estaba arrodillada jugando con sus plantas. Le ladré.

—Hola, Max —me dijo.

Pensé en mi chica, inconsciente y enferma en la cocina. Necesitaba comunicarle a la señora Warren lo que estaba pasando. Metí la cabeza con fuerza entre los barrotes de la baranda y le ladré con tal urgencia que el tono de histeria en mi voz era claro como el de una campana.

La señora Warren se quedó allí arrodillada, mirándome. Ladré y ladré y ladré.

—¿Qué sucede, Max?

Al oír mi nombre en tono de interrogación, me di la vuelta y corrí al interior del apartamento para que la señora Warren supiera que el problema estaba allí. Luego volvía a salir corriendo al balcón ladrando otra vez.

La señora Warren se puso en pie.

—¿C. J.? —llamó, insegura e inclinándose para intentar ver algo dentro de nuestra casa.

Continué ladrando.

—Chis, Max —dijo la señora Warren—. ¿Trent? ¿C. J.?

Continué ladrando. Entonces la señora Warren meneó la cabeza, se fue a la puerta, la abrió y entró. Cuando cerró la puerta, me quedé tan asombrado que dejé de ladrar.

¿Qué estaba haciendo?

Gimiendo, corrí al lado de mi chica.

Su respiración era cada vez más débil.

28

Aunque fuera en vano, me fui hasta la puerta y empecé a rascarla con desesperación. Hice un surco en la madera con las uñas, pero eso fue todo lo que logré. La voz me salía aguda y temblorosa, llena de miedo. Entonces oí un ruido al otro lado, el sonido de unos pasos. Ladré y apreté el hocico contra la rendija de la puerta. Olí a la señora Warren y a un hombre que se llamaba Harry y que a veces llevaba herramientas por el pasillo.

La puerta se abrió un poco.

—¿Hola? —llamó Harry.

—¿C. J.? ¿Trent? —dijo la señora Warren.

Preocupados, entraron en el piso.

Fui a la cocina, mirando hacia atrás para asegurarme de que me seguían.

—Oh, Dios mío —dijo la señora Warren.

Al cabo de unos minutos, vinieron unos hombres y pusieron a C. J. en una camilla y se la llevaron. La señora Warren me cogió en brazos mientras todo eso sucedía, acariciándome y diciéndome que era un perro bueno, pero yo tenía el corazón desbocado y el pánico me embargaba. Luego me dejó en el suelo. Ella, Harry y todo el mundo se fue y me quedé solo.

Empecé a dar vueltas a un lado y a otro, ansioso y preocupado. La luz se fue apagando y llegó la noche. Y C. J. seguía sin regresar a casa. La recordaba tumbada, con la mejilla contra el suelo de la cocina. Eso me hacía gemir.

Cuando la puerta se abrió por fin, era Trent. C. J. no estaba con él.

—Oh, Max, lo siento —dijo.

Me llevó a dar un paseo y fue un alivio poder hacer mis necesidades entre los arbustos.

—Tenemos que ser fuertes ahora, Max. Ella no va a querer diálisis, pero no tiene alternativa. Debe hacerlo. Esto hubiera podido ser mucho mucho peor.

Cuando C. J. regresó a casa, al cabo de unos días, estaba muy cansada y se fue directamente a la cama. Me enrosqué a su lado, aliviado y al mismo tiempo temeroso por lo triste y frustrada que parecía.

A partir de ese momento, C. J. y yo hacíamos un trayecto en la parte trasera de un coche que nos recogía delante de nuestro edificio. Al principio, Trent siempre venía con nosotros. Íbamos a una habitación y nos tumbábamos allí en silencio mientras unas personas le hacían cosas a mi chica. Ella siempre estaba cansada y enferma cuando llegábamos; estaba agotada y triste cuando se levantaba del sofá, pero me di cuenta de que eso no era culpa de esas personas que le hacían cosas, a pesar de que un día le hicieron daño en el brazo. Por eso no les gruñí, como habría hecho tiempo antes.

El día siguiente de ir a ese lugar solía ser un buen día para C. J. Se sentía más fuerte y más contenta.

—Dicen que seguramente tardaré años en conseguir un riñón —dijo C. J. una noche—. Hay muy pocos disponibles.

—Bueno, me preguntaba qué te podría regalar para tu cumpleaños —repuso Trent, riendo—. Tengo uno de tu tamaño justo aquí.

—Ni se te ocurra. No pienso aceptar el tuyo ni el de ninguna persona viva. Yo me puse a mí misma en esta situación, Trent.

—Yo solo necesito uno. El otro me sobra, casi nunca lo utilizo.

—Muy gracioso. No. Al final conseguiré uno de un difunto. Hay personas que han estado veinte años con diálisis. Llegará cuando tenga que llegar.

Un día de ese invierno, C. J. entró por la puerta con un transportín de plástico. Me quedé atónito al ver, cuando abrió la puerta, que de dentro salía Sneakers. Corrí hasta el gato, francamente emocionado de verlo, pero él arqueó la espalda, aplastó las orejas sobre la cabeza y me bufó, así que me detuve en seco. ¿Qué le pasaba?

Se pasó el día olisqueando todo el apartamento, y yo lo seguí intentando interesarlo en un juego de tirar de un juguete. Pero no quiso tener nada que ver conmigo.

—¿Cómo están los hijos de la señora Minnick? —preguntó Trent durante la cena.

—Creo que se sienten culpables. Casi nunca la iban a ver, y un día ella se fue —dijo C. J.

Observé a Sneakers, que había saltado silenciosamente sobre la encimera y miraba el pollo con desdén.

—¿Qué? ¿Qué sucede? —preguntó Trent.

—Estoy pensando en Gloria. ¿Así es como me voy a sentir yo? ¿Un día ella no estará y lamentaré no haber hecho un esfuerzo?

—¿Quieres ir a verla? ¿La invitamos?

—¿Lo dices en serio? La verdad es que no sé…

—Está bien. Dímelo cuando estés segura.

—Eres el mejor marido del mundo, Trent. Soy muy afortunada.

—Yo soy el afortunado, C. J. En toda mi vida solamente he querido a una chica, y ahora es mi esposa.

C. J. se puso en pie y yo hice lo mismo, pero ella se limitó a saltar sobre Trent y a apretar la cara contra él. Empezaron a caerse hacia un lado.

—Vale, ahora sé valiente —dijo C. J. mientras se deslizaban por la silla y caían al suelo, riéndose.

Luego estuvieron jugando a luchar durante un rato. Yo miré a Sneakers, que no parecía interesado en nada de lo que sucedía, pero yo percibía que entre Trent y mi chica había un amor pleno.

Al final, Sneakers empezó a mostrarse más cariñoso. A veces caminaba por la habitación y entonces, sin previo aviso, se acercaba a mí y me frotaba la cabeza contra la cara, o me lamía las orejas mientras yo estaba tumbado en el suelo. Pero nunca quería jugar a pelear, como hacíamos antes. No podía dejar de pensar que el tiempo que había pasado sin ningún perro a su lado no le había sentado bien.

En los días fríos, C. J. y Trent se pasaban la tarde en el balcón envueltos en una manta; por las noches, se tumbaban juntos en el sofá. A veces C. J. se ponía unos zapatos que olían bien y salían, pero cuando regresaban nunca estaban alegres. A pesar de ello, creo que, aunque C. J. hubiera estado triste, yo no le hubiera hecho nada en los zapatos.

Paseábamos por las calles y por el parque. A veces, ella se quedaba dormida sobre una manta tendida en la hierba; Trent se tumbaba a su lado, observándola, con una sonrisa en el rostro.

Cuando pasábamos el día en el parque, siempre me sentía hambriento y no veía el momento de regresar a casa para abalanzarme sobre la comida. Un día, estaba dando vueltas con impaciencia por la cocina mientras observaba a Trent, que me preparaba la cena, cuando nuestra rutina sufrió un cambio.

—Voy a tardar una eternidad en sacarme el grado. Y,

291

luego, cuando tenga los másteres, voy a tener como treinta. ¡Eso antes era ser viejo!

C. J. sostuvo mi cuenco en el aire.

—Vale, Max. Reza —dijo.

Me puse tenso. Quería la comida, pero esa orden solo tenía sentido si notaba el olor que a veces desprendía el aliento de Trent.

—Conmigo siempre lo hace —señaló él—. ¿Max? ¡Reza!

C. J. tenía mi cuenco y yo estaba hambriento. Me acerqué a Trent y, puesto que él estaba inclinado, olí su aliento. Hice la señal.

—¡Buen perro! —me felicitó Trent.

C. J. puso mi cuenco en el suelo y corrí a comer. Sabía que ella me miraba con las manos apoyadas en las caderas.

—¿Qué sucede? —le preguntó Trent.

—Max nunca reza cuando se lo digo yo. Solo lo hace contigo.

—¿Y?

Yo estaba devorando la comida.

—Cuando termine, voy a probar una cosa —dijo C. J.

Estaba concentrado en la comida y, al terminar, lamí todo el cuenco.

—Vale, llámalo.

—¡Max! ¡Ven aquí! —dijo Trent.

Obediente, fui hasta él y me senté. Tiempo atrás, siempre me daba una chuche cuando me llamaba y yo acudía, pero, tristemente, esos días (por algún motivo que desconocía) habían quedado atrás.

—Y ahora inclínate sobre él, como si le estuvieras dejando el cuenco en el suelo —dijo C. J.

—¿Qué estamos haciendo?

—Hazlo. Por favor.

Trent se inclinó sobre mí. Ese día, el olor era especialmente fuerte.

—¡Reza! —dijo C. J.

Yo hice la señal.

—C. J., ¿qué sucede? ¿Por qué pones esa cara? —preguntó Trent.

—Quiero que hagas una cosa —dijo ella.

—¿Qué? ¿De qué se trata?

—Quiero que vayas al médico.

Durante el año siguiente, Trent estuvo muy enfermo. Muchas veces vomitaba en el lavabo. Eso me recordó que antes C. J. también lo hacía de forma regular, aunque ahora ya no. Cuando él vomitaba, C. J. parecía ponerse igual de triste que cuando lo hacía ella. No podía evitar echarme a gimotear con ansiedad.

Se le cayó todo el cabello, pero yo le hacía reír lamiéndole la calva mientras él estaba tumbado en la cama. C. J. también se reía, pero siempre percibía cierta tristeza y desesperación en ella, como una ansiedad y preocupación constantes.

—No quiero que esta sea mi última Navidad con mi marido —dijo C. J. un día.

—No lo será, cariño, te lo prometo —respondió Trent.

El estrepitoso comportamiento de Duke me había enseñado de qué manera no debía comportarme cuando estaba al lado de una persona enferma, así que me apliqué en mostrarme tranquilo, cosa que Trent y C. J. parecieron apreciar mucho. Mi trabajo había consistido, hasta el momento, en mantener alejado el peligro. Y lo había hecho. Ahora mi trabajo consistía en mantener alejada la tristeza, cosa que requería un comportamiento totalmente diferente.

C. J. y yo continuábamos yendo varias veces a la semana a tumbarnos en un sofá para que unas personas le hicieran cosas. Todos me conocían, me querían, me acariciaban la cabeza y me decían que era un buen perro. Y no se me escapaba que me lo decían porque me quedaba quieto y no me ponía a saltar por la habitación. Cuando nos íbamos de ese sitio,

293

siempre me parecía que mi chica no estaba tan enferma como al principio de empezar a hacerlo, pero yo no era más que un perro y quizás estuviera equivocado.

Cierta noche, C. J. y Trent estaban abrazados en el sofá. Yo estaba tumbado entre los dos. Sneakers estaba en el otro extremo de la habitación y nos miraba sin parpadear. Nunca sabía qué pensaban los gatos, ni siquiera sabía si pensaban.

—Quiero que sepas que tengo muchos seguros e inversiones. Estarás bien —dijo Trent.

—Eso no va a pasar. Te vas a poner mejor. Te estás poniendo mejor —dijo C. J.

Parecía enfadada.

—Sí, pero, por si acaso, quiero que lo sepas.

—No importa. No va a suceder —insistió C. J.

A veces, Trent estaba fuera de casa durante varios días seguidos. C. J. también, aunque ella siempre venía para sacarme de paseo y a darme de comer. Y siempre olía a Trent, así que yo sabía que habían estado juntos en alguna parte.

Un día estábamos los dos solos, C. J. y yo, sentados en la hierba disfrutando del calor del verano. Había estado corriendo por ahí y me alegraba poder descansar en el regazo de mi chica. Ella me acarició la cabeza.

—Eres un perro muy bueno —me dijo.

Me rascó ese punto de la espalda que siempre me pica y gemí de placer.

—Sé lo que estabas haciendo, Max. No estabas rezando, ¿verdad? Estabas intentando decirnos lo de Trent, intentabas decirnos que olías su cáncer. Al principio no lo comprendimos. ¿Molly te lo contó? ¿Ella habla contigo, Max? ¿Por eso lo supiste? ¿Es Molly un perro ángel que nos cuida? ¿Tú también eres un perro ángel?

Me gustó que pronunciara el nombre de Molly, así que meneé la cola.

—Lo hemos detectado a tiempo, Max. Porque se lo han quitado y no ha vuelto. Tú has salvado a mi marido. No sé cómo, pero si hablas con Molly, ¿le darás las gracias de mi parte?

Me sentí muy decepcionado cuando a Trent le empezó a crecer el pelo, porque lamerle la calva siempre le hacía reír. Pero las cosas cambiaban: el cabello de C. J., por ejemplo, era más largo que nunca: una gloriosa cascada que me caía encima cada vez que se inclinaba. Y cuando Trent se inclinaba, ya no percibía ese olor metálico. Y ahora, cada vez que me decía «reza», yo lo miraba, frustrado y confundido. ¿Qué quería? Y todavía me sentía más confundido cuando, después de sentarme y mirarlo un largo instante, tanto él como C. J. se reían, aplaudían, decían «¡buen perro!» y me daban una chuche. Y yo no había hecho nada.

La razón de ser de un perro no puede consistir en comprender lo que las personas quieren. Eso es imposible.

El verano después de que a Trent le creciera el cabello, unos hombres vinieron a casa y se lo llevaron todo. C. J. habló con ellos y los guio por la casa, así que supe que todo estaba en orden. Sin embargo, a pesar de ello, ladré un poco por puro hábito. C. J. me puso en el transportín cuando lo hice. E hizo lo mismo con Sneakers. Aquello me pareció un tanto exagerado por su parte, la verdad.

Nos fuimos a dar un largo paseo en coche, en el asiento trasero, todavía en nuestros transportines.

Al final del paseo, vi a los mismos hombres, pero esta vez llevaban todas nuestras cosas a una casa nueva. ¡Fue divertido explorar todas esas habitaciones desconocidas! Sneakers lo olisqueó todo con suspicacia, pero yo estaba exultante de alegría y corría de un sitio a otro sin parar.

—Aquí es donde vivimos ahora, Max —me dijo Trent—. Ya no tendrás que vivir más en un apartamento.

Puesto que me estaba hablando a mí, corrí hasta él y

295

apoyé las patas delanteras en sus piernas. Me cogió en brazos. Miré con arrogancia a Sneakers, que fingía que no le importaba. Trent era un buen hombre. Quería a C. J. y me quería a mí. Y yo lo quería a él. Esa noche, mientras me dormía enroscado con mi chica y con Trent, que estaba al otro lado de la cama, pensé en lo fiel que Rocky le había sido a Trent. Uno siempre sabe que un hombre es bueno si tiene un perro que lo quiere.

Nunca regresamos a casa. Ahora estábamos en una casa pequeña con escaleras. Y lo que era mejor: tenía un patio con hierba en la parte trasera. Sneakers no se mostró en absoluto impresionado con aquello, pero a mí me encantaba estar ahí fuera. Era más tranquilo y no había tantos olores de comida, pero se oía el sonido musical del ladrido de los perros y se notaba el olor de las plantas y de la lluvia.

Era feliz. Pasó un año… y otro. C. J. siempre estaba un poco enferma, pero parecía ir mejorando y haciéndose más fuerte poco a poco.

Ya hacía mucho tiempo que vivíamos en la casa nueva cuando me empezaron a doler las piernas en invierno. Al despertar por la mañana, las notaba tiesas y doloridas. Ya no podía moverme muy deprisa. Nuestros paseos se hicieron tan lentos como cuando C. J. había estado tan enferma y empujaba esa especie de silla.

Sneakers también era más lento. A menudo, ambos dormíamos la siesta en el sofá, pero en extremos opuestos. Y, a mitad del día, nos intercambiábamos el sitio.

—¿Estás bien, Max? Pobre perro. ¿Te están ayudando los medicamentos? —me preguntaba C. J.

Notaba la preocupación en su voz, por lo que meneaba la cola al oír mi nombre. Ahora, mi objetivo era estar con mi chica cuando se tumbaba en el sofá y en acurrucarme con ella y echar tantas cabezadas como fuera posible. Eso era lo que C. J. necesitaba.

Hacía lo que podía por disimular el dolor ante ellos. Percibía su preocupación cada vez que se daban cuenta de que me fallaban las articulaciones: era como cuando Beevis me mordió la oreja y me hizo sangrar.

Además, ya no correteaba por el patio trasero, ladrando de pura alegría. Estaba demasiado cansado. Continuaba sintiendo alegría, pero no la expresaba.

A veces, me encontraba tumbado al sol, y C. J. me llamaba. Entonces levantaba la cabeza, pero mis piernas no querían moverse. Mi chica se acercaba, me cogía y me estrechaba sobre su regazo. Podía percibir su tristeza, así que me esforzaba por luchar contra esa debilidad y por levantar la cabeza y lamerle la cara.

—¿Tienes un buen día hoy, Max? ¿Te duele mucho? —me preguntó en cierta ocasión, después de un momento especialmente malo en el que estuve sin poderme mover durante unos minutos—. Creo que quizás ha llegado el momento. Lo he estado temiendo. Pero mañana te llevaré al veterinario. No tendrás que sufrir más, Max, te lo prometo.

Suspiré. Era agradable que C. J. me estrechara. Sus manos, al acariciarme, parecían quitarme todo el dolor. Trent se acercó y también me acarició.

—¿Cómo se encuentra? —preguntó Trent.

—Nada bien. Al salir, pensé que se nos había ido.

—Es un buen chico —murmuró Trent.

—Oh, Max —susurró C. J.

Parecía muy muy triste.

Justo en ese momento, noté una sensación en mí, una oscuridad cálida y suave. Algo estaba ocurriendo en mi interior, algo rápido y sorprendente. El dolor de las articulaciones empezó a remitir.

—¿Max? —dijo C. J.

Su voz sonaba muy muy lejos.

Me estaba muriendo.

297

Era incapaz de moverme ni de verlos. Mi último pensamiento, mientras sentía esa oleada que me arrastraba de nuevo, fue que me alegraba de que C. J. y Trent todavía tuvieran a Sneakers para que cuidara de ellos.

Sneakers era un buen gato.

29

*E*ra vagamente consciente de haber estado durmiendo durante mucho tiempo, de acabar de despertarme después de una larga larga cabezada. No obstante, al abrir los ojos, lo veía todo borroso y oscuro.

Cuando la vista se me aclaró lo suficiente para poder ver a mi madre y a mis hermanos, me di cuenta de que tenía manchas marrones, blancas y negras en el pelaje, que era corto.

No oía la voz de C. J. Tampoco notaba su olor. Pero había otras personas, muchas, y llevaban unas ropas largas y unas pequeñas sábanas en la cabeza.

Estábamos en una habitación muy pequeña que tenía unas cuantas alfombras en el suelo. La luz entraba por una ventana que estaba muy arriba, cerca del techo. Mis hermanos (dos chicas y tres chicos) jugaban continuamente a luchar. Cuando crecimos un poco, empezaron a perseguirse los unos a los otros. Intenté ignorarlos y me concentré en permanecer sentado ante la puerta esperando a C. J., pero la diversión era demasiado contagiosa.

Por primera vez en todas mis vidas, se me ocurrió preguntarme si alguno de ellos también habría experimentado otras vidas, y si también tendrían personas que encontrar.

Pero lo que estaba claro era que no se comportaban como si así fuera. Yo era el único cachorro que parecía tener otras preocupaciones, más allá de jugar y jugar y jugar.

Las personas que vinieron a vernos eran todas mujeres. Pronto aprendí a identificar su olor y a distinguirlas, a pesar de que sus vestidos eran iguales. Eran seis personas distintas, todas ellas mayores que C. J., pero más jóvenes que Hannah. A las mujeres les encantaba vernos. Se reían cuando los cachorros les saltaban encima y tiraban de sus vestidos. Me cogían y me daban besos, pero había una en especial que me prestaba más atención que las demás.

—Es este —dijo—. ¿Ves lo tranquilo que es?

—No existe un beagle tranquilo —respondió una de las mujeres.

—Oh, Margaret, un cachorro no servirá —dijo otra—. Sé que son bonitos, pero tienen demasiada energía. Deberíamos tener un perro maduro como Oscar.

Después de oír que pronunciaban su nombre varias veces, aprendí que la mujer que me sostenía se llamaba Margaret.

—Tú no estabas cuando tuvimos a Oscar, Jane —dijo Margaret—. Cometimos varios errores al principio, pero, cuando finalmente lo encontramos, pasó poco tiempo hasta que murió. Creo que entrenar un cachorro desde el principio nos permitirá tenerlo muchos años.

—Pero no un beagle —dijo la primera mujer—. Un beagle es demasiado activo. Por eso no quise adoptar a una beagle embarazada.

Me pregunté cuál de esas mujeres se llamaba «beagle».

Por la pesadez que notaba en los huesos y en los músculos, supe que estaba destinado a ser un perro más grande que cuando era Max. Era un alivio saber que no debería destinar tanta energía a demostrar a los demás perros y a las personas que era un gran perro y que podía proteger a mi chica.

Cuando la mujer me dejó, fui a saltar sobre una de mis hermanas. Ya era más grande que ella y me encantaba dominarla con mi tamaño en lugar de con mi actitud.

Poco después de que empezáramos a comer comida blanda en el cuenco común, nos llevaron fuera, a una zona con hierba que estaba vallada. Era primavera. El aire era cálido y transportaba la fragancia de las flores y de la hierba tierna. Por el olor, sabía que nos encontrábamos en una zona de clima húmedo y que las lluvias eran muy frecuentes y alimentaban a gran variedad de árboles y arbustos. Mis hermanos pensaban que ese patio era el lugar más maravilloso imaginable. Así pues, cada mañana se ponían a correr en círculos, impacientes por que los dejaran salir al patio. A mí me parecía un comportamiento absurdo, pero en general me unía a ellos porque era divertido.

Me pregunté cuándo vendría a buscarme C. J. Daba por seguro que por eso volvía a ser un cachorro. Nuestros destinos estaban unidos. Así pues, si yo renacía, es que mi chica aún me necesitaba.

Un día, una familia salió al patio: dos niñas pequeñas y un hombre y una mujer, acompañados por una de las seis mujeres que nos cuidaban. Sabía lo que implicaba su presencia. Los cachorros se acercaron corriendo a ellos para jugar, pero yo me quedé rezagado. A pesar de todo, cuando una de las niñas me cogió en brazos, no pude resistirme y le lamí la cara.

—Este, papá. Este es el que quiero para mi cumpleaños —dijo la niña pequeña, llevándome hasta su padre.

—La verdad es que una de las monjas ya nos ha hablado de él —dijo la mujer—. Va a tener un trabajo. Eso esperamos, por lo menos.

La niña me dejó en el suelo. La miré, meneando la cola. Era mayor de lo que había sido C. J. cuando se llamaba Clarity, pero más joven que cuando Rocky y yo fuimos a casa con Trent y mi chica. Nunca había conocido a C. J. a esa edad. Al ver que la niña cogía a uno de mis hermanos, me sentí muy decepcionado: me habría gustado jugar con ella un poco más.

Al cabo de muy poco tiempo, todos mis hermanos se fueron a casa con otras personas; pronto fui el único perro que quedó con mi madre, que se llamaba Sadie. Los dos estábamos un día fuera, echando una cabezada, cuando vinieron a vernos algunas de las mujeres. Yo cogí un pequeño hueso de goma y se lo llevé con la esperanza de que una de ellas empezara a perseguirme para quitármelo.

—Has sido una perra muy buena, Sadie, una madre muy buena —dijo Margaret.

Solté el hueso de goma y le salté encima para que también me dijeran que era un buen perro.

—Tu nueva casa te va a encantar —dijo otra de las mujeres.

Una tercera mujer me cogió en brazos y me puso frente a mi madre. Nos olisqueamos mutuamente, un tanto desconcertados ante esa extraña situación.

—¡Dile adiós a tu cachorro, Sadie!

La mujer le enganchó la correa a Sadie y se la llevó. Margaret me sujetaba para que yo no pudiera seguir a mi madre. Estaba claro que ocurría algo.

—Te voy a llamar Toby, ¿vale? Toby, eres un buen perro, Toby. Toby —me dijo Margaret con tono cariñoso—. Te llamas Toby.

Recordé el nombre de Toby. Me quedé desconcertado: Toby había sido mi primer nombre hacía mucho mucho tiempo. Era obvio que Margaret debía de saber eso.

Los seres humanos lo saben todo. No solo saben cómo dar un paseo en coche o dónde encontrar beicon, sino que también saben cuándo los perros son malos o buenos, y dónde deben dormir y con qué deben jugar. A pesar de todo, me asombró que Margaret me llamara Toby. Para mí, cada vida había estado marcada por un nombre diferente.

¿Qué significaba que me llamara Toby otra vez? ¿Significaba que estaba empezando de nuevo y que luego volvería a llamarme Bailey?

Sadie no regresó. Así pues, poco a poco llegué a comprender que ese lugar lleno de mujeres vestidas con sábanas era mi nueva casa, una que no se parecía a ninguna de las que había conocido antes. En general, yo vivía en la zona vallada, aunque una noche me llevaron dentro y me pusieron en la habitación en que nací. No me sentía solo, pues las mujeres venían a verme durante todo el día y solían lanzarme una pelota de goma o jugaban a tirar de un juguete conmigo. Pronto pude distinguirlas a casi todas por el olor, a pesar de que sus manos desprendían fragancias similares.

Lo que resultaba chocante era que, a diferencia de en mis anteriores vidas, no había una única persona que cuidara de mí. Conmigo jugaban más mujeres de las que hubiera imaginado nunca. Y me hablaban y me alimentaban. Era como si yo fuera el perro de todas las personas que estaban allí.

Margaret me enseñó una orden nueva: «quieto». Al principio me sujetaba contra el suelo y decía «quieto», y yo creía que quería jugar a luchar, pero ella continuaba diciendo «no, no, quieto». No tenía ni idea de qué era lo que me estaba diciendo, pero sabía que «no» significaba que estaba haciendo algo mal. Intenté lamerla, escaparme y todos los trucos que se me ocurrieron, pero ninguno de ellos la complacía. Al final, desistí, frustrado.

—¡Buen perro! —me dijo ella, y me dio una chuche, a pesar de que yo no había hecho nada.

Esa situación continuó hasta que al final, después de varios días, me di cuenta de que «quieto» significaba «quédate ahí tumbado». Cuando fui consciente de ello, empecé a tumbarme y a estar sin moverme durante todo el tiempo que ella quisiera, a pesar de lo que me costaba contener la impaciencia. ¿Por qué esperaba tanto tiempo para darme una chuche?

Luego Margaret empezó a llevarme a sitios del interior del edificio a los que nunca había ido. Vi mujeres que estaban sentadas, mujeres que estaban de pie y mujeres que comían. Este último grupo resultó ser el más interesante para mí, pero no nos quedamos mucho rato con ellas. Margaret quería que estuviera «quieto» mientras estaba en el regazo de alguna persona. A mí no me interesaba mucho todo eso, pero opté por colaborar.

—¿Ves lo bueno que es? Buen perro, Toby. Eres un perro bueno.

Una mujer vino al sofá y se tumbó, y a mí me pusieron a su lado, encima de una sábana. Me dieron la orden. La mujer se estaba riendo y yo me moría de ganas de lamerle la cara, pero hice lo que me decían y conseguí una chuche. Todavía estaba allí tumbado y sin moverme, esperando otra chuche, cuando varias mujeres me rodearon.

—De acuerdo, Margaret, me has convencido. Te lo puedes llevar contigo a trabajar. A ver qué tal lo hace —dijo una de las mujeres.

Margaret alargó una mano y me cogió.

—Lo hará bien, hermana.

—No, no lo hará bien. Molestará a todo el mundo y lo mordisqueará todo —intervino otra mujer.

A la mañana siguiente, Margaret me puso un collar y una correa y fuimos hasta su coche.

—Eres muy bueno, Toby —me dijo.

Dimos un paseo en coche ¡y yo iba en el asiento delantero! Pero todavía no era lo bastante alto como para sacar el hocico por la ventana.

Margaret me condujo a un lugar que se parecía mucho al que íbamos con C. J. para que ella se tumbara en ese sofá. Pude oler a muchas personas, y supe que muchas de ellas estaban enfermas. Estuve quieto. La superficie del suelo era suave.

La gente me acariciaba o me abrazaba; algunos estaban inmóviles en la cama, pero me miraron.

—Estate quieto —me ordenó Margaret.

Me concentré en no moverme, pues ya había aprendido que eso era lo que se debía hacer cuando las personas estaban enfermas. También noté ese fuerte y familiar olor en un par de personas, el mismo que había notado en Trent durante tanto tiempo. Pero no hice la señal, puesto que había aprendido que la orden para hacerlo era «reza» y nadie me había dado la orden.

Al poco rato, Margaret me llevó a un patio exterior que estaba rodeado por unos muros. Tenía un montón de energía acumulada, así que estuve corriendo un rato. Luego Margaret me dio una cuerda que tenía una pelota en un extremo, y yo la arrastré por todas partes. Ojalá hubiera habido otro perro para jugar conmigo. Al otro lado de las ventanas vi unas personas que me miraban, así que me aseguré de ofrecerles un buen espectáculo con la cuerda.

Más tarde, Margaret me llevó de regreso al interior del edificio y me puso dentro de una jaula.

—Vale, Toby, esta es tu nueva casa.

En el suelo había un cojín nuevo. Margaret se agachó y dio unas palmadas sobre el cojín. Yo, obediente, me senté encima.

—Esta es tu cama, Toby, ¿vale? —me dijo Margaret.

No sabía si se suponía que debía quedarme encima del cojín nuevo, pero estaba cansado, así que eché una cabezada. Al despertar, oí que Margaret estaba hablando.

—Hola, ¿me puedes poner con la hermana Cecilia, por favor? Gracias.

La miré, somnoliento. Ella me sonrió al ver que bostezaba. Tenía un teléfono en la cara.

—¿Cecilia? Soy Margaret. Todavía estoy en el hospital, con Toby… No, mejor incluso. Les encanta. Esta tarde, algunos se han sentado a mirar cómo jugaba en el patio… Ningún ladrido, ni siquiera una vez… Gracias, Cecilia… No, por supuesto, pero no creo que suceda. Es un perro muy especial.

Oí la palabra «perro» y meneé la cola un par de veces antes de quedarme dormido otra vez.

Durante los siguientes días me fui acostumbrando a mi nueva vida. Margaret iba y venía, pero no lo hacía cada día, así que me aprendí los nombres de Fran, de Patsy y de Mona, las tres mujeres a las que les gustaba llevarme a visitar a las personas que estaban en la cama. Patsy desprendía un fuerte olor a canela y un poco a perro. Por lo demás, ninguna de ellas llevaba el tipo de vestido de Margaret. Me decían que me estuviera quieto cuando me tumbaba con aquellas personas. A veces, ellas querían jugar conmigo, a veces me acariciaban la cabeza o preferían echar una cabezada. Pero casi siempre podía percibir la alegría que sentían.

—Eres un alma vieja, Toby —me dijo Fran un día—. Un alma vieja en el cuerpo de un perro joven.

Percibí el tono de felicitación en esas palabras, así que meneé la cola. Las personas son así, pueden hablar y hablar sin decir ni una vez «perro bueno», pero eso es lo que quieren decir.

Aparte de esas visitas, podía ir donde quisiera. Todo el mundo me llamaba. Alguna gente estaba sentada en unas sillas que Fran u otra persona empujaban. Todos me querían, me acariciaban, me abrazaban y me daban chuches.

Me encantaba la cocina, donde había un hombre que se llamaba Eddie y que siempre estaba preparando comida. Me decía que me sentara y me daba sabrosos trozos de comida, a pesar de que «siéntate» es una de las cosas más fáciles de hacer para un perro.

—Tú y yo somos los únicos hombres en este lugar —me decía Eddie—. Debemos ser un equipo, ¿de acuerdo, Toby?

En mis otras vidas, siempre había estado con una persona solo y había dedicado mis días a ocuparme de ella. Al principio, esa persona había sido Ethan; estaba tan seguro de que el motivo por el que yo era un perro consistía en que debía amarlo que, cuando decidí cuidar de Clarity, lo hice solamente porque sabía que Ethan habría querido que lo hiciera. Sin embargo, poco a poco, fui queriendo a C. J. igual que a Ethan. Así, comprendí que querer a C. J. no era una deslealtad hacia Ethan. Los perros pueden querer a más de una persona.

Sin embargo, en este lugar, no tenía a ninguna persona en especial: parecía que mi propósito era amarlas a todas ellas. Eso las hacía felices.

Yo era un perro que quería a muchas personas: eso era lo que me hacía ser un buen perro.

Quizá mi nombre fuera Toby otra vez, pero había recorrido un larguísimo camino desde la primera vez que me pusieron ese nombre. Ahora sabía muchas cosas, cosas que había aprendido durante el viaje de mi vida. Comprendía, por ejemplo, por qué me decían que estuviera quieto. Mucha de la gente que estaba en la cama sufría dolor y yo lo sabía: era consciente de que, si subía encima de ellos para jugar, les haría daño. Solo había necesitado ponerme una vez encima de la barriga de un hombre para aprender la lección: el grito que dio me resonó en los oídos durante días y me hizo sentir terriblemente mal. Yo no era Duke, un perro torpe e incapaz de controlarse a sí mismo. Yo era Toby. Yo podía quedarme quieto.

Cuando estaba a mi aire sin Mona, Fran o Patsy, me iba a ver a ese señor encima del cual me había subido. Se llamaba Bob. Quería que supiera que sentía mucho lo que había hecho. Tal como era habitual en casi todas las habitaciones, él tenía una silla pegada a la cama; si subía a ella de un salto, podía ponerme encima de su sábana sin hacerle daño. Bob estaba dormido siempre que iba a verlo.

Una tarde, Bob estaba solo en la cama y me di cuenta de que estaba abandonando la vida. Esa marea cálida empezaba a arrastrarlo y a quitarle todo el dolor. Me tumbé con calma a su lado y estuve allí todo lo bien que pude. Me pareció que si mi propósito consistía en ofrecer consuelo a las personas que estaban sufriendo, todavía era más importante que estuviera con ellos en su último momento.

Fran me encontró allí tumbado. Comprobó el estado de Bob y le cubrió la cabeza con la sábana.

—Buen perro, Toby —susurró.

A partir de ese momento, cada vez que sabía que se acercaba el momento para alguien, me iba a su habitación y me tumbaba en la cama para ofrecerles consuelo y compañía mientras abandonaban la vida. A veces, las familias estaban allí con ellos; a veces estaban solos. Pero quien siempre estaba cerca de allí era alguna de esas personas que se pasaban el día en aquel edificio ayudando a la gente.

De vez en cuando, alguien de la familia sentía miedo y se enfadaba al verme.

—¡No quiero que ese perro de la muerte se acerque a mi madre! —gritó un hombre una vez.

Oí la palabra perro y percibí su ira, así que salí de la habitación sin saber qué era lo que había hecho mal.

Sin embargo, la mayoría de las veces mi presencia era bienvenida en todas partes. No tener a una única persona como dueño me permitía recibir un montón de cariño. A veces, cuando me acariciaban, las personas estaban sufriendo una gran pena y yo notaba que esa tristeza se disolvía un poco mientras permaneciera en sus brazos.

Lo que sí echaba de menos era la presencia de otros perros. Me encantaba toda la atención que recibía de las personas, pero añoraba sentir el cuello de otro perro entre los dientes. Empecé a recordar a Rocky, a Duke y a todos los perros del parque para perros. Por eso solté un ladrido un día en que Fran me sacó al patio y vi que había otro perro allí.

Era un perro fornido, fuerte y pequeño que se llamaba Chaucer. Olía a la canela de Patsy. De inmediato, nos pusimos a jugar a luchar como si nos conociéramos de toda la vida.

—Esto es lo que Toby necesitaba —le dijo Fran a Patsy, riendo—. Eddie dice que casi parecía deprimido.

—Esto también es una fiesta para Chaucer —dijo Patsy.

Chaucer y yo levantamos la cabeza. ¿Fiesta?

Después de ese día, Chaucer empezó a venir de visita a menudo. Y, aunque yo debía continuar estando callado y quieto, siempre encontraba un momento para jugar con él.

También había algunos perros que venían con las familias a las habitaciones, pero habitualmente estaban ansiosos y no querían jugar aunque los llevaran al patio.

Así pasaron unos cuantos años. Yo era un buen perro que había hecho muchas cosas y me podía sentir cómodo en mi nuevo papel de perro que no le pertenecía a nadie, pero que le pertenecía a todo el mundo.

Cuando llegó Acción de Gracias, vino mucha gente y hubo un montón de chuches para el perro bueno. Y cuando llegó Navidad, las mujeres que llevaban las sábanas sobre la cabeza acudieron a jugar conmigo, me dieron chuches y se sentaron alrededor de un gran árbol que había en el interior del edificio. En el árbol había gatos de juguete, como siempre, pero no había ningún gato de verdad con el que pudiera jugar.

Me sentía satisfecho. Tenía una razón de ser: no era tan concreta como cuidar a C. J., pero era importante.

Y entonces, una tarde, me desperté de la siesta súbita-
mente y ladeé la cabeza.

—¡Necesito mis zapatos! —oí que decía una mujer desde
una de las habitaciones.

Reconocí la voz al instante.

Gloria.

30

Corrí por el pasillo y estuve a punto de hacer caer a Fran al suelo cuando entré en la habitación resbalando por el suelo. Gloria estaba en la cama y su potente perfume inundaba la habitación, pero no le presté ninguna atención, pues me concentré en una mujer delgada que estaba de pie a su lado. Era mi C. J., que me miraba con expresión divertida.

Rompí el protocolo por completo. Abandoné la actitud reservada que siempre adoptaba cuando estaba en aquellas habitaciones y me puse a saltar sobre mi chica, levantando las patas delanteras hacia ella.

—¡Vaya! —exclamó.

Lloriqueé y empecé a menear la cola a ras de suelo, a dar vueltas a su alrededor y a pegar saltos. Ella me sujetó la cabeza con las manos y yo cerré los ojos, gimiendo de placer al sentir sus manos. C. J. había venido a por mí, por fin. No podía sentirme más alegre. ¡Volvía a estar con mi chica!

—¡Toby! Baja —dijo Fran.

—No pasa nada. —C. J. se arrodilló en el suelo y las rodillas le chasquearon al hacerlo—. Qué perro tan bueno.

Ahora llevaba el pelo corto, por lo que no me cubrió con él como antes. Le lamí la cara. Olía a cosas dulces… y a Gloria. Me di cuenta de que estaba frágil y débil; las manos le

311

temblaban un poco mientras me acariciaba. Eso significaba que debía contenerme, cosa que me parecía totalmente imposible. Deseaba ladrar, correr por la habitación y tirar todas las cosas al suelo.

—Toby es nuestro perro de terapia —explicó Fran—. Vive aquí. Consuela a nuestros pacientes. A ellos les encanta tenerlo aquí.

—Bueno, pues a Gloria no —dijo C. J. soltando una carcajada.

Me miró a los ojos con expresión de afecto.

—¡Toby, eres un *terapeagle*!

Meneé la cola. Su voz sonaba un poco más temblorosa, pero me encantaba oírla de todas maneras.

—Clarity me robó el dinero —declaró Gloria—. Quiero irme a casa. Llama a Jeffrey.

C. J. suspiró, pero continuó acariciándome la cabeza. Me di cuenta de que Gloria era tan infeliz como siempre. Era muy vieja, se notaba por el olor. Últimamente, había pasado mucho rato con gente muy vieja.

Patsy entró en la habitación con su olor de canela y de Chaucer, como siempre.

—Buenos días, Gloria, ¿cómo estás? —preguntó Patsy.

—Nada —dijo Gloria—. Nada.

Patsy se quedó con Gloria mientras C. J. y Fran iban a una pequeña habitación donde había una mesa pequeña.

—Vaya, Toby, ¿tú también vienes? —Fran se rio al ver que yo entraba antes de que ella cerrara la puerta.

—Es un perro muy bonito —dijo C. J.

Meneé la cola.

—Parece que te ha cogido afecto de verdad.

C. J. se sentó en una silla; noté que sufría una punzada de dolor al hacerlo. Preocupado, le apoyé la cabeza en las rodillas. Ella bajó la mano y me acarició con actitud distraída. Los dedos le temblaban ligeramente. Cerré los ojos. La había echado de menos tanto tanto; sin embargo, ahora que estaba aquí, era como si nunca se hubiera ido.

—Gloria tiene días buenos y días malos. Hoy es un día bastante bueno. La mayoría del tiempo no está muy coherente —dijo C. J.

Meneé la cola. Incluso oír el nombre de Gloria pronunciado por C. J. me producía placer.

—El alzhéimer es muy cruel y tiene una progresión poco constante —repuso Fran.

—Eso del dinero me vuelve loca. Le dice a todo el mundo que yo le he robado la fortuna y la casa. La verdad es que la he mantenido durante los últimos quince años. Y, por supuesto, lo que le mandaba nunca era suficiente.

—Sé por experiencia que en situaciones como esta siempre hay temas no resueltos.

—Lo sé. Y debería ser capaz de manejarlo mejor. También soy psicóloga.

—Sí, lo he visto en el informe. ¿Quiere que hablemos de cómo eso afecta la relación con su madre?

C. J. respiró profundamente y reflexionó un momento.

—Supongo que sí. Cuando estaba haciendo el posgrado, se me hizo la luz: Gloria es narcisista, así que nunca cuestiona su propio comportamiento ni cree que tenga nada por lo que disculparse. Así que no, nunca podrá haber un cierre con ella. Esa posibilidad no existía ni siquiera cuando estaba en la plenitud de sus condiciones. Pero muchos niños tienen heridas narcisistas, así que tenerla de madre me ha ayudado mucho en mi trabajo.

—¿En el instituto? —preguntó Fran.

—A veces, sí. Mi especialidad son los desórdenes de la alimentación, que casi siempre son más agudos en las chicas adolescentes. Pero estoy semirretirada.

En ese momento me di cuenta de que debajo de uno de los armarios de Fran había una pelota. Metí la cabeza ahí debajo e inhalé profundamente. Olía a Chaucer. ¿Qué hacía Chaucer con una bola ahí debajo?

—También he visto que ha pasado más de veintidós años con diálisis. Espero que no le moleste que se lo pregunte, pero creo que sería usted una buena candidata a un trasplante. ¿Consideró esa posibilidad alguna vez?

—Supongo que no me importa contestar a eso —dijo C. J.—, aunque no estoy segura de si estas preguntas tienen que ver con Gloria.

Alargué las patas para llegar hasta la pelota; la toqué, pero no conseguí sacarla de allí.

—En el hospital no trabajamos solamente con los enfermos. También tenemos en cuenta las necesidades de toda la familia. Cuanto mejor la conozcamos, mejor la podremos ayudar —dijo Fran.

—Lo entiendo, sí. Bueno, me hice un trasplante, en realidad: los veintidós años son acumulativos. Recibí un riñón de un donante cuando tenía un poco más de treinta años. Me duró más de dos décadas antes de que empezara a fallar. Lo llaman rechazo crónico; en realidad, no se puede hacer nada al respecto. Retomé la diálisis hace diecisiete años.

—¿Y qué me dice de otro trasplante?

C. J. suspiró.

—Hay pocos órganos disponibles. No podía aceptar uno. Sé que hay otras personas que se lo merecen más que yo.

—¿Que se lo merecen más?

—Me destrocé los riñones porque, cuando tenía veinticinco años, intenté suicidarme. Hay niños que nacen con problemas y que necesitan un trasplante. Yo ya he recibido uno. No merezco otro.

—Comprendo.

C. J. se rio.

—Lo dice como si hubiéramos tenido cincuenta horas de psicoanálisis. Créame, lo he pensado mucho.

Me apoyé en la pierna de C. J. con la esperanza de que fuera a buscarme la pelota.

—Gracias por hablar de esto conmigo —dijo Fran—. Me ayuda saberlo.

—Oh, mi madre se lo habría mencionado. Le encanta contarle a todo el mundo la historia del anticongelante. Hace tres años que la llevé a cuidados asistidos. Y ha hecho creer a todo el mundo que soy un engendro del demonio.

Bostecé, agitado. ¿Es que a nadie le importaba la pelota?

—¿Qué sucede? ¿Por qué se ha callado? —preguntó Fran al cabo de un momento.

—Estaba pensando que quizá ella no se lo diga. Cada vez responde menos y, por supuesto, casi ha dejado de comer. Supongo que, en parte, me cuesta aceptar la idea de que esto se está acabando de verdad.

—Es duro perder a alguien que ha sido tan importante en su vida —dijo Fran.

—No creí que lo fuera —dijo C. J. en voz muy baja.

—Pero usted ya experimentó una pérdida hace un tiempo.

—Oh, sí.

Me senté y miré a mi chica, olvidando la pelota. C. J. alargó la mano para coger un trocito de papel blando y se lo llevó a los ojos.

—Mi esposo, Trent, murió el otoño pasado.

Me senté, muy quieto. Mi chica bajó la mano y se la lamí.

—Por eso acudí al hospital. Trent falleció en paz, rodeado por personas que se preocupaban por él.

Hubo otra pausa larga y triste. Me gustó oír el nombre de Trent, pero no notaba su olor en C. J. Era algo parecido a cuando, siendo Max, me di cuenta de que Trent ya no tenía el olor de Rocky. Sabía qué significaba que desapareciera un olor, tanto si era el de una persona como si era el de un perro.

315

Era fantástico estar con C. J., pero resultaba triste pensar que no volvería a ver a Trent.

—¿La enfermedad de Gloria le despierta sentimientos relacionados con su marido? —preguntó Fran con tono amable.

—La verdad es que no. Esto es muy distinto. Además, yo siempre he tenido sentimientos por Trent. Él era el amigo al que siempre podía recurrir, y él nunca pedía nada para sí. Creo que, durante mucho tiempo, entendí el amor en función de la relación que tenía con mi madre. Cuando por fin pude quitarme eso de encima, Trent estaba esperándome y tuvimos una vida maravillosa juntos. Pasamos por todo. Y no fue precisamente un camino de rosas: mi trasplante, los inmunosupresores, las escapadas a urgencias. Él siempre era una roca para mí. Incluso ahora… No puedo creer que se haya marchado.

—Parece haber sido alguien muy especial —dijo Fran—. Me hubiera gustado conocerlo.

A partir de ese día, cuando mi chica venía a visitar a Gloria, yo la recibía en la puerta y me quedaba con ella hasta que se marchaba. A veces se sacaba una chuche del bolsillo y me lo daba sin que debiera cumplir ninguna orden.

—Eres un perro muy bueno —me susurraba.

¡Eddie también me decía que era un perro bueno, y reforzaba el mensaje dándome más chuches!

—¿Sabes qué? Los perros sois enviados por Dios. Por eso estáis aquí, para ayudar a las monjas a hacer el trabajo de Dios. Así pues, creo que un poco de estofado de cordero es lo menos que te puedo ofrecer, pero que quede entre nosotros —me dijo Eddie un día.

No entendí una palabra de lo que me dijo, ¡pero la comida que me daba era la mejor que había comido nunca!

Llegué a la conclusión de que, de la misma forma que yo había cuidado de Clarity por Ethan, ahora mi trabajo consistía en cuidar de Gloria por C. J. Pasé mucho tiempo en la habitación de Gloria, incluso cuando C. J. no estaba. No subía a la cama de Gloria porque la única vez que lo intenté me di cuenta de que sus ojos se llenaban de terror y, además, me gritó.

A algunas personas no les gusta tener un perro cerca. Es triste pensar que hay gente así. Sabía que Gloria era así; quizá por eso nunca había sido verdaderamente feliz.

Fran y C. J. se hicieron amigas y muchas veces comían juntas en el patio. En esas ocasiones, me tumbaba a sus pies y esperaba a que cayeran migas al suelo.

Y es que las migas caídas al suelo eran mi especialidad.

—Debo hacerte una pregunta —le dijo C. J. a Fran durante una de esas comidas—, pero quiero que lo pienses un poco antes de responder.

—Eso es exactamente lo que me dijo mi esposo el día en que me propuso matrimonio —respondió Fran.

Ambas se rieron.

Al oír que C. J. se reía, meneé la cola. Parecía que sufría mucho por dentro; lo notaba porque siempre reprimía una exclamación cuando se movía y porque soltaba un largo suspiro al sentarse. Pero cada vez que se reía, parecía que el dolor remitía.

—Bueno, no se trata de esa clase de proposición —dijo C. J.—. Estoy pensando que me gustaría trabajar aquí, en el hospital. Como terapeuta, quiero decir. Me doy cuenta de que es duro para ti, para Patsy y para Mona hacerlo todo. Podría trabajar como voluntaria. No necesito dinero.

—¿Y qué tipo de trabajo?

—Hace tiempo que trabajo menos. En realidad, ahora mismo solo me dedico a la asesoría. Y, si te digo la verdad, cada vez me parece más difícil relacionarme con adolescentes. O quizá sea al revés. Cuando les digo que me identifico con lo que están viviendo, me miran con escepticismo. Para ellos es como si tuviera cien años.

317

—Normalmente no recomendamos que los familiares de los enfermos trabajen como voluntarios hasta que ha transcurrido un año desde la muerte del paciente.

—Lo sé, ya me lo dijiste. Por eso me gustaría que lo pensaras. Creo que se podría hacer una excepción conmigo. Sé perfectamente bien lo que es estar en una cama y sentirse horrible: lo hago tres veces a la semana. Y, desde luego, lo que estoy viviendo con Gloria me ayuda a entender qué es lo que sienten los familiares.

—¿Cómo está tu madre?

—Está… No durará mucho.

—Has sido una buena hija, C. J.

—Sí, bueno, quizá por las circunstancias. No estoy segura de que Gloria estuviera de acuerdo con ello, ni que hubiera estado de acuerdo nunca. ¿Lo pensarás?

—Por supuesto. Lo hablaré con el director y con las monjas. La verdad es que depende de ellos. El resto somos empleadas.

Al cabo de unas semanas, me encontraba sentado a los pies de C. J. en la habitación de Gloria cuando percibí que se producía un cambio en ella. Noté que su respiración se hacía cada vez más superficial. De repente se paraba; entonces, inhalaba un par de veces, de golpe. Pero en cada ciclo la respiración era más débil; las exhalaciones, más suaves.

Se estaba muriendo.

Salté a la silla que había a su lado y le miré la cara. Tenía los ojos cerrados, la boca abierta y las manos crispadas sobre el pecho. Miré a C. J., que estaba dormida. Sabía que ella querría haber estado despierta, así que solté un único y agudo ladrido que resonó con fuerza en la habitación.

Mi chica se despertó sobresaltada.

—¿Qué sucede, Toby? —Se puso en pie y se acercó. Levanté el hocico y le lamí los dedos—. Oh —dijo.

Al cabo de un momento, alargó el brazo y cogió la mano

de Gloria. Vi que le caían unas lágrimas por la cara. Enseguida percibí la tristeza y el dolor que sentía. Nos quedamos así unos minutos.

—Adiós, mamá —dijo C. J. al fin—. Te quiero.

Cuando Gloria exhaló, C. J. regresó a la silla y se sentó. Salté sobre su regazo y me enrosqué en él. C. J. me estrechó y me meció con suavidad. Hice todo lo que pude por ella. Solo podía estar con ella mientras sentía ese dolor.

Al final de ese día, fui con C. J. y con Fran hasta la puerta de entrada.

—Nos veremos en la ceremonia —dijo Fran. Se abrazaron—. ¿Seguro que quieres ir sola a casa?

—Estoy bien. Si te digo la verdad, es un alivio que todo haya acabado.

—Lo sé.

C. J. me miró y yo meneé la cola. Se arrodilló (esbozando una mueca al hacer el gesto) y me abrazó.

—Eres un chico increíble, Toby. Lo que haces por todo el mundo, consolarlos y guiarlos hasta el final. Eres un milagro, un ángel de perro.

Meneé la cola. «Ángel de perro» sonaba a «buen perro». Creo que significaba que yo era bueno y que me querían.

—Muchas muchas gracias, Toby. Eres un buen perro. Te quiero.

C. J. se puso en pie, le dirigió una sonrisa a Fran y salió a la calle oscura.

No regresó al día siguiente, ni al otro. Pasaron más días, hasta que dejé de correr a la puerta de entrada cada vez que se abría. Al parecer, mi chica no me necesitaba en ese momento.

Así eran las cosas. Me hubiera gustado irme con C. J. a donde fuera que se hubiera ido, pero ahora mi trabajo consistía en cuidar y amar a todas las personas del edificio. Y en estar con las personas que abandonaban la vida. Y, claro, también en sentarme al lado de Eddie para que me diera un poco de pollo.

Sabía que si C. J. me necesitaba me vendría a buscar, tal como había hecho siempre.

Mientras, lo único que podía hacer era esperar.

31

Un día, cuando las hojas marrones de fuera se agitaban empujadas por un viento tan fuerte que se oía desde cualquier parte del edificio, mi chica entró por la puerta. Al principio, me mostré precavido, pues no estaba seguro de que fuera ella: la manera de caminar mostraba una ligera cojera y llevaba un abultado abrigo que disimulaba su fragilidad y delgadez. Pero cuando el fuerte viento entró por la puerta y me trajo su maravilloso olor, salí corriendo directo hacia ella. De todas formas, por miedo a tumbarla al suelo, no le salté encima. Meneé la cola con alegría y cerré los ojos al sentir su mano acariciándome.

—Hola, Toby. ¿Me has echado de menos?

Fran se acercó y le dio un abrazo. C. J. dejó unas cosas encima de la mesa de una de las habitaciones. A partir de ese día, vivimos al revés de antes. C. J. se iba por la noche y no regresaba hasta la mañana, en lugar de marcharse por la mañana y no regresar hasta la noche. Nunca me llevó con ella a esa habitación con sofás, pero yo sabía, por el olor, que ella solía ir allí.

C. J. iba por el edificio visitando a las personas de las habitaciones y hablando con ellas. A veces, las abrazaba. Yo siempre la seguía. Sin embargo, cuando por la noche se iba, casi siempre había alguien que me necesitaba al lado de su cama, así que me tumbaba allí para acompañarlos. A veces, los miembros de su familia me abrazaban.

Muchas de las personas que hablaban con C. J. estaban sufriendo, tanto si estaban tumbadas en una cama como si estaban de pie. Pero, normalmente, después de una conversación, notaba que su sufrimiento disminuía. A menudo alguien de la familia me cogía. Entonces, mi trabajo consistía en dejarme abrazar durante tanto tiempo como necesitaran hacerlo, incluso aunque me pudiera resultar incómodo.

—Buen perro —decía C. J.—. Buen perro, Toby.

Muchas veces, Fran o Patsy también estaban en la habitación con C. J. y decían lo mismo:

—Buen perro, Toby.

Me alegraba ser un buen perro.

C. J. también sufría. Lo notaba y lo veía cuando sus pasos se hacían más lentos. Pero abrazarme siempre hacía que se sintiera mejor.

Había una familia que estaba muy triste porque una mujer que se encontraba tumbada en la cama estaba sufriendo mucho y tenía aquel olor metálico en el aliento. Había un hombre de su edad y tres niñas que eran como C. J. cuando yo era Molly. Una de las niñas me cogió y me puso encima de la cama. Yo hice «quieto».

—Dawn —dijo C. J. dirigiéndose a la mayor de las hijas, una niña más alta que C. J. y con un pelo muy muy largo que olía a jabón y a flores y cuyas manos olían a manzana—. ¿Me acompañas a tomar un café?

Noté un sentimiento de alarma en Dawn. Miró a su madre, que estaba durmiendo sin percibir mi presencia a su lado. Luego miró al hombre, su padre, quien asintió con la cabeza.

—Ve, cariño.

Noté algo parecido a la culpa en la chica mientras se alejaba del lado de su madre. Decidí que, fuera lo que fuera lo que estuviera ocurriendo, C. J. me necesitaba más con ella y con Dawn que con la mujer de la cama. De forma tan silenciosa como me fue posible, bajé al suelo y seguí a mi chica por el pasillo.

—Eh, ¿quieres comer algo? ¿Un plátano, quizá? —preguntó C. J.

—Claro —dijo la chica.

Pronto detecté el fuerte y dulce aroma de una fruta mezclada con el olor de manzana en las manos de la chica. Oí que hacían ruido de masticar. Me tumbé a sus pies, bajo la mesa.

—Debe de ser difícil ser la mayor. Tus hermanas te admiran, eso se nota —dijo C. J.

—Sí.

—¿Te apetece hablar de eso?

—La verdad es que no.

—¿Qué tal está tu papá?

—Está… No lo sé. Siempre dice que debemos luchar. Pero mamá…

—Ella ya no lucha —dijo C. J. con suavidad al cabo de un momento.

—Sí.

—Debe de ser muy estresante.

—Ajá.

Se quedaron un momento en silencio.

—¿Qué comida te gusta más? —preguntó C. J.

—La manteca de cacahuete —respondió Dawn con una sonrisa—. Ah, y ¿sabes esas lasañas que se calientan?

—Comer ayuda a manejar el estrés —dijo C. J.

Dawn calló.

—¿Y luego, cuando has comido demasiado? —preguntó C. J. bajando la voz.

Noté que Dawn se alarmaba. Irguió la espalda.

—¿Qué quieres decir?

—Cuando iba al instituto, yo tenía ese problema. Siem-

323

pre comía para sentirme mejor —dijo C. J.—. Pero a cada bocado que daba me detestaba más a mí misma porque me parecía que estaba gorda y sabía que no hacía más que añadir kilos. Casi notaba cómo el trasero se me ponía gordo. Así pues, para quitármelo de encima, vomitaba.

Entonces Dawn habló con un temblor en la voz:

—¿Cómo?

—Ya sabes cómo, Dawn —respondió C. J.

Dawn inspiró profundamente.

—Siempre tenía esos puntitos de sangre en los ojos. Igual que los tuyos —dijo C. J.—. A veces tenía las mejillas hinchadas, como las tuyas.

—Debo irme.

—Quédate un poquito más conmigo, ¿quieres? —le pidió C. J.

Dawn movió los pies con nerviosismo. Era evidente que tenía miedo.

—Estos no son mis dientes, ¿sabes? —continuó C. J.—. Los perdí cuando era joven a causa de la acidez: muchas personas de mi edad llevan dentadura, pero yo me la puse cuando iba al instituto.

—¿Se lo vas a contar a papá? —preguntó Dawn.

—¿Tu mamá lo sabe? —repuso C. J.

—Ella… Creo que sí, pero nunca me ha dicho nada. Y ahora…

—Lo sé. Dawn, hay un programa…

—¡No! —replicó Dawn, cortante y apartando la silla de la mesa.

—Sé cómo te sientes. Sé que es terrible tener ese secreto, que hace que te detestes a ti misma.

—Quiero volver a la habitación de mi madre.

Se pusieron en pie. Yo hice lo mismo y bostecé con ansiedad. C. J. no estaba tan tensa como Dawn, pero los sentimientos entre ambas eran fuertes.

—Estoy de tu lado, Dawn —dijo C. J.—. Durante los próximos días o semanas, quiero que me llames cada vez que sientas esa urgencia, esa necesidad incontrolable. ¿Lo harás?

—¿Prometes que no se lo dirás a papá?

—Solo si estoy completamente segura de que no te harás daño a ti misma, cariño.

—Entonces no estás de mi lado —exclamó Dawn.

Se dio la vuelta y se alejó mucho más deprisa de lo que mi chica podía avanzar. Ella suspiró con tristeza. Le di un golpe de hocico en la mano.

—Buen perro, Toby —me dijo, pero en realidad no me estaba prestando atención.

Me encontraba tumbado al lado de la madre de Dawn cuando falleció. Y todos estaban muy tristes. Las niñas me abrazaron y yo hice «quieto» para ellas. Fran y Patsy estaban allí, pero C. J. no. Muchas veces, aunque C. J. se encontrara en el edificio, yo permanecía con Fran o con Patsy, pues ellas me necesitaban más en ese momento.

Fue una buena manera de pasar los años. Allí no había una puerta para perros, pero cada vez que me acercaba a la que daba al patio, esta se abría sola. Los olores que entraban me permitían saber si iba a nevar o a llover, cuándo era verano y cuándo era otoño. Chaucer continuaba viniendo a jugar regularmente; sin embargo, a partir del momento en que se enteró de que Eddie daba comida, nos pasábamos casi tanto tiempo en la cocina como en el patio.

A veces C. J. estaba fuera durante una o dos semanas seguidas, pero siempre regresaba. Un día, durante la comida, poco después de una de sus ausencias, me di cuenta de que parecía un tanto temerosa mientras hablaba con Fran. Me senté, alerta.

—Va a llegar un paciente nuevo. Probablemente ya esté aquí el lunes —dijo C. J.

—¿Ah, sí? ¿Y quién es? —preguntó Fran.

—Yo. La paciente soy yo.

—¿Qué?

—Es casi una bendición, Fran. Hay tantas cosas en mí que funcionan mal que los médicos no saben ni por dónde empezar. Y, si te digo la verdad, estoy tan cansada… Estoy cansada del dolor, del insomnio y de las náuseas. Estoy cansada de mis cuarenta pastillas al día. Cuando Gloria murió, me di cuenta de que mis obligaciones habían acabado. Ya no le debo nada a nadie.

—C. J…

Mi chica cambió de postura en la silla y se inclinó hacia delante.

—Es una decisión que tomé hace mucho mucho tiempo, Fran. No podrás disuadirme. En mi reunión familiar se lo dije a todo el mundo y me despedí. Mis asuntos están en orden. —Soltó una breve carcajada—. De esta forma, seré más joven que Gloria para siempre. Eso la volverá loca.

—Creo que deberíamos hablarlo. Quizá pudieras ir a ver a alguien…

—Lo he trabajado con mi terapeuta. Créeme, hace más de un año y medio que no hablo de casi nada más.

—A pesar de todo, creo…

—Sé lo que crees, pero estás equivocada. No se trata de un suicidio. Se trata de aceptación. Es cuestión de tiempo que me pase algo. Me aterroriza pensar que otro ataque me deje débil: después de ver a Gloria, no puedo enfrentarme a la idea de que algo así le pueda pasar a mi cerebro. De esta manera, yo controlo lo que sucede, dónde y cómo.

—Pero no puedes saber si tendrás otro ataque.

—Fran. He dejado la diálisis.

—Oh, Dios.

—No, no tienes ni idea. La libertad. No debo regresar allí nunca más. Ha habido momentos mejores y peores, pero he tenido una buena vida y no voy a lamentar haber tomado esta decisión. Por favor, debes comprenderlo. Tengo la sensación de que me he mantenido viva de manera artificial. Quizás haya sido por un buen motivo: he ayudado a mucha gente. Pero el pronóstico es de que todo vaya mal. Quiero marcharme cuando yo lo decida, no quiero que no se alargue de manera artificial sin tener en cuenta mi calidad de vida. No quiero acabar como un vegetal.

Ahora C. J. ya no sentía miedo. Le di un golpe en la mano con el hocico y ella me acarició con ternura.

Al cabo de unos días, C. J. vino a vivir al edificio. Y enseguida me di cuenta de que se sentía más enferma que nunca. Salté sobre su cama y me quedé allí con ella. A veces me colocaba al lado de su cara; a veces me enroscaba a sus pies.

—Buen perro, Toby —me decía ella siempre. Pero su voz era cada vez más débil—. No solo eres un *terapeagle*, sino que eres un ángel de perro, igual que Max, igual que Molly.

Meneé la cola al oír que pronunciaba esos nombres con tanta ternura. Mi chica sabía quién era yo, sabía que yo siempre había estado con ella, cuidándola y protegiéndola de los peligros.

Muchas personas venían a visitar a C. J. a la habitación, y ella siempre se alegraba de verlas. Conocía a algunas de ellas, como a Gracie, que había sido una niña pequeña cuando yo era Max, pero que ahora era una mujer que tenía hijos. C. J. besaba a todos los niños y se reía. Entonces el dolor parecía menguar. También la visitaba otra mujer que conocía de no hacía mucho tiempo atrás. Se llamaba Dawn, la niña cuyas manos olían a manzana; se sentaba al lado de C. J. y se pasaba horas hablando con ella. Un día que Dawn la visitó, las dejé solas un rato para ir a ver si Fran o Patsy me necesitaban, pero cuando regresé, ellas continuaban allí.

—La gente siempre me pregunta qué especialidad haré. Y

siempre les digo que estoy concentrada en entrar en Medicina. ¿Cómo voy a saber qué me atrae más? Todavía no me han aceptado.

—Lo harán —dijo C. J.—. Sé que lo harán.

—Tú siempre has creído en mí, C. J. Tú me salvaste la vida.

—No, tú salvaste tu propia vida. Ya sabes lo que dicen en el programa: nadie puede hacerlo en tu lugar.

—Sí, lo sé.

C. J. tosió débilmente y yo salté a su lado. Ella me acarició la espalda con la mano.

—Supongo que es mejor que me vaya —dijo Dawn.

—Te agradezco mucho que hayas hecho el viaje para venir a verme, Dawn.

Se abrazaron y noté que se querían.

—Que tengas un buen vuelo —dijo C. J.—. Y, recuerda, siempre puedes llamarme.

Dawn asintió con la cabeza y se secó los ojos. Sonrió y le dijo adiós con la mano antes de salir de la habitación. Yo me acomodé al lado de mi chica y noté que ella se sumía en un profundo sueño.

Una tarde, mientras me estaba dando unos trozos de bocadillo de jamón y queso que Eddie le había traído, C. J. se quedó quieta un momento y me miró. Yo no aparté los ojos del bocadillo.

—Toby —me dijo—, escúchame. Sé que tienes un vínculo muy fuerte conmigo, pero voy a dejarte. Podría quedarme, pero ya he disfrutado de todas las cosas buenas que la vida puede ofrecer y estoy cansada de todas las malas, especialmente de lo que está por venir si intento prolongarla. Solo quiero estar con mi esposo. Lo único que lamento es dejar a mis amigos. Y tú eres uno de esos amigos, Toby. Pero sé que te quieren y que te cuidan. Y estoy segura de que ser amado y tener un trabajo es lo más importante para un perro. En muchos aspectos, me recuerdas a mi perra Molly, con su amabilidad; pero también a Max, con su seguridad. ¿Les dirás a mis ángeles perros que iré a verlos muy pronto? ¿Y te quedarás conmigo hasta el momento final? No quiero tener miedo. Y, si estás conmigo, sé que no lo tendré. Tú eres mi amigo eterno, Toby.

Mi chica me estrechó contra su cuerpo y un profundo amor fluyó entre los dos.

C. J. se marchó una tarde fría y clara de primavera. Fran había estado sentada a su lado todo el día y yo había recostado la cabeza sobre su pecho mientras ella me acariciaba el pelaje con gesto débil. Cuando su mano dejó de moverse, miré a Fran, que acercó la silla a la cama y le cogió la mano. Poco a poco, C. J. fue soltando la vida. Tras exhalar por última vez, mi chica se fue.

—Buen perro, Toby —me dijo Fran.

Me abrazó y sus lágrimas cayeron sobre mi pelaje.

329

Pensé en cuando Clarity, la niña, se cayó en la granja. En que su mirada reposaba en mí mientras Gloria la cogía en brazos. «Tico», dijo. Recordé el día en que llegó con Trent para llevarme a casa. Recordé sus abrazos y sus besos. Me acordé de que, cuando era Max, me estrechaba contra su pecho para que no tuviera frío.

Ahora debería vivir sin sus abrazos.

Mi C. J.

Ella me había enseñado que era bueno amar a otras personas aparte de a Ethan, mi chico. Me había abierto los ojos a que, en realidad, yo había amado a muchas personas durante mis vidas, a que amar a los seres humanos era mi propósito último. Su presencia durante mis vidas había significado el punto de referencia de mi existencia, me había permitido ayudar a las personas que estaban tumbadas en la cama para que pudieran enfrentarse a sus miedos y a encontrar la paz y la aceptación.

Continué sirviendo a esas personas durante muchos años después, pero todos los días me acordaba de C. J. Recordaba el día en que la niña, Clarity, se había metido en el establo del caballo, recordaba la manera en que me abrazaba en el coche, ante el mar, recordaba haber vivido con Trent cuando yo era Max.

Una mañana, mientas hacía mis necesidades, sentí un dolor muy agudo que me hizo soltar un aullido. Patsy, Fran y Eddie me llevaron al veterinario y supe por qué todos ellos vinieron a dar ese paseo en coche. En ese momento yo ya estaba ciego casi del todo, pero todavía fui capaz de notar el olor de canela y el olor de Chaucer en las manos de Patsy mientras ella me cogía y me llevaba, jadeando, hasta la consulta del veterinario y me dejaba encima de aquella mesa tan fría. Las fuertes manos de Eddie, que olían a pollo, me acariciaban mientras todos me susurraban al oído y un rápido pinchazo me ofrecía un alivio instantáneo.

—Te queremos —me dijeron.

Esta vez, mientras la marea me arrastraba, no hubo oscuridad, sino la burbujeante luminosidad de miles de puntos que danzaban. Levanté la cabeza y me dejé flotar hacia esa luminosidad. Penetré en esa superficie acuosa para salir a la gloriosa luz del sol. Dorada, la luz que jugueteaba sobre las suaves olas era dorada. De repente, mi visión se hizo tan clara como la de un cachorro. Un abanico de maravillosos olores me asaltó. Y el corazón me dio un vuelco al darme cuenta de a quién estaba oliendo.

—¡Molly! —dijo alguien.

Giré la cabeza y allí estaban, las personas que acababa de oler. Eran todas las personas a quienes yo había amado durante mis vidas. Estaban de pie, a la orilla del agua, sonriendo y aplaudiendo. Vi a Ethan y a Hannah, a Trent y a C. J. Allí estaban, de pie y delante de mí, al lado de Andi, de Maya, de Jakob y de todos los demás.

—¡Bailey! —gritó Ethan, saludándome con la mano.

Yo era Toby, Chico, Molly, Max, Bailey y Ellie. Era un buen perro. Y este era mi premio. Ahora podría estar con las personas a las que amaba.

Gimiendo de alegría, me di la vuelta y nadé hacia esa orilla dorada.

Este libro utiliza el tipo Aldus, que toma su nombre
del vanguardista impresor del Renacimiento
italiano Aldus Manutius. Hermann Zapf
diseñó el tipo Aldus para la imprenta
Stempel en 1954, como una réplica
más ligera y elegante del
popular tipo
Palatino

* * *
* *
*

La razón de estar contigo. Un nuevo viaje
se acabó de imprimir
un día de primavera de 2017,
en los talleres gráficos de Liberdúplex, s.l.u.
Crta. BV-2249, km 7,4, Pol. Ind. Torrentfondo
Sant Llorenç d'Hortons (Barcelona)

* * *
* *
*